灼熱の魔女様の楽しい温泉領地経営 4

～追放された公爵令嬢、災厄級のあたためスキルで世界最強の温泉帝国を築きます～

海野アロイ

イラスト♨切符

前巻までのあらすじ

魔法第一主義を掲げるリース王国で公爵家の養女だったユオは、魔力ゼロでスキルも対象物を温めるだけの「ヒーター」と判明したことから、凶悪な魔物が跋扈する辺境〝禁断の大地〟へと追放されてしまう。

しかしユオの「ヒーター」スキルは、触れたものを瞬時に爆発させたり、対象を瞬時に蒸発させたりもできる、災厄級の代物だった。

領主としてやってきた辺境の村で、不思議な効能を発揮するお湯が湧き出しているのを見つけたユオは、これを「温泉」と名付け、「温泉」で村を発展させようと決意する。

こうしてユオは頼れる仲間たちと共に、温泉リゾートを作ったり、スキルでレンガを焼いたり、隣国の辺境伯家に殴り込んだり、モンスターを焼滅させたり、冒険者ギルドを誘致したり、温泉でくつろいだり、疫病で苦しむ隣国にやばい薬草を流通させたりしながら、順調に辺境の領地を発展させてきた。

しかもユオの「ヒーター」スキルは、目から怪光線を出したり、相手を一瞬で失神させたり、金属を粘土みたいにこねくりまわしたり、空をこの世の終わりみたいな光景にしたり、地面を溶岩に変えたりと、順調にやばい方向に成長していく。（ただし本人に自覚なし）

そんな感じに最近いい感じな辺境の村に、なんだかんだあって良好な関係を築くことができたサジタリアス辺境伯ご一行様がいらっしゃったようだが……？

ハンナ

ユオの村の村長サンライズの孫娘。当初はやせたかなしい姿だったが、温泉パワーにより笑顔で魔物をぶった切る狂戦士と化した。

ララ

公爵家時代からのユオの専属メイド。氷魔法を得意としており、普段はクールだが時折真顔で素っ頓狂な発言をする。ユオ命の女。

ユオ

魔力ゼロで魔法も使えないが、災厄級のスキル「ヒーター」によって過激な熱操作を行う。村人たちからは伝説の「灼熱の魔女」と呼ばれるが、本人は頑なに認めない。

クエイク

メテオの妹で同じく商人。人物鑑定を得意としており、村への冒険者の募集も担当する。姉妹が揃うとわちゃわちゃ五月蠅い。

メテオ

一攫千金を夢見て辺境にやってきた猫人族の商人。アイテムの鑑定が得意。お金儲けに目が無い上に悪乗りがひどく、トラブルを呼ぶ。

クレイモア

サジタリウス騎士団所属の剣聖。とにかく色々とデカくて料理上手な美人だが、頭の回転がいろいろズレている。

シュガーショック

ユオがペットにした聖獣。普段は綿あめみたいな姿で、村では「いぬ」として扱われているが、本来は小屋より大きい狼。

リリ

気弱で大人しいヒーラーの少女。村では教師やセラピストも務めるが、実はサジタリアス辺境伯の娘で本名はリリアナ。

ドレス

村では建築から道具作りまでこなすドワーフの凄腕職人で珍しい素材に目が無い。実はドワーフ王国の王女でもある。

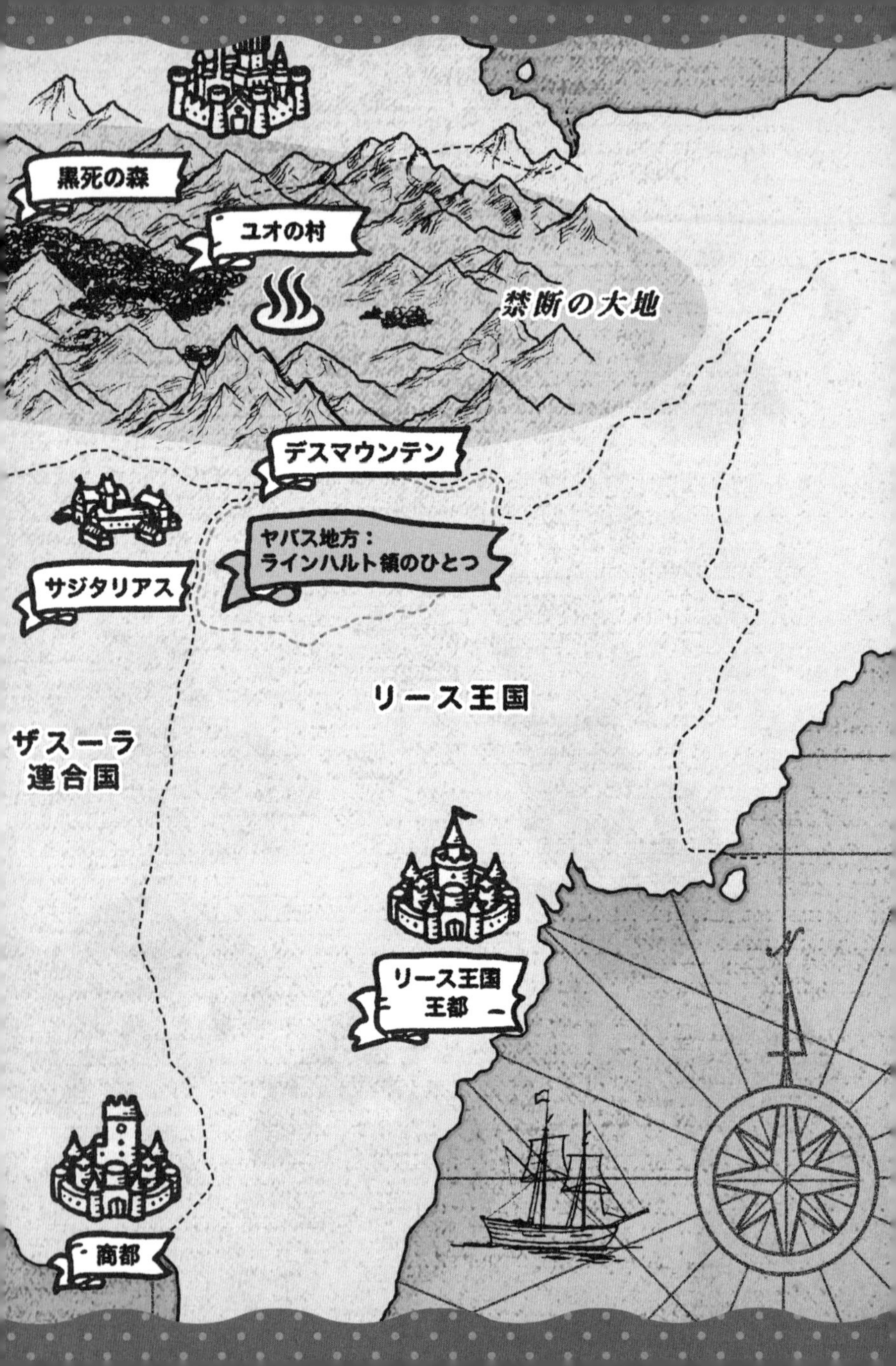
黒死の森
ユオの村
禁断の大地
デスマウンテン
ヤバス地方：
ラインハルト領のひとつ
サジタリアス
リース王国
ザスーラ
連合国
リース王国
王都
商都

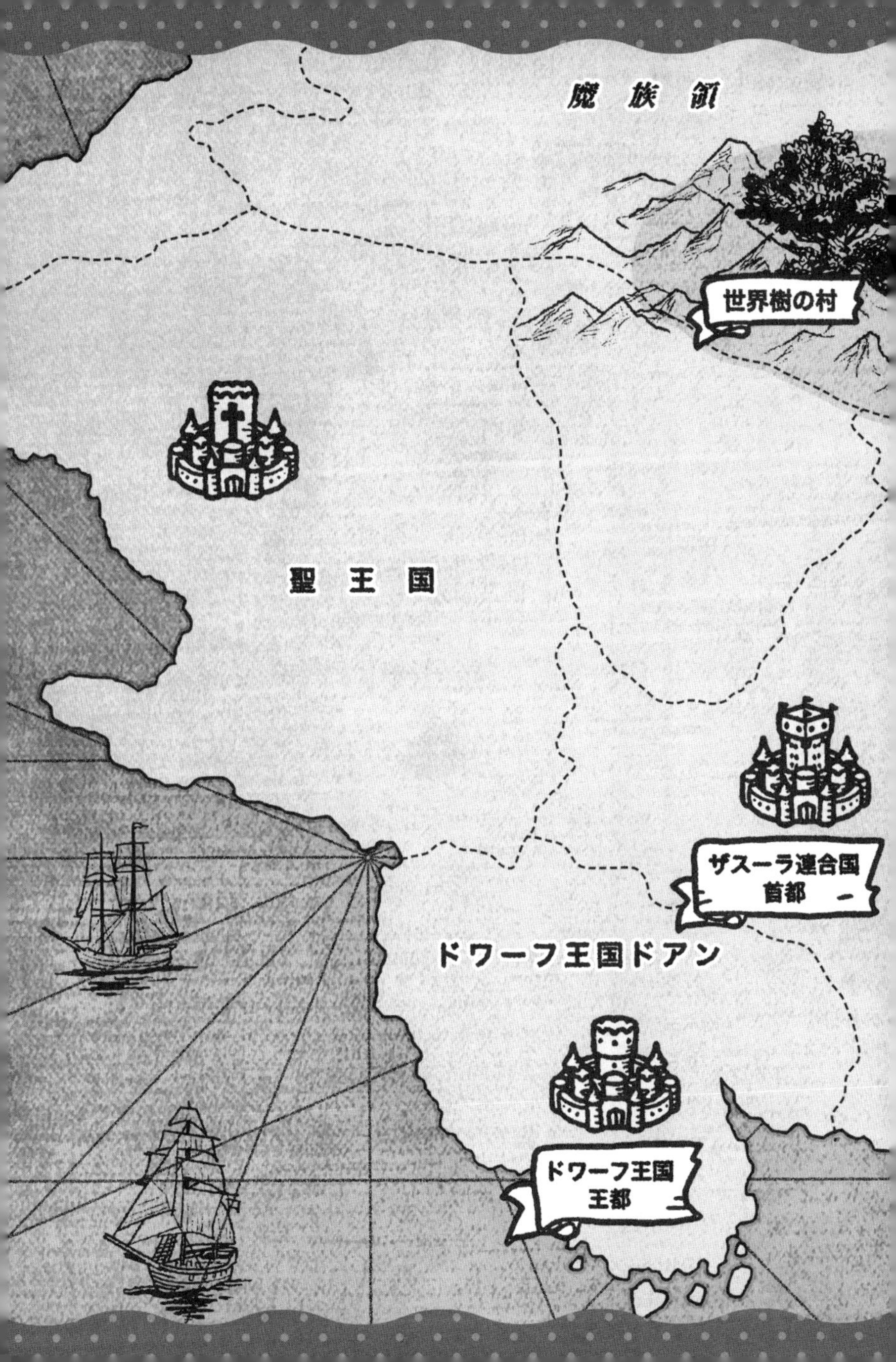
魔族領
世界樹の村
聖王国
ザスーラ連合国
首都
ドワーフ王国ドアン
ドワーフ王国
王都

プロローグ　魔女様、魔法学院時代の妹分を思い出す……015

第10章　魔女様の街道工事！　デスマウンテンに乗りこんだら神話の魔物みたいなことになっちゃいました……031

第1話　ユオ・ラインハルトが【賢者】のミラク・ルーの『お姉さま』になるまで……032
第2話　ラインハルト家、長男と次男がなにやら変なやつと手を組みますよ……044
第3話　ミラク、旅に出る……054
第4話　魔女様、行方不明の村人を助けるためにデスマウンテンに出動します！……067
第5話　魔女様、村人の娘さんに加えて、のじゃロリを発見する、あわわ……073
第6話　魔女様、デスマウンテンの主と対峙するも全体攻撃しかできず攻めあぐねる……080
第7話　魔女様、リリを奮い立たせて浄化魔法をうってもらう……086
第8話　魔女様、デスマウンテンの主を聖なるアレで浄化する……091
第9話　魔女様、氷の幽霊をやっつけたと思ったら思わぬやつがドドドドド……096
第10話　魔女様、剣聖と狂剣の非連携攻撃に舌を巻くも、骸骨が妙なことをしてくるので、思わずアースイーター（神話）になる……100

第11章　魔女様の独立国家の作り方！　悪い魔族をふっ飛ばして、もののはずみで独立宣言しちゃいます……109

第1話　魔女様、伝説のアーティファクトを手に入れるも、頭の中はあれをすることしか考えられない……110
第2話　魔女様、エリクサーが目覚めたので朝っぱらから最高のおもてなしをしてみる……117
第3話　魔女様、エリクサーの村の救援に向かうことを決めるも、思わぬ方向からトラブルが飛んでくる……125
第4話　魔女様、村の戦力を三つに分ける……131

第5話　魔女様、世界樹の村に向かいます！　メテオがなにやら画策しているようですよ……139
第6話　魔女様、村人をさくさく解放するけれど、あいつは案の定、つかまってしまう（放置プレイ決定）……147
第7話　魔女様、世界樹にとりついている悪いモンスターをやっつける！……154
第8話　魔女様、魔族の連中を拷問《せったい》する……158
第9話　魔女様、世界樹の危機に直面し、ぎりぎりの状況に追い詰められる……164
第10話　魔女様、ドレスとメテオに世界を託すことにする……168
第11話　サジタリアス攻防戦：剣聖のサンライズ、迫りくるモンスターの大群を蹴散らし続ける。そして、あいつらもやってくる……175
第12話　リリアナさん、救援に向かう……181
第13話　サジタリアス攻防戦：ハンナとクレイモア、サジタリアスの窮地を救います！　しかし、懐かしのあいつが出てきますよ……183
第14話　サジタリアス攻防戦：ボボギリが現れますが今回のはちょっと様子が違うみたいですよ……190
第15話　サジタリアス攻防戦：4人の連携によってボボギリちゃんは完全に沈黙。しかし、あの魔族が企んでますよ。ちなみにメテオとドレスも頑張ってるよ……197
第16話　サジタリアス攻防戦：禁呪を使うなと追放されたけれど天才魔道具職人だから何の問題もありません。先祖の技法を極めたら剣聖だって倒せちゃいます。……え、なにこの光？……203
第17話　サジタリアス攻防戦：リリ、まさかのまさかで、まさかなことをしてくれる。その頃、魔女様はスカートがあわわわ……213
第18話　サジタリアス攻防戦：ボボギリを陥落させ、敵の真打ちが現れます！　その裏ではあの二人がこんなに活躍してたんだよ！……222
第19話　魔族のベラリス、サンライズたちを圧倒し、サジタリアスを陥落寸前まで追い込みます。しかし！　しかし!!　しかし!!!……233
第20話　魔女様、ご到着あそばすも、ことごとく知ったかぶりが外れる。リース王国の女王様は開いた口がふさがらない……244
第21話　魔女様、新しい攻撃の方法を編み出し、ベラリスの絶界魔法陣を打ち砕く。ヒント：雲も湿気も熱には弱い……255
第22話　魔女様、エリクサーのために仲間パワー（含む：脅迫）で人間と魔族の壁をぶっ壊す……266
第23話　魔女様、ベラリスのしたことに『久しぶりに』キレる。そして、ついに新技を開発してしまう……273
第24話　魔女様、ベラリスを灰にしかできないと落胆するも、あれがあることに活路を見出す。しかし、サンライズは…………286
第25話　魔女様、みんなと力を合わせて魔族のベラリスを盛大におもてなしする。とどめにはあれをプレゼントしちゃうので、メテオもドレスも失神不可避！……296

第26話　燃え吉、モンスターを案の定、駆逐する！……306
第27話　魔女様、突然の偉い人、登場にビビる。あんまりにも「イケメン」だったので見とれていると、え、え、えええええ!?……309
第28話　魔女様、プライベートな会話だと思って独立宣言をぶちかましてしまう……318

第12章　独立宣言のあとしまつ：ラインハルト家のみなさん、ついに崩壊します!?……331

第1話　ラインハルト家の崩壊と栄光：リースの女王、本格的にラインハルト家を潰しにかかります。それでも、ガガンと三兄弟は最後の悪あがきを始めます……332
第2話　魔女様、ミラクをお湯に沈める。そして、覚悟を決める……342
第3話　女王様、愛するラインハルト家のために最高の処分を下してあげます。ガガンは手のひらで踊らされているとも知らず、国家転覆に乗り出します！……352
第4話　魔女様、実家とのわだかまりを解消して、すっきりするよ！……357
エピローグ　魔女様の温泉帝国、今日も千客万来です！……370
あとがき……375
イラストレーターあとがき……378

プロローグ　魔女様、魔法学院時代の妹分を思い出す

「サジタリアス辺境伯様、ようこそ、私たちの村に！」

再び平穏を取り戻した私たちの村である。

ダンジョンも見つかったし、これからどんどん発展していくぞっとなるところなのだが、ちょっとした事件が起きていた。

それはサジタリアス辺境伯ご一行の訪問である。辺境伯を筆頭にレーヴェさん、さらにはシルビアさんまで訪れてくれた。

禁断の大地の村に貴族様が来てくれるなんて、村設立以降初めてのことだろう。

私たちは盛大におもてなしをするのだった。

特に私が重視するのは温泉なのは言うまでもない。

長旅の苦労を温泉で労う、これはうちの村の基本であり、やらなきゃ失礼と言うレベルだ。

美味しいご飯も大事だけど、その前に温泉で汗を流す。これである。

私はララに温泉リゾートへ辺境伯たちの案内を頼むと、とある人物を捜すことにした。

「ねぇねぇ、シルビアさんいなかった？　温泉に案内しようと思うんだけど」

私はサジタリアスでの氷を溶かす余興でお世話になったシルビアさんを温泉に誘いたかったので

ある。あのときは彼女が魔法でつくった氷柱を私が溶かして大洪水になってしまい、微妙な空気になってしまった。

彼女とはひと悶着あったからこそ、仲直りしておきたいってわけなのだ。

「シルビアさんがいない？」

「えぇ、どこにも見当たりませんが……」

しかし、誰に聞いてもシルビアさんの姿が見えないとのこと。

手持ち無沙汰でもあったのでリゾートの外に出てみると、私は怪しい場面に出くわすことになる。

「あんたいい子ねぇ、ふひひひひ、もふもふだぁ」

それはシルビアさんだった。

彼女はシュガーショックとめちゃくちゃ戯れていたのだ。

普段の彼女はつっけんどんそのもの。目つきがきつく、言葉もきつい。

それがどうだろう、今の彼女はデレデレしていて、鼻の下が伸びている。

動物を前にすると性格が変わる人がいるけど、彼女もその一人だろうか。

「ふふふ、ここが気持ちいいのぉ？　しっぽの付け根がいいのぉ？　あらあら、ふわふわぁあ」

しかも、である。彼女は魔法で姿を消したまま戯れていた。かわいがっている様子を誰かに見られるのが恥ずかしいのだろうか。

じゃあ、なぜ私が彼女を感じられるかと言うと、どうもシルビアさんの熱を探知しているらしい。

熱探知によって彼女の表情さえわかるというのは変な気分だけど。

「あらあら、お腹もやってほしぃのぉ！　ほらほらほらほらぁ！」

何も知らない人がみたら、かなり異様な光景だろうな。

シュガーショックが空気と嬉しそうにじゃれあっているっていう感じだからね。

「お手！　おかわり！　えらぁい！」

それにしてもシュガーショックは透明人間相手でも普通に遊べるらしい。

得意げにお手やおかわりを披露し、シルビアさんの渡すおやつをパクリと食べる。

自分の犬が、他の人に褒められる様子はとても嬉しいものだ。飼い主の知らない側面を見られる気もするし。

それにしても、シルビアさん、どうして犬のおやつなんか持ってるんだろう。

「ふふふ、ぎゅーってしてあげる」

しかし、ここで事件が起こる。

この犬、あろうことかシルビアさんの胸に顔をうずめて、ふがふが嬉しそうにしているのだ。

シルビアさんのお胸はとても大きいので包容力もすごそうである。

シュガーショックの表情は幸せそうで、とろけそうに目を細めている。

あ、あのぉ、私の胸に顔をうずめてうっとりなんて一度もしてくれたことがないんですけど。

私の場合、ごはんやおやつのときに狂喜するとか、そういうのばっかり。

こいつ、私のご飯だけが目当てだったわけ!?

いや、やはり犬でも大きいほうがいいってわけ!?

こ、この浮気者……！

自分の中に淀んだ感情がメラメラと湧き起こるのを感じる。

シュガーショックは犬だし、よこしまな気持ちがないことはわかる。

本能しかないってこともわかる。

だけど、そりゃあ、大きいほうが色々といいだろうよ！　このバカ犬！

ひょんなことから知りたくもなかった側面を知ることになっちゃったよ！


……おおっといけない、私としたことが。

私情に振り回されちゃだめよ、冷静になるのよ、ユオ。

シルビアさんの胸にはなんの罪もないんだし、そもそも彼女を温泉に沈めるという崇高な使命が私にはあるのだから。

よぉし、それならシュガーショックをだしに使ってやろうじゃないの。

「シルビアさぁん！」

私は心を押し殺し、明るく声をかける。

しかし、彼女はこちらに全然気づいていない。シュガーショックに夢中になっているらしい。

「あのぉ」

しょうがないので、シルビアさんの脇腹をつっつく。

熱探知もだいぶ板についたらしく、今では鮮明に見えるようになっていた。

「にひゃああ!?」

私の指先がクリティカルヒットしたためか、シルビアさんは魔法を解除。

さらにそのままシュガーショックにつんのめる。

ふわっふわの毛に受け止められたので、ケガはなかった。よかった。

「な、な、な!?　ひ、魔女女《まじょおんな》」

シルビアさんはこちらに気づいて口をぱくぱくさせる。

いつものクールビューティが信じられないぐらいの慌てようだ。胸の奥のわだかまりがすぅっと消えるのを感じる。

いや、別に悔しくて脇腹をつついたわけじゃないからね？

声をかけても気づいてもらえなかったし、しょうがなくだからね？

「な、何よ!?　私とやろうってわけ!?」

シルビアさんは相変わらずの目つきに戻って、私に喧嘩腰で抗議してくる。

しかし、私は知っているのだ。

この陰険な目つきの裏には、動物好きの顔があることを！

「シュガーショック、お貸ししましょうか？」

「へ？」

「今度、ペット同伴の施設をリゾートに作ったらという計画がありまして」

「す、素晴らしい計画ね……」

「今日はシュガーショックと泊まることもできますけど？」

「……あんたとは気が合うと思っていたわ」

シルビアさんはがちっと私の手をとって握手してくる。

動物好きとしての譲れない思いがそこにはあった。

その後、私はシルビアさんを私のプライベート温泉へと案内することにした。

うふふ、私は初めて温泉に入る人を見るのが大好きなのだ。


だが、楽しい温泉タイムのはずなのに、ひと悶着が発生する。

「ひにゃぁあぁあああ!?」

なんなのこれ!?

あのシルビアさんが。

クール&セクシーのシルビアさんが……!

とにかく胸の大きなシルビアさんが……!!

縮んだ。

縮んだのだ。

何が起きているのかわかんないけど、縮んだのだ。

「なななな、何これ!?　どうして私の魔力操作がうまくいかないの!?」

シルビアさんは胸元のタオルを押さえて絶叫する。

いや、途中までは普通だったのだ。

ダイナマイトボディを誇るシルビアさんはお湯に恐る恐る入って、「ふぃいい」と声をあげた。

しかし、そこから待っていたのは、シルビアさんの小型化だったのだ。

なんていうか、しゅいいぃいいんっと小さくなったのだ。しゅいいぃいいんっと。

「ひえぇええ!?　うそ、うそ、うそぉおお!?」

OH～!
???

絶叫するシルビアさん。

身長さえも十センチぐらい縮んで、私より小さくなっている様子だ。

そして、あれだけ強調していたお胸もお尻もがんっと減っている。

私と同じか、少し小さいか、いや、同じぐらい？

「……ほぅ、珍しいですね、魔力操作で体型錬成ですか」

慌てふためく私なのであるが、ひょっこりとララが現れて解説を始める。

簡単に言えば、シルビアさんは得意の偽装魔法でもって、あの体型を維持していたとのこと。しかし、温泉の不思議なパワーによって解除されたらしい。

ちなみにララは辺境伯たちのご案内を滞りなく終えたそうだ。えらい。

「見たわね、私の真の姿をぉおおおお!?」

せっかく仲良くなったっていうのに、シルビアさんはめちゃくちゃ怒っている。悪役みたいで怖い。

別に見たくて見たわけじゃないし、不可抗力だし、不慮の事故だし！

そもそも、うちの温泉に偽装魔法の打ち消し効果があるなんて知らないし！

「このことを話したら、あんた、ただじゃおかないわよ！」

シルビアさんは目を三角にして怒ってくる。

もっとも誰かに話そうとも思わないわけで、私たちは首を横にぶんぶん振る。

だけど、私はあることを覚えていた。

「……そう言えば、シルビアさん、私のことを貧相な小娘って呼んでくれませんでしたっけぇ

「ひ・ん・そ・う・な小娘ですかぁ？　ふーん、でも私と同じぐらいに見えるんですけどぉ？　みんなにばらしちゃおうかなぁ～？」

「ぐ!?」

～？」

私はあえて挑発してみた。

性格の悪い振る舞いなのは重々承知だよ。

だけど、だけどである。

この人だって私とそこまで変わらないじゃん！

それなのに、言いたい放題言ってくれたわけでしょ？

ちょっとぐらい言い返してもいいはずよね。

「ご、ごめんなさぁい！　だって、私と同じようなのが来たって思ったんだものぉおお。許してちょうだい！　何でもしますぅううううう！」

シルビアさんはざばぁっとお湯から抜けると、猛烈な勢いで頭を石の床にこすりつける。

怒り返してくると思いきや、まさかの全裸で謝罪。

痛そうだし、寒そうだし、みっともないし、こっちの罪悪感がびしばし刺激される。

えぇぇ、これじゃ私の性格がもろに悪いみたいじゃん!?

私は慌てて彼女を立たせると、謝罪を受け入れることにした。

「ほ、本当に言わない？　絶対の絶対に言わない？　肩、揉む？」

バラされるのが不安でしょうがないのか、彼女はキャラを崩壊させてまで尋ねてくる。

あぁ、さっきまでのクールビューティお姉さまはどこへ行ったのだろうか。

いや、そもそもの話、私にはひっかかることがある。

今のシルビアさんだって十分すぎるほど素敵だってことだ。

もともと小顔の美人なんだし、ウエストは細いし、脚も細いし。

口元のほくろはちょっとセクシーだし。

「私は今のシルビアさんもかわいくて、素敵だと思いますよ？　それに温泉に入るときぐらい、本当の自分に戻ってもいいいんじゃないですか？」

私はシルビアさんの行いを否定するつもりはない。

靴のかかとを高くしてみたり、胸にパッドを入れてみたり、それが気に入るならアリだと思う。

だけど、今の自分を全否定するのも違うと思う。

それに、ずーっと自分の姿を偽っているのも疲れるんじゃないだろうか。

「ぐぅううっ、あんたに何がわかるのよ！　騎士団でクレイモアと一緒に整列するときの虚しさったらないのよ！　なんなのよ、あれは！　前に突き出してるのよ！　歩くと揺れるのよ!?　ごく自然に頭にあたるのよ!?　私があれに何度跳ね返されたことか！　ぼよよんっよ！」

シルビアさんはわぁわぁ泣きだし、えぐえぐ言いながら事の経緯を教えてくれる。

いわく、クレイモアと自分を比べると、すごく自己嫌悪に陥るとのこと。

自分もあぁいう体型になりたいけど、足りない。

身長もお胸もお尻も、手足の長さも、全部足りない。

足りないいなら、魔力で補っちゃえばいいいじゃない？

とまぁ、そんなこんなで体型を少しずつ変えて今日に至ったのだと言う。

寝ている間も発動する魔法というのは、血のにじむような努力を要するらしい。

この人、その能力をもっと違う部分に振り分けるべきなんじゃないのかな？

おせっかいながらもそんなことを思ってしまう私。それにしても魔力操作って便利だなぁ、すっごい盛れるし。私も魔力ゼロじゃなかったらチャレンジするだろうなぁ。

「比べちゃダメだとは言いません。私だって比べることなんて茶飯事ですもの」

「だ、だったら、別にいいじゃないの」

「でも、今のシルビアさんだって十分に素敵です！　たとえ、シルビアさんが自分のことを嫌いでも、私は素敵だって言い続けますからね」

「……べ、別にそんなの……あんたなんかに」

とはいえ、私は自分に正直でありたい。

彼女が私にとって素敵であることは間違いない。動物に優しくしてくれるし、根っこはいい人なんだって思うし。

言いたいことを伝えると、シルビアさんは黙りこくってしまう。

温泉で温まってきたのか、彼女の頬は赤く染まっていた。

「ふ、ふん、別に私だって案外、いけてるのかもだけど……」

シルビアさんは下を向いて、ぼそぼそ言っている。もしかすると、照れているのかもしれない。

年は離れていると思うけど、彼女の内側にもまだ幼いというか、繊細な部分があったんだなぁ。

もちろん、クレイモアや他のみんなには黙っておこう。

私たちだけの秘密ってことにすればいいし。

この場にメテオがいなくて本当に良かったよ。あの子がいたんじゃ、明くる日には大陸中に噂が拡散するだろうから。


「おひょぉおおお！　あたしの貸し切り温泉なのだぁ！　今日はリリ様がいないので、泳げるっ！」

シルビアさんと心の距離が縮まり、やっと打ち解けた頃合いのことだ。クレイモアが温泉に乱入してきたではないか。

「えぇえ、クレイモア!?　何でここに!?」

突然の宿敵（?）の登場に驚き焦るシルビアさん。

「はわわわ、クレイモア、こっち見ちゃダメ！」

シルビアさんの本当の姿がバレるわけにはいかない。

私はざばぁっと立ち上がり、彼女が見えないようにガードを試みる。

だが、時既に遅し。

やつはものすごい勢いでスタスタ歩いてやってくるのだった。走らなかったのは偉い。

ひぃいいい、どうかバレませんように。

「あれ？　シルビアがいるのだ。ふむむ、今日のシルビアはミニビアなのだな、珍しい」

「え？　ミニビア？」

「小さなシルビアって意味なのだ。シルビアはたまに姿が変わるのだ。小さいときはミニビアって呼んでるのだよ」

「えぇ？」

しかし、とんでもない言葉がクレイモアから飛び出す。

なんと彼女はシルビアさんが姿を変えていることを知っていたのだ。

シルビアさんは「へひっ!?」と変な音をたてて固まってしまう。

「……あ、あのぉ、いつから知ってたの？」

「よく覚えてないけど、昔からなのだ。調子が悪い日とか怒られた日はちょっと縮むのだ。でも、褒められると膨らむのだ。小さいときはかわいいのだよ」

「……そうなんだ」

「この間、魔女様にぶっ倒されたときも縮んでたのだよ。あ、水に沈んじゃったからわからなかったのだな。にひひ」

クレイモアはあっけらかんと笑う。

シルビアさんの血のにじむような努力など知らない、豊満なボディをひっさげて。

「〜〜〜〜〜」

今までバレていないと思っていたシルビアさんは無言のまま下を向いている。

めちゃくちゃ恥ずかしいのか耳が真っ赤。

これはきついよね。心中お察しいたします。

クレイモアにはきつく口止めしとくからね。

「それに、ミニビアのことは、みんな知っているのだよ！」

「へ？」

「だって、あたしが大発見したって教えてあげたのだ！　みんな、びっくりしてたのだ！　にゃははは！」

「ぬありゃぁあああ!?」

クレイモアのこの一言がトドメとなった。

シルビアさん（小型）は悲鳴をあげてすぐに失神し、ぶくぶく温泉に沈む。

すぐに引き上げたものの、これはやばい。恥ずかしい。

ミニビアさん、いや、シルビアさんはもう立ち直れないんじゃないかと心配になる。

せっかく仲良くなったのに、なんていう運命のイタズラ。

それにしても、クレイモア、恐るべし。

天然物には敵わない、そう思わせるには十分な事件だった。

♨　♨　♨

「魔女様、それでは行って参りますじゃ」

シルビアさんの一件があった次の日のこと、ちょっとした事件が起きた。

あの村長さんが村を出るというのだ。

「にゃはは、悪いな、サンライズ！　サジタリアスで頑張ってくれなのだ！」

その発端はクレイモアが村に残りたいとごねたことにある。

彼女はサジタリアス騎士団の要だし、抜けるのは許可できないと言われたのだが、村長さんが代わりに加入するということで落ち着いたのだった。もっとも、村長さんのサジタリアス行きは一時的なもので、サジタリアスで騎士団を指導したら戻ってくるとのこと。

おじいちゃん子のハンナは名残惜しそうにしていて、ちょっとだけもらい泣きしそうだ。

「やったのだ！　リリ様、あたし、美味しいハンバーグを作るのだよ！」

一方のクレイモアは湿っぽい空気を読むことなく、リリと二人で喜んでいる。

彼女たちは昔からの付き合いだそうだけど、すごく仲がいい。

主従関係を超えた友情ってやつなんだろうか。友達ってやっぱりいいものだよね。いや、むしろ、リリが面倒見のいいお姉さんで、クレイモアがわがままな妹って感じだけど。

「妹か……」

私はふとあることを思い出して懐かしい気持ちになる。

魔法学院時代の私の妹分は元気にしているだろうか、なんて。

【魔女様の手に入れたもの】

温泉（偽装魔法無効化）：魔女様がいつも入っている温泉であるが、偽装魔法を無効にする有効成分を含んでいることが判明した。一切は謎である。

【魔女様の人材】

クレイモア・ウィンター：サジタリアス出身。剣聖の区分は白昼。真正面からのごり押しが得意。

馬鹿力の持ち主であり、剣を振るえば、岩を一刀両断する。戦う姿は破壊の女神。金髪碧眼の美人で身長も高く、大きい。どことは言わないが、とても大きい。ユオの村ではもっとも正統派の美人だと言って差し支えないが、性格がアレすぎて手に負えない。料理が得意。お風呂で泳ぐな。

第10章

魔女様の街道工事！デスマウンテンに乗りこんだら神話の魔物みたいなことになっちゃいました

第1話　ユオ・ラインハルトが【賢者】のミラク・ルーの『お姉さま』になるまで

「あんた、ミラク・ルーよね。私と一緒にご飯を食べない？」

それは数年前のこと。

自分に差し出された彼女の手の温かさを、ミラク・ルーは今でも鮮明に覚えている。

場所は王都にある貴族御用達の魔法学院。

わずか十歳で【賢者】のスキルを開花させたミラクは、平民出身者ながら特例として入学が許されたのだった。

通常は十四歳で入学するところを、十二歳での飛び級入学である。

しかし、入学してわかったのは、ここは激烈な階級社会だということ。いくら魔法の能力が高くても、平民出身の彼女に話しかけてくる子女はいなかった。

『ミラク・ルーって知ってる？　賢者なんだって』

『あぁ、あの田舎者のどんくさい娘でしょ？』

表では自分に優しく接してくれる生徒も、実際には自分の陰口を叩いていることを知り、ミラクは人間不信に陥ってしまうのだった。

今日も学院の暗がりで一人で寂しく食事をしようとしているときに、話しかけてきたのが黒髪の少女だった。

彼女の名前はユオ・ラインハルト。

リース王国名門の公爵家の令嬢であり、家柄の高さからも有名人だった。この地域では珍しい長い黒髪はきらきらと輝いていて、少しだけ切れ長の美しい瞳が印象的な美少女だ。

ミラクはユオの可憐さに息をのんでしまう。

「は、は、はい!?　ご、ご飯ですか!?　公爵令嬢さまさまのユオさまが私と!?」

しかし、ミラクは焦って、思わず立ち上がってしまう。公爵家の令嬢が自分と一緒に食事をしてくれるとは思えなかったからだ。

「変にかしこまらなくてもいいから。私、あんたと友達になりたいの。何か普通じゃないものをビシバシ感じるのよね」

「びしばし!?」

「ほらほら、早く立って!　あっちの日当たりのいい場所で食べるわよ!」

「え、ええ!?」

ユオはミラクの手を引っ張る。

彼女の手はとても温かかった。

「ふふっ、お茶も用意してあるわよ!　ララ、私のお友達にとびっきりのを出してちょうだい」

ユオの笑顔はまさに天真爛漫でミラクを魅了するのに十分だった。

そして、否応なしにミラクはユオと一緒に食事をする仲になったのだ。

時は流れ、【賢者】のスキルを持つミラクは抜きん出た成績を収める優秀な学生になった。

彼女は難解な魔法陣もすぐに理解できたし、再現どころか改良すら行うことができた。学院の教授たちからも、将来の宮廷魔術師と囁かれ、彼女自身も自分の力を誇りに思っていた。

学院の生徒たちにもはや彼女を平民の田舎者とバカにするものはいない。

ミラクは学院を代表するのにふさわしい優秀な生徒の一人となったのだ。

しかし、そんな彼女が一目置いているのがユオだった。

ユオははっきり言って、学業はダメダメだった。決して勉強が嫌いというわけではないのだろうが、考えるよりも行動するタイプであり、緻密な魔法理論を理解しようともしなかった。

いや、そもそもユオにはそんな必要はなかったのだろう。

なぜなら、彼女の魔力はゼロだったからである。魔法陣を読み取るにも再現するにも魔力が必要なのだ。魔力ゼロということは何も見えないということである。

後から知った話だが、彼女はあくまでも箔付けとして魔法学院に入れられただけだったのだ。もしかすると、魔力が開花するのではという目論見もあったかも知れないが、それはかなわなかった。

しかし、それであってもユオをバカにする人間は少なかった。

ユオには太陽のような天真爛漫なキャラクター性があった。

それに触れると、魔力の大小のみが人間の価値ではないことに気づかされるような。

ユオは周囲を応援し、そして、愛されていた。近くにいると心が温まり、この人の力になってあげたいという気持ちが湧いてくる。

ミラクはユオにはリーダーの器があると感じていた。

「お姉さま！　おはようございます！」

一年も経つとミラクはすっかりユオになついていた。

ユオのことを『お姉さま』と慕い、学院生活の際にはいつも傍らにいた。

「うーん、なんでお姉さまなの？　普通にユオさんとか、ユオちゃんでいいんだけど」

「ダメです。お姉さま以外考えられません。お姉さまが一番言いやすいんです」

「そんなものなの？　まぁ、私が年上だし、いいか」

「えへへ。あの、お姉さま、わ、私、勉強、頑張りますから、いつかお姉さまのもとで働かせてください！」

ユオの優しい瞳に感化されたのか、ミラクは仕官宣言をしてしまう。

ミラクの将来は栄誉ある宮廷魔術師と言われていたので、なんの冗談かとユオは思う。

しかし、ミラクの目は真剣そのもので、ユオは気圧されそうになる。

「将来、もしも私が自分の領地をもらえたら相談するわね。しかし、魔力ゼロの領主なんているのかしら」

「いいえ、お姉さまなら、絶対、素晴らしい領主になれます！　その気になれば、新しい国を立ち上げることだってできます！」

「新しい国!?　ちょっとそれは行きすぎでしょ!?　そもそも反乱なんじゃないの、それ？」

ミラクの無邪気なヒートアップを前に、ユオはとてもおもしろそうに笑う。その屈託のない笑顔にミラクは心が穏やかになるのを感じる。

「いいえ、ユオお姉さまなら、絶対になれます！　圧倒的な独立国家の専制君主に！」

「……それってララに吹き込まれたでしょ？　あんた、お人好しすぎるから、騙されるって。ララはああ見えて危険思想の持ち主だから気をつけたほうがいいよ？　いつか逮捕されるからね？」

学院の片隅で一緒に笑うユオはとても美しかった。

たぶん、きっと、ユオはこれからもたくさんの人をひきつけていくだろう。

彼女に領地が与えられることになれば、色んな人が彼女をもり立てて大成功するだろう。

魔法が一切使えなくても、彼女は素晴らしい。

ミラクはユオと友人であることに誇りを抱くのだった。

♨　♨　♨

しかし、幸福な日々はいつまでも続かなかった。

ユオがスキルを授与された、その日から全てが変わってしまった。

ミラクはとある侯爵の子女の家庭教師を務めており、その縁で偶然、ユオのスキル授与式に参加していたのだ。

彼女に与えられたスキルは、ヒーター【灼熱】。

あまりにも簡潔で、あまりにも意味不明。その場にいる誰もが聞いたことのないスキルだった。

リース王国においては落伍者の烙印を押される類いのスキルかもしれなかった。

失望のため息や小馬鹿にするような失笑が静かに広がっていく。

そして、誰もがその沈黙に耐えられなくなったとき、彼女の兄たちは口々にユオを罵倒しはじめるのだった。その言葉はあまりにもひどく、ミラクは耳を塞ぎたくなる。

魔力ゼロだというだけで、そこまでバカにされなければならないという理由はないはず。

「お姉さまはこんなことで負けません！」

ミラクは思い切って口を開く。

その場にいるのはリース王国の中枢を担う貴族たち。本来であれば平民の彼女が口を開くことさえはばかられる場面である。しかし、落胆するユオの姿を見て、声をあげずにはいられなかった。

「お姉さまはきっと、とんでもないことをしてくれます！」

その場の誰もが、ユオをバカにして、笑っていた。

しかし、魔法学院の同級生である自分は、彼女の妹分である自分は、知っているのだ。

ユオほど温かい人物はいないことを。一緒にいて、心まで温まる人物はいないことを。

感情移入が過ぎて、涙がじわじわとこみ上げてくる。

人前で泣き叫ぶわけにはいかず、ミラクは慌ててその場を後にするのだった。

次の日、ミラクはラインハルト家の屋敷にユオに会いに行くことにした。昨日のことがあったため、どうしても心配になったのだ。

しかし、その門のところでは何やらものものしいやり取りがなされていた。

「いいか、お前はもうラインハルト家とは関係がない。いっそのこと、そこに国でも作って永住してもかまわん！　ヤパンなど、どうせ誰も関心のない土地なのだ！」

ユオの父親の公爵はそう言って、ユオの追放を宣言する。

そして、ユオとメイドのララは家の前からしずしずといなくなるのだった。

ミラクはその様子を陰から見ていることしかできない。

その代わりに彼女はその光景を胸に深く、深く、刻み込む。一生、忘れないと心に刻む。

ミラクは声をかけられなかったことを、ずっと引きずるのだった。

それからユオは魔法学院に来なくなった。


『知ってる？　ユオ様が最果ての辺境に追放されたんですって？』

『えぇ、なんて酷いことを!?　ユオ様に私、憧れていましたのに……』

『いくら魔力がないからって、あんまりの仕打ちですわ』

ユオが辺境の大地へと追放されたことは学院中のうわさとなった。ラインハルト家が所有する辺境の大地は王都から遙か北に位置していた。魔族領のすぐ近くであり『禁断の大地』と呼ばれていることはミラクでも知っていた。

ユオの性格は勝ち気だが、魔力はゼロで自分の身を守る術を持たないはずだ。これではまるで、辺境の大地で野垂れ死ねと言っているようなものだ。

「こんなこと、やっていいはずがありません！」

いくら魔力がないからといって、実の子供になんてひどいことをするんだろうか。

ラインハルト家の方針にミラクのはらわたは煮えくり返った。しかし、リース王国の有力者であるラインハルト家の家庭事情に口を出すことは許されない。

悔しくて悔しくて、彼女の頬に涙の筋がいくどもできては消えて行った。

彼女は本当であればすぐにでも辺境の大地へと向かいたかった。

しかし、女王の下での宮廷魔法使いとしての修行が始まってしまい、勝手に王都を離れるわけにはいかない。奨学金をもらっている身分では勝手なことはできないのだ。

ミラクは憤りと無力感を感じながら、毎日をすごすしかないのだった。

そして、ある日、彼女は『いいアイデア』を思いつく。

ユオを取り戻すための、とびっきりのアイデアを。

それはユオの持つヒーターというスキルについて徹底的に調査するということだった。

もし、彼女のスキルが有用ならば王都に呼び戻してもらえるかもしれない。

スキルとは神の与える恩恵と言われ、その人の素質を反映したものがほとんどだ。
・筋力プラス
・鑑定力
・商才
といったわかりやすい名前で示されることが多い。

しかし、ユオの場合は違った。ヒーターであり、クラスは【灼熱】。

その場にいた人は誰もそのスキルの存在を知らなかった。

「だったら、私が調べるしかない！」

ミラクは王都にある図書館中の本棚を探し回り、スキルについての考察書・解説書を読みあさり始めた。

「お姉さまの持っているスキルが有用だってことを証明すればいいんだ！」

ユオが王都に残るべき人材であると示すのだと、ミラクは意気込んでいた。賢者のスキルを持つ彼女は、猛烈な勢いで書籍を読破し始めるのだった。

「……なに、これ!?」

それはただの偶然だった。

棚の上から落ちてきた古い本が偶然開き、そこに『禁忌のスキル』の項目があったのだ。

そこに書かれていたのは従来のスキルとは大幅に異なるスキルだった。

剣聖や賢者、商人といったものとは根本的に異なり、それ自体が歴史を大きく変えてしまいかねないスキルが列挙されている。

暗黒蝶：暗黒の魔女が授けられたスキル。大地を闇の羽の中に閉ざす能力。数年にわたってモウラ半島を闇の中に落とした。

大悪商：詐欺・恐喝・恫喝などを駆使して商談を有利に進めるスキル。ダラ商国創始者が所持したと言われている。

業断：この世界の因果を断ち切るスキル。魔法を断ち切り、空間を断ち切り、時間を断ち切る。

魔石喰い：魔石を燃料に体を拡張させるスキル。火の精霊ラヴァラガンガの能力。都市一つを焼き尽くすなど災厄を引き起こした。

ヒーター【灼熱】：灼熱の魔女が授けられた熱を自由自在に扱うスキル。膨大な魔力と合わさって成長し、暴走した力は大陸の大部分を焼き尽くした。世界を崩壊させる危険あり。

そして、その中に踊る『灼熱』の文字を見て、ミラクは胸騒ぎがした。ミラクは確かに聞いていたのだ。ユオのスキルは、ヒーターであり、灼熱のクラスであると。

「お姉さまのスキルって、これのこと!?　でも、それじゃ……灼熱の魔女と同じってことに!?」

ミラクの背筋に冷たい汗が流れる。

ユオのスキルは歴史に悪名を残すぐらいに危険なスキルである可能性が高い。

もし、このことが王国にばれたら？

おそらく、ユオは捕縛され、不自由な生活を強制されるだろう。

いや、それならまだマシな方だ。場合によっては事情を知らされないまま、殺されてしまう可能性も高い。

ユオの有用性を示そうと思って調査をしたのだが、やぶ蛇な結果になってしまった。

このスキル解説書の内容は絶対に誰にも知られてはいけない。

王都で殺されてしまうよりは、辺境でのんびり過ごしていたほうがいいのかもしれない。頃合いを見て、自分が彼女のもとに向かえばいいのだから。

「あ、あれ？」

ミラクはその本を急いで棚に戻そうとするのだが、緊張のあまり手が震えてしまいなかなか棚に入らない。

「ほう、おぬし、面白そうな本を読んでおるな」

ぞくり、とした。

後方から、誰かがミラクに声をかけたのだ。

その相手は、リース王国の女王、その人だった。

「ひぃいいい、じょ、むががが！！？？」

不意をつかれたミラクは驚きのあまり大きな声をあげそうになる。

しかし、女王はすんでのところでミラクの口を封じてしまう。

「今日はお忍びで来ているんだから静かにしてほしいな、賢者のミラク・ルーよ。して、お前は何を読んでいるのだ？　『スキル禁書』……、ふぅん、こんな本があったとは知らなんだ」

女王はミラクの手から本を奪い取ると、パラパラとめくる。

そして、とあるページでピタッと手を止めて、まじまじとミラクの瞳を見つめる。

「このページでおぬしの魔力が揺れ動いているようだな。何があったのか、話してもらおうか？」

「ひ、ひぃいいい」

女王の瞳はまるで獲物を見つけた蛇のように冷酷に光る。

ミラク・ルーはもはや嘘を押し通すことさえできない。

彼女はこれまでの経緯をすべからく話すのだった。

♨　♨　♨

「行方不明になっただと!?　おぬし、何をしたのか、わかっておるのか!?」

「も、申し訳ございませんっ！」

後日、ミラクの話を聞いた女王はユオの父親、ガガン・ラインハルトを宮廷に呼び出す。

しかし、ガガンはユオは禁断の大地に向かって以降、行方不明になっているとの一点張りである。

禁断の大地は危険地帯で、魔石狩りを控えた現状では調査兵団を向かわせるのも難しいと言う。

これでは危険なスキル保持者が野放しになる可能性がある。女王は自ら調査に乗り出すかと考え始める。

「しかし、ユオの魔力はゼロと鑑定されております。あれが過去に災厄をもたらした灼熱の魔女などと、万に一つもございません！」

ガガンはユオの魔力はゼロであり、灼熱の魔女になりようがないと主張する。

魔力ゼロというのは、ここリース王国において底辺の才能であることを意味する。第一に文献には『灼熱のスキルは魔力と合わさって成長する』と書いてあった。

ユオの場合、そもそもの魔力がないため、いくら危険なスキルを持っていても成長しようがない。

「そうか、お前の娘は魔力がゼロか。ふふ、ただの取り越し苦労だったというわけだな」

女王は魔力ゼロの言葉に安堵したのか、即座に興味を失ってしまう。

女王は知らない。

その文献には訂正が入っていなかったことを。

過去の「灼熱の魔女」が膨大な魔力を持っていたのは事実だが、それはヒーターの能力とほとんど関係がなかったことを。

そして、その決定が王国と大陸の未来に大きな、いや、大きすぎる影響を与えることを。

第2話　ラインハルト家、長男と次男がなにやら変なやつと手を組みますよ

「ミラージュのやつ、金を使い込みおって!!」

ユオたちが辺境伯たちを温泉でもてなししているときのこと。

リース王国の有力者、ガガン・ラインハルトは怒りに燃えていた。

その理由は彼の三男のミラージュが莫大な使い込みをしていたからだった。

しかも、肝心のミラージュは昏睡状態に陥っており、責任を問うことさえ難しい。家計は火の車であり、ラインハルト公爵家の危機と言っていい状況だった。

「マクシムにルイス、早急に資金をかき集めよ！　このままでは騎士団の維持すらできん！」

「ははっ！」

そこでガガンは二人の息子を呼び出し、資金集めを命令する。

長男のマクシムは魔法剣士として知られ、ルイスは知略に富んだ騎士であることで知られていた。

ミラージュをあわせた、ラインハルト家の三騎士はリース王国の守りの要とも呼ばれるほど、評価の高い騎士なのである。

「いいか、私を失望させるなよ！」

ガガンは息子二人に任せると、休暇のために家を空けるという。

先日は休暇の途中で女王に呼び出され、骨を休める暇もなかった。女王に妙なものを飲まされ、体の調子もおかしいままだ。

厄介な仕事を任された二人の息子は父親を冷ややかな目で見送るのだった。

♨　♨　♨

「ここまでうちの財政がひどいとは。兄上、いかが致しますか？」

「現状のようにユオの村から魔石が出続ける以上は高級魔石の流通はかなり厳しいだろう。魔石に代わる何かを探すしかないな」

「全く、ユオのやつはろくなことをしません。恩を仇で返すとは」

ガガンが出発すると、マクシムとルイスは二人で金策について話し合う。

基本的にはルイスはマクシムのイエスマンであり、追随することが多いようだ。二人はミラージュの残した記録から、ラインハルト家に何が起こっているかを把握する。

彼らの領地の魔石の価格がなぜ安くなったのか、それはユオの村から大量に魔石が産出されていることにあった。

さらに悪いことには、ユオは村の統治をラインハルト家から完全に切り離してしまった。彼女は独自に冒険者ギルドを誘致し、隣国の有力者であるサジタリアス辺境伯家やビビッド商会と懇意にしているとのこと。これでは村を襲撃して、魔石の生産を止めさせるのは難しいとマクシムは判断する。

すなわち、今の彼らに必要なのは魔石以外の収入源なのだ。

「魔石のかわり、ですか。ふぅむ……」

マクシムとルイスの間に重い空気が流れる。

先日の聖域草の件で、ラインハルト家は痛い目をみたばかりであり、迂闊に臨時収入を得ようとすることの危険性を理解していた。

「マクシム様、お客人が参りましたが」

腕組みをして唸っているところに、執事がドアをノックする。

客人の名を尋ねてみたが、聞いたことのない商会の代表を名乗っているとのこと。

今はガガンも屋敷におらず、このような来客は断るのが通常だ。

しかし、重い空気を変えるためにあえて客人を通すことにした。


「お初にお目にかかります。ドグルズ商会のドグラと申します」

ドグラと名乗った人物は長身痩軀の男だった。

メガネを掛けた顔色は青白く、神経質そうな顔をしている。

「この度はラインハルト公爵様に取引のお願いがあって参りました」

「ふむ、父は休暇で留守にしているが、その間は私が全権を預かっている。取引か。申してみよ」

彼らは椅子にふんぞり返ったままで答える。

マクシムたちの態度は父親のガガンにそっくりだった。彼にとって弱小商会の商人とは、尊大に振る舞うべき相手だったからだ。

「ははっ、こちらをご覧ください」

そう言って男が差し出したのが、青く光る宝石のようなものだった。

内側に黄色い光をたたえ、まるで命があるかのように揺らめいている。

それを目にしたマクシムの顔色は一瞬で変わる。

「こ、これは……？　ま、まさか、【女神の涙】ではないのか!?」

「し、知っているのか、兄上!?」

その理由は商人の持ってきた女神の涙と呼ばれる宝石にあった。

それは魔族領でしか採取することのできないものであり、爪ほどの大きさで邸宅が買えると言われている希少な宝石。

素材としても優秀で、高級魔石よりも遥かに大量の魔力を吸収・放出すると言われていた。

魔法剣に用いれば、その威力は何倍にも増すことを、マクシムは常日頃から耳にしていたのだ。

「さすがはラインハルトのマクシム様、お詳しいですね。……私の村では、この宝石がよくとれるのですよ」

ドグラと名乗った男はそう言って口元を綻ばせる。

その笑みは人間のものとは思えないほど、引きつったものだった。

「お前の村で、とれる、だと……!?」

マクシムはここに来て、目の前の存在が人間ではないことに気づく。

女神の涙がとれる場所、それは魔族の治める地域であることを彼は知っていたからだ。となれば、目の前にいるドグラもまた、魔族である可能性が高い。うまく人間に擬態しており、彼らは初見でそれを見破ることができなかったが。

「……ドグラ、貴様、人間ではないな？　リース王国において、魔族は仇敵！　この魔剣のマクシム・ラインハルトを愚弄するのか？」

マクシムはそう言うと同時に、剣の柄に手を添える。

彼は魔法剣士のスキルを授かり、剣に魔法をのせるという希少な剣技を扱うことができた。

戦いが始まるとは思ってもみなかった弟のルイスは、「ひぃいいい」と情けない声をあげる。

「おやおや、ばれてしまいましたか。さすがはリース最高の剣士、マクシム様。恐ろしいことこの上ないですね」

ドグラの瞳が魔族特有の怪しい緑色に変化する。

「私は世に名高い魔剣様と戦うつもりはありませんよ。ただただ、取引のお願いに参っただけなのですから。どうかその手を下ろしてください」

ドグラはそう言うとにこやかに笑う。

明らかに作った表情ではあるが、一切の魔力を解放していないところから戦意はなさそうである。

それにおかしな真似をすれば一瞬で両断することができる。

マクシムはそう判断し、ドグラに言葉を続けさせた。

「我々の目的は、ラインハルト家に伝わる【ベラリスの封印書】です。そちらを頂ければ、先程の女神の涙を百個ほどご用意しましょう」

「ベラリスの封印書だと？」

その言葉に、マクシムたち兄弟は顔を見合わせる。

封印書。それは、過去の魔王大戦で魔族を封印するために用いられた魔道具である。

通常の攻撃が通らない、またはあまりにも強大で倒すことのできない相手に使われたと伝え聞いていた。

過去に大功をあげたラインハルト家にもその封印書は残されていたのだった。

もっとも過去の魔王大戦は百年も前のことであり、ベラリスがどんな魔族かはもはやマクシムにはわからない。

しかし、魔族がそれを求めるというのは穏やかな状況ではないことはすぐにわかる。

「ドグラと言ったな、封印書をなにゆえ望む?」

「私の村で小競り合いが起きておりまして、相手を黙らせるためにはどうしても力が必要なのです」

「人間側に危害を加えるためではないというのか?」

「もちろんですよ。現在の大魔王様は和平を望んでおります。あの人はとても恐ろしいお方ですから、歯向かうことはございません。そちらに手出しをしたら、私のような下級魔族はすぐに消し炭ですよ。いやはや、恐ろしい」

マクシムはドグラという男の瞳をじぃっと覗き込む。

その瞳は揺らがず、嘘を言っているようには思えない。もっとも、本当のことを言っている保証もなかったが。

「兄上、やめましょう、魔族と取引などと!」

弟のルイスは青い顔をして、首を小刻みに横に振る。

魔族はリース王国の第一の敵とされている。

百年前の大戦で人類側は大きな損害を負い、たくさんの人間が死んだ。停戦後も和平に異を唱える魔族がリース王国を転覆させる陰謀を張り巡らせたこともある。魔族とは本来ならば問答無用で殲滅しなければならない相手なのである。

しかし、商売相手となれば話は別だとマクシムは考える。

そもそも、大昔の魔族を一体程度解放したところで痛手があるとは思えない。自分の魔法剣ならばどんなに強大な魔族と言え、数秒で片付けることができるのだから。

一方で、ラインハルト家が得られる対価は莫大なものになる。女神の涙が百粒ほどあれば、これまでの損失の補塡どころか向こう数年遊んで暮らすことさえできるだろう。

この取引に応じないほうが『どうかしている』とマクシムは結論づけるのだった。

「いいだろう、ベラリスの封印書を用意しようではないか。明日、同時刻にここに来るように」

マクシムはドグラとの取引に応じると伝える。

ルイスは言葉にならない叫びをあげるが、マクシムはそれを受け入れない。

「ありがとうございます。残りはもっと大粒のものをご用意させていただきますよ」

ドグラはそういうと、足音もなく、ドアの向こうへと消えていく。

それは明らかに人間の動きではなく、二人に強烈な印象を与えるのだった。

「兄上！　大丈夫なのですか!?　父上に黙って魔族と取引など！」

ドグラが帰ったあと、ルイスはマクシムに抗議をする。

しかし、マクシムはルイスの言葉を遮るようにこう言うのだった。

「何の問題もないぞ、ルイス。あの封印書は魔族が封印を解こうとすると、崩壊するのだ」

「そ、それはまことですか!?」

「ふくく、あの愚かな魔族はボロボロの封印書をもって地団駄を踏むだろうよ」

マクシムは自分が余裕しゃくしゃくでいたことの理由を説明する。

彼の家に伝わる封印書は高度な術式で構成されており、魔族の魔力を判別する機能が備わっていたのだ。これならドグラが封印を解こうとしても、何も起きないわけである。

すなわち、マクシムはリスクゼロで莫大な資金を獲得したのだった。

「さすがは兄上！　感服しましたよ！」

ルイスはマクシムの機転を称賛する。これならば、かりに封印書を紛失したことがバレても大きな問題にならないだろう。

「それにいざというときは私が相手をしてやるさ。百年前の古ぼけた魔族など、一刀両断だ」

マクシムは不敵な笑みを浮かべる。

彼の行動の源泉には、自分の力への揺るぎない自信があった。

「……兄上、それでしたら、私に考えがあります！　あの魔族をつかって……」

ルイスはにやりと笑みを浮かべ、マクシムに今後の計画を伝える。

それを聞いたマクシムは思わずにやりと口角を上げるのだった。

♨　♨　♨

「これがベラリスの封印書だ。確認するがいい」

次の日、ドグラは時間きっかりに現れる。

マクシムは古ぼけた魔法陣の書かれた紙をドグラに開いて見せて、真贋を問う。

彼は封印書をまじまじと眺めると、「確かにベラリス様の魔力ですね」と答える。

その様子に胡散臭いものを感じるマクシムだが、別にこれが本物であろうとなかろうとどうでもよかった。

彼の目的はただ一つ、女神の涙を手に入れることだったからだ。

「これを渡すには条件がもう一つある。禁断の大地にある、この村を潰してくれないか」

ルイスはそう言うと、詳細な地図を取り出す。

そこには一箇所だけ丸がつけられている場所があった。その村は彼らの義妹の治める村だった。

マクシムとルイスは魔族の力を使って、その村を崩壊させようと目論んでいたのだ。

「ほほう、これはこれは……」

ドグラは目を細めて、指し示す地域を眺める。

そして、彼はにやりと笑みを浮かべて、「いいでしょう」とだけ言うのだった。

「それではこちらが女神の涙です。ちゃんと確認してくださいね」

ドグラは丁寧な手付きで、机の上に宝石を並べていく。

日頃から高価なものに囲まれているマクシムたちであるが、思わず唾を飲み込んでしまう。

「こちらは頂いていきますね。君、これを持ちたまえ。マクシム様、ありがとうございます」

ドグラは使用人に封印書をもたせて、嬉しそうに帰っていく。

そして、魔族と人間の秘密の取引は何事もなく終わったのだった。

思わぬところから女神の涙を手に入れたマクシムとルイスは歓喜する。

封印書が崩れれば、それで終わり。もしも、封印書から魔族を解放することができても、ユオの村は潰れ、魔石の価格は元に戻る。どっちに転んでも彼らにとってプラスの結果がでるのだ。

彼らは魔族を出し抜いてやったと笑うのだった。


「……そんなことを思っているんでしょうか。愚かですね、人間というものは」

屋敷を出たドグラはにやりと笑う。

彼は魔族である自分が封印書を触ると崩壊することを知っていた。

今は魔法で隷属化した人間に持たせているため、封印書が崩れることはない。

「あとは封印を解いてくれる人間を確保しましょうか。とびきり魔力の強いのがいいですね」

ドグラは口元に笑みを浮かべる。

彼の脳裏には真っ黒い陰謀が渦巻いていた。

第3話　ミラク、旅に出る

「ユオ様が足りない……」

ミラク・ルーは、はぁっとため息をつく。

ユオの能力について女王に報告したのはもう数ヶ月も前のことだ。幸いにもユオのスキルが危険視されて、処断されるということはなかった。

しかし、逆に言えば、何一つ現実は変わらないままなのである。

いつものように日は昇り、風は吹くが、ミラクの心にはぽっかりと穴が開いたような状態だった。

「お姉さま……」

ミラクはユオからプレゼントにもらったハンカチをぎゅっと握りしめる。

それはユオがいなくなった王都で、唯一の痕跡とでも言えるものだった。

「こうなったら……！」

ミラクは決意する。

ラインハルト家に出向き、ユオの追放を解いてもらうように説得することを。

自分自身の宮廷魔術師としての報酬を条件にしてもよい。

もし、望むなら、将来、ラインハルト家に無償で仕えることだって選択肢の一つだ。ミラクはふうっと息を吐いて、ラインハルト家の門をくぐるのだった。

♨　♨　♨

「……ダメだったぁ」

ミラクはラインハルト家のマクシムとルイスと直談判することができた。

どうにかユオを王都に戻してもらえないか頼み込むも快い返事はもらえなかった。

まるでユオを目の敵にしているほどのふるまいで、取り付く島もない様子。

無力感に打ちひしがれた彼女の瞳には涙が浮かぶのだった。

「……お嬢さん、もしかすると、ユオ・ラインハルト様をお捜しなのではないですか？」

それは不思議な声だった。

まるで心のなかに囁いてくるような形で、誰かがミラクに声をかけてくるではないか。

「えひっ!?」

振り向くと、そこには商人然とした人物が立っていて、にこやかな表情をしている。

彼は辺境都市の商人、ドグラと名乗った。

「あ、あなたはユオ様をご存じなのですか？」

「ええ。私はこう見えましてもラインハルト家に昔から出入りしている商人なのです」

「そ、それではユオ様が今どんなことになっているのかも知っていらっしゃるのですか？」

ミラクはほとんど必死の形相になってドグラに食いつく。

メガネをかけた長身痩軀のその男は軽く笑うと、ユオをとりまく現状について話し出すのだった。

彼いわく、ユオはラインハルト家の面々と喧嘩をしており、辺境の大地から帰ってくるつもりはないと意固地になっているとのことだ。

ラインハルト公も内心では困っていて、王都まで連れ戻してくれる人物を探しているらしい。

「ユオ様もいつまでも辺境に居るわけにはいかないでしょうが、困ったものです。私はちょうどユオ様が追放された村を巡回するのですが、連れ戻してくれる人を探しているのです」

ドグラは慈悲に溢れたような顔をして、そんなことを言う。

その言葉はミラクにとって千載一遇のチャンスを意味していた。

「ユオ様を、お姉さまを連れ戻せる人物……」

ミラクの中でその言葉が反響する。

自分ならばユオを説得し、連れ戻せるかもしれない。そんな思いが湧き上がってきたのだ。

少なくとも、自分の話ならば聞いてくれるかもしれない。

ミラクは、今、自分が王都から勝手にいなくなることの意味を十分にわきまえていた。自分に良くしてくれた学院や王室の顔に泥を塗る行為であり、これまでの自分自身の努力を全て無為にする行動であることも理解していた。

約束されていた宮廷魔術師としての道はなくなり、謹慎どころか、王都から追放される可能性だってあるだろう。奨学金の返還も求められるだろう。

……それでも、いい。私はお姉さまに会いたい。

ミラクはぎゅっと、こぶしを握りしめる。

「私、行きます！」

ミラクはその場で決意する。

ユオを連れ戻すために辺境へと向かうことを。そしてユオを王都へと連れ戻すことを。宮廷魔術師の見習いの仕事も、学院での学業も全て放棄しても構わない。ミラクの心はただ一つ、ユオに会いたい、それだけだったのだ。

　一方のドグラはそんなミラクを見てほくそ笑む。

　彼はベラリスの封印を解くための人物が見つかったことに内心、狂喜していた。

　こうして魔族と人間の奇妙な旅が始まる。

　未曾有の大戦以降、百年の平和を保った大陸の歴史は徐々に変わろうとしていた。

♨　♨　♨

「ドグラさん、もうすぐユオ様に、お姉さまにお会いできるのですね！」

　決して快適とは言えない旅路だったが、ミラクの声は元気に溢れていた。

　彼女は何の不安も感じてはいなかった。

【賢者】のスキルを持っているミラクは強力な攻撃魔法の使い手でもある。いざとなれば自分自身を守ることなど造作もないと信じていた。もしも、ドグラがよこしまな目的を持っているならば魔法で撃退すればいいと考えていた。

　しかし、自分の力への過信が、彼女の運命をあらぬ方向へと導いていく。

「ええ、もうすぐですよ。あちらに村の門が見えるでしょう」

ドグラが指差した先には土塀で囲まれた村があった。粗末ではあるが、明らかに人間の村だ。

「いよいよ、いよいよなんですね！　私がお姉さまを絶対に連れ戻します！」

ミラクの興奮は最高潮に達しようとしていた。

村についたらユオはどんな顔をするだろうか？

自分を歓迎してくれるだろうか？

再会を喜んで抱きしめてくれるだろうか？

そのときを思うと、胸がどきどきして呼吸さえ苦しいぐらいだ。

「ミラク様、部外者が村に入るには通行証が必要だとのことです。ミラク様の通行証はこちらです」

ミラクは辺境の慣例など知る由もない。

通行証と聞いても疑うことはなかった。

むしろ、自分の通行証を用意してくれた親切心に礼を伝えるほどだった。

ドグラの付き人がミラクに通行証を渡す。

「これでいいんですか？」

「ええ、そちらを村の門の前で広げて、ご自身の名前を名乗ってから、「解錠せよ」と伝えていただけませんか？　私は商品を確認しておりますので」

ドグラはいそいそと馬車に積まれた商品を管理するような素振りを見せる。

いかにも忙しそうに、手が離せない様子だ。

「名前を名乗って、解錠せよ、ですね。わかりました！」

門番のいない木製の門の前に立ったミラクは大きく息を吸い込む。

その手には件の封印書が握られていた。

やっと、会える！

お姉さまに！

ミラクの内側には抑え込んでいた感情が高まっていく。涙が溢れそうだ。

「ミラク・ルーと申します！　解錠せよ！」

彼女は封印書を広げて、大きな声をあげる。

その声がユオに届くかもしれないと期待さえしていた。

次の瞬間。

「ひゃっ……、な、なにこれ」

ぶわっと赤黒い光が封印書から発せられる。

突然の出来事にミラクは息を呑んでしまう。

そうこうする間に封印書に書かれている文字が一つ一つ浮かび上がり、一つの魔法陣を形成する。

「べ、ラ、リ、……ス？　うそっ⁉　魔族のベラリス⁉」

その中央には「ベラリス」という古代文字が浮かび上がっていた。

図書館通いが趣味で、博識なミラクはその名前に聞き覚えがあった。

魔族のベラリス、別名、闇霧のベラリス。

それは百年前の大戦時に急先鋒として現れた魔族。

人間・亜人の同盟軍に多大な被害をもたらし、いくつもの都市を陥落させた魔族。当時、魔王にさえ比肩すると言われたほどの強力な魔族だ。

確か、先代の女王とその騎士たちによって封印されたという記録があったはず。封印は厳重になされており、二度と復活することはないと注記がなされていた。

だが、起きていることはすべて正しい。今、ベラリスを復活させる魔法陣が形成されようとしているのを、ミラクはすぐさまに理解する。

このまま放置することは絶対にあってはならない。

「そ、そんなことなんかさせるもんですか！」

ミラクは有りったけの魔力を発動させて魔法陣の発動を抑え込もうとする。

もしも、ベラリスが解放されれば甚大な被害が出ることは想像に難くない。自分の命を賭してでも、解放を阻止しなければならない。

「邪魔をしないでください」

「ひぐっ!?」

最大限の魔力を発動させようとした矢先、ミラクの右肩が赤い光線によって貫かれる。

激しい痛みがミラクを襲い、地面を転げ回る。

彼女が見上げた先には、一緒に旅をしてきた商人、ドグラの姿があった。彼の頭部には魔族特有の巻いた角が生えており、その瞳は緑色に輝いていた。

「ド、ドグラ……さん!?」

ミラクは自分を攻撃したのがドグラだと知り、全てを悟るのだった。

彼女をここに連れてくることが、このドグラという男の、いや、ドグラという魔族の企みだったことに。

「あははは！　なんと愚かしい小娘でしょう。ラインハルトの娘の名前を出せば、ほいほい疑いもなくついてくるなんて！」

ドグラは甲高い声で笑う。

その顔は醜く引きつり、もはや人間の原型をとどめてはいなかった。

ミラクは自分自身の愚かしさを呪う。

ユオの名前を出されたときに、心躍るような感覚になってしまった自分に。

疑いもなく、魔族の封印を解いてしまった自分に。

ユオに騙されやすいから注意しろと言われていたのに、油断してしまった自分に。

「こんな偽装魔法に騙されるなんて。今の時代の賢者様は情けないですね」

ドグラがそういって指を鳴らすと、目の前にあった門がぎぎぃと開く。

そして、現れたのは洞窟だった。

村の塀や門は人工物だったために、ミラクは見抜くことができなかったのだ。

封印書の赤黒い光は洞窟に伸びて吸い込まれていく。

オォオオオオオオオ……。

その奥からは禍々しい音が鳴り響く。明らかに邪悪なものがひそんでいる瘴気を発していた。

「……………よくやったぞ、ドグラ」

そして、現れたのは真っ黒い霧だった。

人の形にも似ているが、定まった形はなく空中を漂っている。

目玉も口も耳も見えないが、ところどころに人の骨のようなものが浮かんでいる。

「こんな魔物、見たことない……」

ミラクは禍々しい化け物の出現に目を見開く。

アンデッドモンスターのゴーストのようにも見えるが、発している魔力の量が桁違いだ。

「ふむ、これが私の依代《よりしろ》か」

「ははっ、なかなかの魔力量でございます」

霧のようなものはミラクの方を向きなおり、依代という言葉を発する。

ミラクはドグラが自分を連れてきた理由を悟る。

古の魔族を復活させるためだけではなかった。あれを私の体に乗り移らせようとしているのだと。

「そんなことさせない！　デスファイ……」

ミラクは最後の力を振り絞り、自分自身と周辺を徹底破壊するための自爆魔法デスファイアを発動させようとする。魔族に体を乗っ取られて、人間に牙を向くことだけは避けなければならない。

「間抜けな人形は黙っていなさい」

しかし、詠唱の最後の部分でまたもやドグラが邪魔に入る。

彼は指先から先程の光線を放出し、脚を貫かれたミラクは痛みと絶望の中、地面をのたうち回る。

彼女のメガネは地面に転がり、視界がぼんやりと不鮮明になる。

そして、じわじわと何かが近寄ってくるのを感じる。

寒気が全身を襲い、自分の魔力が分散してく。

視界が真っ暗な世界に落ち込んでいく。

「お姉さま、ごめんなさい……」

ミラクは懺悔の言葉を口にする。

闇の中、最後までミラクの脳裏にあったのはユオの笑顔だった。

しかし、それもすぐに掻き消えていく。

♨♨♨

「ふむ、なかなかによい人形をもってきたな。それで、私はどれぐらい封印されていたのだ？」

魔法陣の中央には可憐な少女の姿があった。

しかし、その瞳は魔族特有の緑色の光を発していた。姿こそ人間だが、彼女はもはや魔族へと成り代わっていたのだ。

「ははっ、百年ほどでございます！」

その少女の傍らには長身痩軀の男がひざまずいている。

「百年か……。礼を言うぞ、さて、どこから蹂躙してやろうか」

「ベラリス様、百年の間に魔族も大きく変わりました。大魔王様は人間と和平を結んでおり、人間との争いを好まぬ穏健派の魔族が天下を取っている始末です」

ドグラはひざまずいた姿勢のまま、言葉を続ける。

「和平……だと？　人間などという脆弱な生き物に、誇り高き魔族が恐れをなしているというのか？」

和平という言葉を聞いて、ベラリスの瞳に怒りの色が灯る。

ベラリスはかつての魔王大戦の際に魔族軍の急先鋒として、もっとも多くの戦いに臨んだ将軍だった。多数の同胞が殺された恨みを今でもしっかりと覚えている。彼にとって人間と和平を結ぶということはありえない選択肢だった。

「人間どもを皆殺しにしてやろうと思っていたが、気が変わった。穏健派といったな。まずは魔族の中にいる腰抜け共を始末してやろう。それから最強の軍団を作ってやる」

ベラリスは不敵に笑い、魔力を解放する。

禍々しい黒い霧が辺りに充満し、木々が枯れ始める。

「承知いたしました！」

穏健派の魔族を制圧するというベラリスの姿を見て、ドグラは笑みを浮かべる。

そう、それこそがドグラの目的だったからだ。


数日の後。

ベラリスとドグラは穏健派とされる魔族の村に強襲を仕掛ける。

村に住んでいたのは木の精霊を始祖とする魔族であり、魔族の中でも最も争いを好まない集団だった。彼らは抵抗するも、強大な魔法を使うベラリスに手も足も出ない。ベラリスは強力無比の魔法に加えて、【賢者】のミラクが使う人間の魔法さえも扱うことができるからだ。

「巫女様だけでもお逃げください！」

そんな中、一人の少女が村から駆け出していく。
彼女は燃える村を背中に、ただただ必死に走るのだった。

第4話　魔女様、行方不明の村人を助けるためにデスマウンテンに出動します！

「一番の課題は街道の整備！　これだよね」

「その通りです、ご主人様」

村長さんとクレイモアのトレードから数日後、私たちは頭を抱えていた。

これまでの交渉で、私たちの村はザスーラと正式に交易ができるようになった。交易許可が出たということはヒトとモノがたくさん行き来できるチャンスだと言える。

しかし、大きな問題が横たわっているのである。

それは街道がないこと。

現状では道なき道を進まなければならないわけで、体力に自信のある冒険者ぐらいしか集まってくれないのである。

ミラージュ兄の領地から人がだいぶ流入してきたとはいえ、まだまだ、うちの村の人口は少ない。

人を増やすためにも街道は必須の条件になる。

じゃあ、街道を作ればいいわけだけど、ここでも一つ大きな問題があるのだ。

「このデスマウンテンっていうのが邪魔なんだよねぇ」

デスマウンテンという言葉を聞くと、ララもメテオも押し黙ってしまう。

サジタリアスとの中間地点にあるその山には凶悪な死霊が住み、魔族領並みに危険だと言われている。荒くれ者の冒険者だってわざわざデスマウンテンに足を踏み入れることはないそうだ。

「街道を作るにしても、デスマウンテンは絶対に避けなあかんもんなぁ。しかし、そうなるとめっちゃお金と時間がかかってまうで。ぐるーって回り道やもんなぁ」

メテオは大きくため息をつく。

彼女の言う通り、迂回させるとなると途方も無いコストがかかることになる。

どこかの親切な人がデスマウンテンごとふっとばしてくれないかなぁ。

そういえば、サジタリアスのレーヴェさんの言葉を思い出す。

『デスマウンテンが安全になればサジタリアスからの交易をもっと進められると思います。もし、本気で街道を整備される場合には私たちも協力を惜しみませんよ』

いつだったか彼はそんなことを言っていた。

同時にデスマウンテンだけは止めた方がいいと釘を刺すのも忘れなかったけれど。

「本格的に乗り出すタイミングかもね」

そもそも、この辺境が「禁断の大地」なんて言われて取り残されているのは、こういった危険地帯に取り囲まれているからなのだ。村の西には黒死の森なんて場所もある。ネーミングからしていかにも危険地帯である。

「いよいよ、避けては通れないタイミングですね、ご主人様」

ララは私の言葉にゆっくりと頷き、領地にある一つ一つの危険地帯を鎮圧していくのも領主の仕事だと付け加えた。

ひょっとしたらデスマウンテンから悪いやつらが襲ってくるかもしれないんだし、ここいらで白黒つけた方がいいかもしれない。

「にゃはは！　剣聖だけど村人Aとして、あたしも頑張るのだ！」

「私だってやりますよ！　剣聖の孫の村人Bとして斬りまくります！」

村長さんがいなくなり、今やうちの戦闘要員のツートップになったクレイモアとハンナはやたらとやる気を出している。

二人とも目がだいぶキラキラしているけど、これから行く場所のことがわかっているんだろうか。

「いや、それは止めといた方がええで？　いうけど、死霊の女王が住んどるっていうし、そいつは物理攻撃無効っちゅう話やからね？　ハンナもクレイモアもユオ様も攻撃しかできひんやろ？　ユオ様は範囲攻撃で即死攻撃かもしれんけど、相手は死んどるやつやから。どう転ぶかわからへんって」

意外なことにメテオが慎重な意見を言ってくる。

無謀な挑戦にはまっさきに賛同するのが彼女の性分なのだと思っていたが、今回は違うらしい。

「ふーむ、物理攻撃無効かぁ……」

それにしても、私をそこの脳筋二人組と一緒にしないでほしいわね。

私は自分のことを頭脳派ファイターだと思っているのだ。

今までだって、この明晰な頭脳で数々の死闘を乗り切ってきた……よね？

「くひひ、お姉ちゃんは死霊のお宝盗むって言うて、返り討ちにあってんからなぁ。そりゃ、慎重にもなるわ」

クエイクはメテオが反対する種明かしをする。

なるほど、彼女が反対する理由はそういうところにあったのか。

「でもうちも反対です。今まで通り、迂回してサジタリアスに行けばええんと違いますか？　敢えてやぶへびをする必要ないと思います。いくらユオ様が化け物でも危険ですわ」

しかし、クエイクもやっぱり反対の声をあげる。

これまで何度も村とサジタリアスを往復している彼女の実感として、敢えてデスマウンテンに近づくのは愚の骨頂とのことだ。

現状でもなんとか安全に移動できているのに、危険を犯す必要はないともっともな主張をする。

デスマウンテンの鎮圧に賛同するクレイモアとハンナ、反対するメテオとクエイク。意見が真っ二つすぎて、多数決をとるのもちょっと難しい雰囲気。

ララは腕組みをして何やら考え込み、リリは相変わらずおどおどしている。

「ご主人様、デスマウンテン攻略には死霊対策が欠かせません。現状では対抗できるのはリリアナ様の浄化魔法ぐらいではないでしょうか」

おぉ、いいアイデア！

死霊相手となれば浄化魔法が効果的なのはよく知られていることだ。

そして、うちの村でそれが使えるのはリリしかいない。

逆に言えば、リリがいればなんとかなりそうだ！

「よっし、決まりね。リリ、頼りにしてるわ！　まずは様子見だけだから」

「ひぃいいい、何が決まりなんですかぁ！　私はまだ行くって言ってませんし、様子見だけっていいうのも嫌な予感しかしませんよぉ！」

私がリリの肩をぽんと叩くと、彼女は顔を青くして悲鳴をあげる。

彼女は冒険者の真似事をしていたこともあったが、気が弱くて戦闘には向いてはいない。

とはいえ、私は知っているのだ。

ここ最近、リリはとっても魔法の腕をあげてきていることを。それに、モンスターのスタンピードを誘導したときのように、肝っ玉の太さだって持ち合わせている。

私は「ちょっとだけ！」とお願いするのだが、リリは絶対に嫌だと首を縦に振らない。

……ええい、こうなったらクレイモアに頼んでおんぶしてもらうしかないな。もしくは前みたいにぐるぐる巻きにして運ぶか。


「大変です！　村の子供がデスマウンテンに迷い込んだそうです！」

そうこうしていると、村人が慌てた様子で屋敷に駆け込んできた。

経緯を聞いてみると、村人十人程度で素材集めに行った際に子供が一人、はぐれてしまったということ。

「デスマウンテンに!?　なんでそんなところに素材集めに!?」

「それが……」

村人が言うには、デスマウンテン周辺は希少な植物がとれるらしいのだ。

行方不明になった少女の名前はアイラといって、村人の子供だということ。魔物除けをもたせているが、デスマウンテンのモンスター相手ではかなり厳しい状況なのは間違いない。

「急いで救出に向かわなければいけませんね」

ラフの言葉に私もうなずき、クレイモアとハンナの二人にはさっそく準備をしてもらう。

それにしても、である。

今回は珍しく、温泉でまったりしていないときの事件だった。

なるほど、温泉に入っていなくてもトラブルは起こるらしい。

ってことは、別に温泉に入ることを神様に禁じられてるってわけじゃないってことだ。

「……ユオ様、とりあえず、温泉入ろか？　背中流したるで？」

「いらんわ！　っていうか、私の温泉の時間とトラブルを一緒にしないでよ！」

「ええ、心の準備が……。温泉シーンが先で事件が後やろ？　うち、なにごとも順番を守らないと気持ち悪いタイプやねん」

「知らんわ！」

メテオと茶番をしていると、リリの顔色が悪くなっていることに気づく。

尋ねてみると、アイラという子供はリリの学校の生徒らしい。

「……ユオ様、私も助けに行きます！」

教え子の行方不明事件にリリは意を決したようだ。

こうして、私たちの救出作戦は幕をあけるのだった。

第5話　魔女様、村人の娘さんに加えて、のじゃロリを発見する、あわわ

「ひきゃぁあああ!?　もうムリですっ！」

デスマウンテンは瘴気に覆われた不気味な山だった。

骸骨に似た樹木が続き、とにもかくにも悪趣味なのだ。

獣道を歩くのはクレイモア、ハンナ、リリ、ララ、そして、私にシュガーショックだ。

村のハンターさんたちはデスマウンテンのふもとを周回し、辺りを見回してくれることになった。

私たちの行く手を阻むのは毒々しいアンデッドモンスターたち。

見慣れないモンスターにリリはひときわ高い悲鳴を出して私にしがみつく。

「あはは、ここの敵、切っても切っても死ななくて面白いです！　細切れにします！」

「切ってだめなら、潰せばいいって昔の偉い人も言ったのだ！」

見た目も恐ろしく、さらに物理攻撃も効かないとされているモンスターたち。

しかし、こっちのモンスターたちはさらにもう一つ上を行く。

敵を再生できないように細切れにしたり、潰したりして、どんどん進んでいくのだ。

直視したくない光景にリリは天を仰いで歌を歌い始めた。圧倒的な現実逃避である。

「シュガーショック、頑張ってね」

行方不明になった女の子の匂いを感知して道案内をするのはシュガーショックの役目だ。

匂いは弱いらしくて、探索のスピードをあげることはできない。

「ここで二手に分かれなきゃいけないみたいだね」

ある程度、歩いていくと目の前に二つの道が現れる。

シュガーショックはその前でふらふらとして道に迷っているような素振りを見せる。

山全体に漂う濃い瘴気のおかげで、匂いがわかりづらくなっているようだ。

迷っている時間もないし、ここは早急に二組に分かれなければならない。

うーむ、どうすればいいか？

ここで私は周辺の山々を眺める。

どこかに子供がいれば、体温を感じられそうなものだけど。

目を閉じて心を静めると、かすかに何かの体温を感じる。もしかしたら、動物の体温かもしれないけど。

「ご主人様、それは熱探知ですよ！　でしたら、シュガーショックとご主人様で二つのグループを作りましょう」

ララが的確なアドバイスをしてくれる。

できればシュガーショックと一緒にいたいけれど、こればっかりはしょうがない。

能力を鑑みて、私の班はララとハンナ、シュガーショックの班はリリとクレイモアというグループになった。

「私は魔女様と一緒がいいですぅ！」

リリが半泣きの状態でしがみついてくるけれど、いざとなったらシュガーショックの中にいていいと言ってなんとかなだめる。

正直、物理攻撃の効く相手だけだったらクレイモアだけで十二分だと思うけれど。

さぁ、探索再開！

♨　♨　♨

「こっちの方に何かあるわ」

精神を集中させると、かろうじて山の奥の方に何かの熱を感じることができた。

私のヒーターの能力も進化しているらしい。便利だな。

「ご主人様、すごいです！　まるで蛇みたいですね！」

「魔女様はますます人間離れされますね！」

ララとハンナに妙な角度から褒められるけどたとえが悪すぎて嬉しくない。

蛇とか、人間離れとか、褒め言葉じゃないでしょ。

人助けのために役立つのはありがたいけれどさぁ。

「ご主人様！　あちらに誰かが見えますよ！」

考え事をしながら進んでいくと、ララが大きな声を出す。

指し示した方向に女の子の姿が見えるではないか！

地獄みたいなデスマウンテンの中でよくぞ無事にいてくれたとその幸運を喜ぶ。

「助けに来たよっ！」

私たちは彼女のもとに駆け寄るのだった。

……だが、困ったことが起きていた。

「だから、この木の実は私が見つけたの！」

「何を言うとるんじゃ！　わしが見つけたんじゃ！」

どういうわけなのかさっぱりだが、十歳前後の女の子が二人いるのだ。

彼女たちは近づいてきた私たちに気が付くこともなく、なんだか木の実をめぐってケンカをしているようだ。

一人の女の子は村娘の服装をしていて、おそらくはアイラっていう女の子だと思う。

もう一人の女の子は真っ黒い生地に煌びやかな刺繍の入った服を着ていて、はっきり言って正体不明。この辺の地域には珍しい美しい黒髪の女の子だった。

いや、よく見てみると、彼女の髪の毛は紫がかっていて私の黒髪とも違うようだ。

ふぅむ、こんな髪の毛、生まれて初めて見た。すっごくきれい。

「お二人ともよろしいですか？」

子供のけんかをぼんやりと眺めているわけにもいかない。さくっと回収して村に戻るのが今回の目的なのだ。ララが絶妙なタイミングで二人に割って入る。

「あっ！　魔女様！　怖かったぁ！」

私たちに気づいた女の子はすぐにこちらに駆け寄ってきて、私にしがみつく。

山の中に取り残されて怖かったのだろう。よしよしと頭をなでてあげる。

「えーと、あなたはどちら様かしら？　他の地域から来たのかな？　もう安心だからね」

もう一人の女の子にも声をかける。

おそらくは彼女も偶然遭難した一人なのだろう。

そうでなきゃデスマウンテンに十歳ぐらいの女の子がいるなんておかしすぎる。

「ふむ、他の地域から来たのは間違いないが、子供扱いされるのは好かんな。まずは名前を名乗っておこうではないか、わしの名はエリクサーじゃ」

「エリクサー？」

「わしのご先祖から頂いた偉大な名前じゃぞ。とある理由で家名は秘密なのじゃ」

「秘密なのね。ええと、私はユオよ。はじめまして、どうぞよろしく」

「ふむ。よろしく頼むぞ、ユオ」

女の子は私の手をとってぶんぶん握手する。

彼女の口調はなんというか年寄りじみていて、明らかに何かの役を演じている感じだ。

あぁ、なるほどと私は気づくのだ。

人間には伝説の霊薬の名前を名乗ってみたらかっこいいだろうとか、年寄りくさい口調になったら一目置かれそうだとか、そういう時期がある。こういうのは男の子が多いものだけど、女の子だって確かにあるのだ。

「ご主人様が自分のことを炎の番人とか火炎の申し子とか言っていたのと同じですね」

「ぬわっ!?」

ララが笑顔でとんでもないツッコミをしてくれる。

ええい、ここでそんな恥ずかしいことを蒸し返さないでよ！

私だって忘れかけていたのにぃ！

「……で、えーと、エリクサーちゃんも一緒に村に帰ろうか。おうちの人とはぐれたんでしょ？」

「ふふん、甘く見てもらっては困るな。わしぐらいともなれば、デスマウンテンなど散歩するようなものよ」

にっこり笑って手を差しだすのだが、エリクサーは強がって腕を組んでしまう。

うわぁ、かわいい。

しかし、デスマウンテンは危険地帯。

子供がこんなところに入っちゃいけないんだよなどと諭すも、彼女はつんとしたままだ。

プライドが高そうなところを見るにつけ、貴族の子供なんだろうか。服装の趣味は変わっているけれど、高級品のようにも見える。

「多少、背丈が大きいからと言って、わしを子ども扱いするでない！　聞いて驚け、わしは泣く子も黙る、第三まぉ」

エリクサーは格好をつけて名乗りをあげようとするも、彼女のお腹の方は正直だった。

「ぐりゅるるるう」とすごい音とともに、彼女のお腹の虫が暴れるのだった。エリクサーの顔はみるみる真っ赤になっていく。うふふ、かわいい。

「ふふーん、とりあえず何か食べようか？　ほら、パンとお茶があるから」

私の意図をくみ取ったララはささっとサンドイッチとお茶を準備して、アイラとエリクサーに配るのだった。

今日のサンドイッチはララとクレイモアが協力して開発したハニーサンド。森のはちみつをふんだんに使った栄養豊富な甘い一品だ。疲れた体に甘さが染み渡るはず。

「美味しい！」

「う、うまぁっ！　わしはこんなにうまいものを食べたのは初めてじゃぞ！　美味しいのぉ」

「魔女様、ララさん、ありがとう！」

「ふくく、こればかりは礼を言わねばならんなぁ」

当然、美味しいわけで、エリクサーは素をさらして満面の笑みを浮かべる。

やっぱり子供はこうでなくっちゃね。うん。

よぉし、村に帰るよ！

第6話　魔女様、デスマウンテンの主と対峙するも全体攻撃しかできず攻めあぐねる

「それにしても、ここはデスマウンテンじゃぞ？　わしは結界を持っておるからともかく、おぬしらはどうやってここまで来たんじゃ？」

サンドイッチを食べ終わると、エリクサーはそんなことを言う。

なるほど、彼女が貴族の子弟だというのは間違いないらしい。

モンスターを防ぐための携帯型の魔法結界は庶民じゃ手が出ないほど高価なもののはず。村人がアイラに持たせている簡易的な魔物除けとは天と地ほどの差がある。

アイラが無事でいられたのも、きっとエリクサーと一緒にいたからなんだろう。

「ふふふ、このハンナさんがばっさばっさ斬ってくれたからね」

確かにデスマウンテンと言われるこの山には奇々怪々なモンスターが多い。

しかし、こちらにもモンスターがいる。

それこそが剣聖の孫であるハンナである。彼女は鋭い剣裁きで現れるモンスターをすべて片付けてしまったのだ。

「……ふぅむ、なるほど。あやつに出会わなかったのは幸運じゃったな」

エリクサーはふむふむなどと何やら訳知り顔でうなずく。

いつまでそのキャラを続けるのかなと思ってみているが、ずっと続けるつもりらしい。

親御さんに会ったら泣きじゃくるんだろうけど、今は強がっているのかな。

……ゴゴゴゴゴゴ。

休憩も終わり、いざ出発となった矢先、山の上の方から地響きが聞こえてくる。

明らかに嫌なやつが出てきそうな音であり、聞きたくない方面の音だ。

何で出てくるわけ!?

そろそろ、おいとましようかなって思ってたのにぃ。

「みぃいつけたぁあああああ！」

私たちの眼前に現れたのは青白く光る大きな女のモンスターだった。

おそらくはゴーストとかに分類されるやつなんだろうけど、顔がかなり怖い。

「おぉっ、現れおったぞ！　デスマウンテンの主、氷霊女帝じゃ！　透明じゃのぉ」

エリクサーはちょっとのんきな口調でそんな解説をしてくれる。

しかし、今は彼女の茶番に付き合っているわけにはいかない。

こうなったら私たちであいつをやっつけるか、うまい具合に出し抜いて逃げるしかない。

「火炎弾《ファイアーボール》！」

ララが炎魔法でモンスターに攻撃を仕掛ける。

彼女の魔法もかなりの腕前になっているのだ、きっと、通じてくれるだろう。

「ぬるいわ、生半可な炎など！」

しかし、相手はララの放った炎の塊をはねのける。

さらには口から吹雪を吐き出して辺りの木々を凍り付かせる。うぅう、結構、寒い。

「私の寒さを思い知れ！　この山に入るものはすべて凍らせてやる！」

どうやら敵は氷属性の幽霊だったらしい。

氷魔法を得意とするララとの相性は悪い。

しかも、である。私が熱視線を放っても、分断されるだけですぐにくっつく。さすが、ゴーストだ。私の熱視線が効かないなんて初めてだよね。この様子だと熱平面や熱空間も効くかわからないな。

「みんな、こっちに来て！」

私は半径十メートル程度に熱を放ち、敵の低温攻撃を無効化することにした。外は吹雪でも、熱のドームの中はぽっかぽかである。ひとまず考える時間が欲しい。

「おぉっ!?　どういうことじゃ!?」

エリクサーは驚きの声をあげるけれど、今は説明している場合じゃない。この迷惑な氷幽霊を一刻も早くどうにかしないと。

「いっきますよぉおお！」

作戦を練ろうとした矢先、ハンナは剣を取り出し、二刀流でモンスターに斬りこんでいく。

その切っ先は鋭く、敵の胴体を両断するも、やはり敵はゴーストの類いだ。なにごともなかったかのようにくっついてしまう。

「ふふむ、切れませんね！　しかし、これはどうでしょうか！」

ハンナはそう言うと、剣を鞘に戻して目を閉じて構える。

かっこいいけれど、明らかに無防備。大丈夫なのかしら。

「聖なる神よ、邪悪な敵を打ち倒す力を与えよ！　聖気斬撃《ラグナロクアタック》！」

ハンナの叫び声とともに、彼女は青白く光る刀身をモンスターへと向ける。

「な、なるほど！　あれならいけるかもしれません」

「し、知ってるのね、ララ!?」

「あれは聖なる力を剣に乗せる聖騎士のスキルですよ！」

ララはハンナの攻撃の意図を読み取ったらしい。

ララの博識ぶりを褒めてあげたいところだが、一つだけ気になることがある。

……果たしてハンナは聖なる力とやらを持っているのだろうか。

「ひぃいい……っ!?　……き、効かぬわぁっ！」

青白い光を浴びたゴーストは一瞬、ひるんで見せるもすぐに反撃を仕掛けてくる。

聖なる力はゴーストを倒すには及ばなかったらしい。

というか、おそらく聖なる力なんて持っていない。ハンナの力はどっちかというと、混沌とか、破壊とか、そっちの力だと思う。混沌の狂剣士って言われた方がしっくりくる。

「ご主人様、私とハンナさんがひきつけますので、二人を連れて先に山を下りてください！」

ララはいつになく真剣な表情だ。

とはいえ、彼女たちに任せて逃げるという選択肢はありえない。私は誰も犠牲にしたくないのだ。

「リリさえいれば……」

私は歯噛みしてしまう。聖なる力を持っているリリがいれば、ゴーストを浄化できるかもしれないのだ。だけど、二手に分かれたおかげでどこに行ったのか見当もつかない。

「一人であろうと逃がさぬぅぅぅう！　わが恨みを思い知れぇ！」

モンスターは叫びながら猛吹雪を起こす。

めちゃくちゃな暴風雪で視界が真っ白になる。

別に寒くもないけど、ぼんやりしてるわけにはいかない。

しょうがないから、私がこの山全体を加熱してみるのはどうだろうか？

雪が解ければ、このモンスターもいなくなるかもしれないし。

しかし、リリやクレイモア、シュガーショック、それに村の人だって山に入っている。

やたらめったら熱攻撃をしたら、巻き添えにしちゃう可能性もかなり高い。

仲間も一緒に蒸発させたとか、絶対に嫌だ。

「ふぅむ、なるほど。おぬしのはぐれた仲間がおればどうにかなるのじゃな？」

「そ、そうだけど？」

「美味いものをご馳走してもらったお礼じゃ、わしが呼んでやろう」

エリクサーはごうごうと響く轟音の中、すくっと立ち上がる。

彼女はまだ何らかの役をやっているつもりなんだろうか。

「ちょっと、危ないよ!?」

驚いて制止させようとするも、彼女は私を振り切ってしまう。彼女の態度は平然としたものだった。

泣き叫ぶどころか、その顔には恐怖の感情さえ見えない。

あれ、この子、普通の女の子じゃないのかな？

「我がしもべたちよ！　迷い人を連れてくるのじゃ！」

彼女は立ち上がると、手を広げて目を閉じる。

まるで何かに祈っているようなポーズ。

「ご、ご主人様、森の木々が動いています！」

するとどうだろうか！

私たちを取り囲んでいる森の木々がぐにゃぐにゃと動き出すではないか。

もしかして、エリクサーの祈りに反応したっていうわけ？

私は現実とは思えない光景に目を見張るのだった。

第7話　魔女様、リリを奮い立たせて浄化魔法をうってもらう

「ひぃいいいいいい!?」

「あはははは、楽しいのだぁ！」

わんわんわん！

数十秒後、リリは枝にぐるぐる巻きになったあられもない姿で現れ、クレイモアはどういうわけか木の板に乗って登場。シュガーショックに至っては普通に走っている。

「ご主人様、これは一体!?」

ララは目を白黒させるけど、もちろん、私だってわからない。

わかるのはエリクサーが祈ったら、リリたちが植物に連れてこられたってこと。

ひょっとして、彼女、植物を操れる人なの!?

「何人いようが無駄なこと！　いでよ、わが眷族たち！」

女の幽霊が叫ぶと地中からたくさんの氷の兵士がうじゃうじゃと現れる。どうやらこの幽霊、アンデッドモンスターを生み出すことができるらしい。なんて迷惑なやつ。

「よぉし、こいつらはあたしたちに任せるのだ！」

「あはは！　たたき切ればそれでいいですぅう！」

クレイモアとハンナは敵を見るなり突っ込んでいく。

幽霊はともかく体を持っている敵なら攻撃が通る。

「じゃ、リリはあの女幽霊をさくっと浄化しちゃってくれる？　楽勝だよね？」

あとはリリが浄化魔法であの親玉モンスターをやっつければ一丁上がりという寸法だ。

いやぁ、よかった、助かった。私はここでゆっくり見ていよう。

「ひぃいいい、何を言ってるんですか!?　あんなの浄化できるわけないじゃないですか！　グレートゴーストとか、リッチとかそういうのです！　サジタリアスにはこんなのいません！」

だがしかし。

予想通りというか、期待外れというか、リリは巨大な幽霊の前で取り乱しまくる。

よくよく考えれば、彼女は戦闘向きな性格ではないのだ。

モンスターが現れた、はい、戦います、なんていう単純かつ好戦的な性格ではない。

そういうのはクレイモアやハンナといった脳みそ筋肉シスターズの特権なのだ。

私だってあれと戦えって言われたらひるむだろう。

「おまえ、サジタリアスのものかぁあああ!?　絶対に生かしてはおかぬぅうう！」

サジタリアスの言葉に引っかかることがあったのか、女の幽霊はものすごい吹雪で私たちを圧倒しようとする。熱の幕を張っているおかげで無事にはすんでいるけれど、顔が怖い。

「ご主人様、いっそ、この山ごと爆発させればいかがでしょうか？」

ごうごうと吹き荒れる吹雪の中、ララが私に動くように耳打ちしてくる。

確かに山全体を吹っ飛ばせば、幽霊も消えるかもしれない。

この間、死霊ドラゴンを消し去った攻撃を放てばどうにかなるかもしれないな。

「ダメじゃ！　ここは素晴らしい素材がとれるのだぞ！　自然を大事にするのじゃ！」

しかし、どういうわけか、エリクサーが大きな声で反対する。

さきほどから子供離れした振る舞いで驚かせてくれるけれど、今度は自然を守れの一点張り。

彼女が何者なのかについては後で考えるとして、鬼気迫る表情。

とりあえず山を吹っ飛ばすのは最後の手段にすることにした。

「リリ、あいつをやっつけるよ！」

こうなったらリリに頑張ってもらうしかない。

私はガタガタと震えているリリを何とか立たせると、彼女の手を握る。

「で、でもぉ。浄化魔法を使うには祈りの時間が必要でして……。それに、怖いです！」

リリは泣きそうな顔で浄化魔法の術式について説明を始める。

彼女の浄化の能力には三十秒ほどの祈りの時間が必要なのだそうだ。その間、集中力を維持しなければ、力が発揮されないとのこと。つまり、ちょっとでも驚いたらやり直しってわけだ。

「私が守ってあげる。みんなのためにも、リリしかいないの！」

「わ、わかりました。頑張ります！」

みんなのためという言葉が効いたのだろうか、リリはやっと意を決してくれる。

彼女はすぅっと息を吐くと、目を閉じて詠唱を始める。その様子はまさに聖女様みたいだった。

私はというと、こちらめがけて飛んでくる氷柱や木の枝やらをとにかく溶かしたり、燃やしたりする。

ハンナとクレイモアとシュガーショックは次から次へと現れる氷のアンデッドモンスターをなぎ倒す。ララは村人の女の子とエリクサーをしっかりとケア。

戦いは次第に総力戦の様相を呈してきたのだった。

「……邪悪な悪霊よ、聖母様の慈悲によって霧散しなさい！」

ぴったり三十を数えた瞬間、リリは両手をゴーストにかざす。

明るい光が彼女の手から発せられ、ついで敵を包み込む。

そのオレンジ色の光は心が晴れやかになるような、爽やかな色をしていた。

すっごぉい、これが浄化魔法なのね。ハンナのやつとは全然違うよ。

「ぐぉおおおお!?　き、効かぬわぁあああ！」

しかし、敵の執念はものすごい。

幽霊は叫びながら浄化魔法を霧散させてしまう。明らかにダメージを与えているとは思うのだけど、完全には消滅しきれていない感じ。

「私の寒さを、無念を思い知らせてやるわぁあ！」

幽霊はさらに吹雪を引き起こし、私たちを凍り付かせようとしてくる。まるでこれが最後の攻撃だって言わんばかりに。

「ひ、ひぇええ。怒らないでくださぁあああい」

浄化魔法が効かなかったからか、リリはぺたりとしりもちをついて泣きべそをかく。

あっちゃあ、メンタルで負けちゃったぞ。

ふぅむ、ここら一帯を爆発させちゃうか？

山の地形が変わるだろうけど、それはそれで山全部を消毒することになるだろうし。
私は猛吹雪を発生させる親玉をにらみつけるのだった。

第8話　魔女様、デスマウンテンの主を聖なるアレで浄化する

「私の恨みを思いしれぇ！」

リリがひるんでいるのに気をよくしたのか、再び猛烈な吹雪が辺りを覆う。あの幽霊は寒さに大きな自信があるらしい。

「ゴーストというのは生前の強い思いによって生まれると言われています。もしかしたら、あれは寒さに異常な執着を抱いているのかもしれませんね」

ふぅむ、さすがはララだ。私はその言葉をヒントにあることを思いつく。

つまりは敵の力の源である、「寒さ」を一気に解消してあげればいいのだ。

とはいえ、私がいくら熱視線を放っても倒せなかったのはわかっている。

山ごと加熱・蒸発させるのはエリクサーが反対している。相手に効くのは浄化魔法だけ。

じゃ、どうするかというと……。

お湯だよね、しかも、聖なるお湯。それしかない。魂を温めるには、温泉しかないでしょ。

だからって、ここに温泉を持ってこられるはずもないって思うでしょ？

ふふふ、私の中にいいアイデアがひらめいたんだよね！

「リリ、もう一度、あいつに浄化魔法を放つわよ！」

私はリリの手を取ると、もう一度、立たせる。

「で、でも！　私の浄化魔法が効きませんでしたよ！　私はダメなんですぅぅう！　本番に弱いし、度胸もないし、腕もないし、へっぽこだし、胸も小さいし！」

リリはそれだけ言うと、せきが切れたように泣き出してしまう。

怖いのはわかる。

相手は口が裂けまくった幽霊だし。猛吹雪で何もかも凍りつかせる化け物だし。

だけど、意志の強さと胸の大きさは関係ない。絶対に関係ない！

「リリ、大丈夫。今度は私と一緒に祈ろう！　リリならできる！　私と一緒なら！」

私はそう言って彼女の肩をぎゅっと抱きしめる。

恐れおののいているリリをどう説得すればいいかなんてわからない。

だけど、私には確信があった。

私の方法なら、きっと上手くいく確信が。

「ユオ様……」

リリは私の目を見つめた後、固く目を閉じる。

涙がぽろぽろとこぼれた後、彼女はもう一度、目を開く。

「……私、やります！」

彼女の目はさきほどまでのか弱い女の子のものではなかった。その瞳からは、強い意志が伝わってくる。

「ハンナ、クレイモア、シュガーショック、できるだけやつの足元に穴を開けるように攻撃して！」

「了解です！」

「ひゃはは！　何か楽しいことをするのだな!?」

わんわんわうわう！

私の声に合わせて二人と一匹は女幽霊の足元に届くような攻撃を開始する。

どがぁん、と鈍くて重い音。大穴を開ける勢いである。

「ララ、あいつの頭上に特大の氷を出現させて！」

「氷をですか？　わ、わかりました！」

まずはララの氷魔法で、やつの頭の上に氷の塊を出現させる。

案の定、幽霊は「こんなもの効くかぁあ」と怖い顔をしているけど、とりあえず無視。

次はリリとの共同作業に入るよ。

「リリの浄化魔法に合わせて、私も熱を放つわ。タイミングを合わせて一気にやっつけちゃおう」

私はリリと背中合わせになって、目を閉じる。

想像力を研ぎ澄ませて、深く深く呼吸をする。

私の熱が幽霊を包み込み、一気に温めてあげるイメージを。

リリの浄化魔法の聖なる力がその熱をいつまでも持続させるイメージを。

いわばリリの浄化魔法と私の熱スキルの合わせ技だ。

「浄化の光よ!!」

三十秒後、リリは再び浄化魔法を発動させる。

タイミングを見計らっていた私もそれに乗せてスキルを発動させる。

背中合わせでいたため、私たちの呼吸はシンクロして、力が増幅する感覚があった。

ぶわぁああっとオレンジ色の光が女幽霊に伸びる。

「ひぃいいいいい!?」

リリの二度目の浄化魔法はさらに強力なものだったらしく、女幽霊は大きな悲鳴をあげる。

しかも、これだけで終わりではない。ララの作り出した、大きな氷の塊を利用するのだ。

本来、それは氷山の質量をもって敵を押しつぶすものなのだけど、私の狙いはそれじゃない。

じゃ、何のためかというと……。

「えいやっ!」

私はララの氷山を熱の直方体で囲む。溶かしてうまくお湯になるぐらいの温度にすると、一気にスキルを解除する。

どばっしゃあぁあああああん!

結果、目の前の女幽霊は大量のお湯に飲み込まれてしまう。それもただのお湯ではない。リリの浄化魔法を伴った、浄化のお湯である。キラキラと光ってとてもきれいなお湯だった。

「ふふふ、湯加減はどうかしら？」

「こ、これは……温かい！　どんな火炎を受けても、熱など感じなかったのに……。温かい……」

女幽霊のモンスターはオレンジ色の光とお湯に包まれながら、恍惚の表情を浮かべる。

ハンナたちが足元に穴を開けていたから、ちょうど露天風呂に入っているような感じだ。

「あ、温かい。あたたかぁあああい！」

幽霊の表情は柔和なものになっていた。さっきまでは眉間にしわを寄せた険しい表情だったから、すごい変化だ。

だけど、これこそがお湯の力。お湯に浸かれば幽霊でさえも、おもわずニッコリするわけよ。

「私を解き放ってくれてありがとう。こちらをお返しいたします」

幽霊はそれだけ言うと、ふわぁっと空へと舞い上がり、次の瞬間、どこかへと霧散してしまう。

リリの浄化魔法と温かいお湯の力で、魂が浄化されてしまったらしい。

これがうちの村の温泉のお湯だったらもっと簡単に解決できたかもしれないな。

「なにこれ？」

女幽霊がいたところの木の枝に革のバッグが引っ掛けられていた。

ちょっと大きめではあるけど、なんの変哲もない皮のバッグだ。

表面にどこかの国の文字で何かが書かれているけど、……読めないし。

戦利品ということで、とりあえず預かっておこうかしら。

猛吹雪も止み、幽霊の生み出したモンスターも一気に消えうせてしまった。

いちおう、これで倒したってことでいいのかな？

【魔女様の発揮した能力】

浄化魔法湯：対アンデッド用に編み出した浄化魔法との合わせ技。敵を浄化されたお湯で包み込み、魂まで浄化する。今回はララの氷魔法を活用し、水を発生させた。

第9話　魔女様、氷の幽霊をやっつけたと思ったら思わぬやつがドドドドド

「魔女様、リリ様、勝ったのだよ！」

「お湯で撃退するなんてさすがは魔女様です！　攻撃の方向が違います！」

幽霊がいなくなり、クレイモアとハンナは嬉しそうにぴょんぴょん駆け寄ってきた。

クレイモアに抱き着かれたリリはそのまま地面に倒れこむ。

「ふぅむ、あのゴーストの呪いも解けてしまったようじゃの」

エリクサーの言うとおり、先ほどまで凍り付いていた地面はすっかり緑が広がる草原になっていた。おそらくは、あのゴーストがいなくなったからなのだろう。

「よぉっし、それじゃ村に帰ろっか」

私はみんなに準備を整えて村に戻ろうと伝える。

村人の女の子も無事に回収できたし、化け物の親玉もやっつけたし、この上ない成果だと言っていいだろう。これでデスマウンテンを迂回せずに街道を作ることができるかもしれない。

「……ちょっと、待った！　何か来るのだぞ!?」

帰ろうとした矢先、クレイモアが叫ぶ。

彼女は剣を取り出し、明らかに臨戦態勢に入る。

「魔女様、大きいのが来ます！」

ハンナも何かを察知したらしく、私たちを守るように周囲を警戒する。

「ふはははは！　愚かなる人間どもよ！　その小娘を渡せ！」

しかし、敵は意外なところから現れた。

唐突に地面がどがぁっと割れ、そこから巨大な骸骨が這い出してきたのだ。

喋るモンスターなんて珍しい。

こいつ、もしかして燃え吉の仲間とか、そういう類い!?

「や、やつはモンスターではない！　魔族の使い魔じゃ！　ここまでわしを追いかけてくるとは」

エリクサーが大きな声をあげる。

魔族の使い魔だなんて、とっさにすごい思いつきをするものだと感心する私。

いや、どうみても、でっかい巨人の骸骨だけどなぁ。アンデッドの生き残り（？）でしょ？

「ひぃいいいいっ!?　私はもうダメですぅううう」

リリは骸骨に驚いたらしく、完全に意識を失ってダウンしてしまう。

あわわ、アンデッドなら浄化魔法をうってくれればよかったのに。

「ちょっとあんた、うちのリリを怖がらせたら承知しないよ！」

私は骸骨をきぃっとにらみつける。

「恐れるがいい、脆弱な人間どもよ！　我はベラリス様の使い魔、金剛のガイアジュラ！　百年の眠りから目覚め、再び大地を赤く染めてくれるわ！」

しかし、私のにらみつけなどなんのその。骸骨はリリの失神に気をよくしたのか、何だかわからないことをペラペラと喋り始める。

こんごうのなんとかなんて二つ名まで名乗っちゃって、自己演出が甚だしい。生前の記憶を未だに持ってるタイプのアンデッドなのかも。

「なんだかわかんないけど骨のありそうなやつが出てきたのだ！　ハンナ、行くのだ！」

「骨そのものですけどね！　やっちゃいましょう！」

クレイモアとハンナは敵の様子を窺うことすらせず、一気に飛び込んでいく。

悪即斬。この判断の速さが彼女たちの強さの理由だとも言える。その斬撃にあまたのモンスターが切り捨てられてきたわけで、私も安心して任せられると言うものだ。

「貴様らの甘い剣など、効かぬわぁあああ！」

しかし、その骸骨は二人の剣撃をものともしない。

肘の部分で剣を受け止めるとそのまま弾き飛ばしてしまう。あの骨、思ったよりも硬いみたいだ。

「あはは！　強いのだ、こいつっ！　燃えるのだっ！」

「あのボボギリと同じぐらい硬いですよ！　わくわくですっ！」

無事に着地に成功した二人は嬉しそうな声をあげる。なんで喜んでるんだ、あんたらは。

「ぐはは！　この時代にも多少、骨のあるやつがいたか！　しかし、我の姿を見て生きて帰った者はおらぬぅうううう！」

骸骨は骸骨で、やはり頭が空っぽなやつらしい。

やつも笑いながら嬉しそうに戦い始める。やつが扱うのはとんでもなく大きな剣なのだが、そんなものには物怖じしないのがうちの村の村人AとB。

「武器が大きいからって、攻撃が大味すぎるのだよ！」

「骸骨野郎なんか粉砕します！」

ここで私たちが目にしたのはクレイモアとハンナの連携プレーだった！

彼女たちは二人して骸骨の化け物の剣を弾き返してしまったのだ。

いつもは何かと反目する二人だけど、こういうときには力を合わせて行動できるらしい。

すごいよ、やっちゃえ！

「ハンナ！　こういうやつは関節を狙うのだ！」

「りょーかいです！　頭蓋骨の割れ目も効果的かもですよ！」

しかも戦い方も案外、クレバー。普段は頭のネジが緩んでる二人だけど、戦いの場面となると本領を発揮するのだろうか。

ひょっとしたら、戦闘のために普段は賢さを温存しているのかもしれない。私たちは二人の雄姿に大きな声で声援を送るのだった。

第10話　魔女様、剣聖と狂剣の非連携攻撃に舌を巻くも、骸骨が妙なことをしてくるので、思わずアースイーター（神話）になる

「ぐぉおおお!?　我が押されておるだと!?　このガイアジュラが!?　ベラリス様の盾である、金剛のガイアジュラが!?」

クレイモアとハンナの連携攻撃は凄まじい。

ぎしっ、びしっ、きしっと嫌な音が響きわたる。

自己演出過剰な骸骨は少しずつ自慢の骨格を削られていく。このまま持久戦に持ち込めば、二人はきっと勝ってしまうだろう。うーむ、すごい、さすがは剣聖と剣聖の孫。

私とララは「やったぁ」だの、「いけいけ潰せ、ぶっ殺せ」だの、歓声をあげる。

ララ、掛け声がちょっとお行儀悪いよ。あんた、元・公爵令嬢付きのメイドなんだから。

「おのれ、人間ごときがぁあああ！」

骸骨はそういって巨大な剣を振りかざす。

あれ？　なんだか、嫌な予感がする。骸骨のとっておきの技が放たれるんじゃない!?

クレイモアとハンナだけなら、なんとでもなると思う。

最悪ひょいっと避けることもできるだろう。

だけど、こちら側を攻撃されたら、リリやエリクサー、それにアイラちゃんが巻き添えになって

しまう。そもそも、リリは失神したまま起き上がってないし。

「だぁいじょうぶ、あたしたちに任せるのだ！　ハンナ、練習してたアレ、いっくのだよ！」

「りょおかいです！　アレですね！」

大きな構えを取る敵に対して、クレイモアとハンナも何らかの技を繰り出すらしい。

これまでの連携を見てきた私は即座に理解する。これは二人で合同で繰り出す必殺技か何かだ。

さっき私とリリが同じようなことをやったけど、それを彼女たちが見せてくれるってことらしい。

「喰らえ！　黒炎魔撃斬《ダークインフェルノ》！」

骸骨は大きな剣から黒い炎を漂わせて攻撃してくる。

魔法攻撃の一種なのか、それとも魔法剣なのか、わかんないけれど当たったら痛そう。

「い、痛そうなんてもんじゃないぞ。あれにちょっとでも触れたら消し飛ぶのじゃぞ！」

エリクサーがやたら詳しめな解説を入れる。

彼女はさっきから私のスカートの裾を握りしめて応援している。

たぶん、ハンナとクレイモアの二人が勝てるのか不安なんだろう。

でも、大丈夫、二人が息の合うところを見せつけてくれるはずだから！

「喰らえ！」

「喰らいなさい！」

二人は敵の渾身の技を剣ではじき返す。

そして、今度はハンナとクレイモアの二人が攻撃をする番だ。

よぉし、かっこよく技の名前を宣言してね。

「激烈激震《ギガインパクト》！」

「局所破壊法則《アサシンズルール》！」

どがぁ、がぎぃ、どぐぉおお！！！

激烈な音が響き渡り、私はおもわず息をのむ。

クレイモアは敵の上に高く舞い上がり、そのまま頭をぶっ叩く。剣で。

一方のハンナは敵の懐に飛び込み、肩や膝の関節を一気に貫く。

すごいけど技の名前もバラバラだし、連携とれてなくない？

「なぐわあああああっ!?」

だが、結果はグッド。目の前には頭部にひびが入り、腕を失い、膝を地面についた骸骨の姿があった。敵は信じられないといった様子で、もはや立つのもやっとという感じだ。

「な、何が起こった!?　なぜ我がぁあぁあああ!?」

骸骨は自分に起きたことが信じられず、茫然自失の声をあげている。

焦っている姿はまるで人間みたいで、少しだけ面白い。

よーし。これで諦めて帰るって言うのなら許してあげるんだけど。

「ハンナ、何をやってるのだ。最後は質量攻撃でぶっ壊すのが一番なのだ！」

「何言ってるんですか、最後こそ一つ一つ手足をもいでいくんですよ！」

「一撃必殺でどかんとやれれば爽快なのだ！」

「違います！　手足を全部無力化して屈服させてこそ爽快なんです！」

クレイモアとハンナの二人は戦闘方針についてわめき合う。

敵を無力化できたのはいいけれど、二人の戦い方の志向はぜんぜん違うらしい。

個人的にはクレイモアのほうがいいかなぁ。

ハンナのはちょっとコワいというか。

「許さぬぅううう!!　ベラリス様に頂いた金剛の体をぉおおお！」

勝敗は決したというのに骸骨は怒り狂う。

あっちゃあ、戦意喪失どころか逆鱗に触れたらしい。

あと、さっきからちょいちょい出てくるベラリスって誰よ。骸骨づくりの名人？

「こうなれば黒炎瘴気破滅砲《ダークファイアカノン》を見せてやる！」

骸骨はこちらに向き直り、その巨大な口をがばっとあける。

顎関節が完全に外れたかと思うほど、大きな口。

そこには真っ黒い渦が発生していて、絶対に嫌な予感がする。

「まずいぞ！　あれはここら一帯をすべて焼き払うやつじゃ！　強力な魔力を感じるぞ！」

エリクサーはそう言って、私の後ろにすいっと隠れる。

若気の至りみたいな技の名前はどうやら伊達じゃないらしい。

ぼくの考えた最強のわざ、みたいな名前なのに。

魔力ゼロの私でも、あいつがしようとしていることの脅威は伝わってくる。

おそらく広範囲攻撃だから避けることはできない。

クレイモアとハンナに近づかせるのも危ない気がする。

「私がやるわ」

私は一歩、やつの前に歩み出る。

ここら一帯を焼き尽くすというのなら、こっちだって受けて立とうじゃないの。

「喰らえぇええええ！　黒炎瘴気破滅砲！」

骸骨の口から真っ黒い渦が現れて、赤黒い光が射出されるのが見える。

もはや一刻の猶予もなし。

ぎゅおおおおおお!!

などと、耳をつんざく音が辺りに充満する。

あぁ、これって明らかに危険な技なんだなと本能で理解する私。

しょうがないので、私もちょっとだけ本気を出すしかないのかも。

ふぅと息を吐いて、やつの体がすっぽりと覆われるぐらいの熱の円をイメージする。

そう、いつぞやのドラゴンの群れをやっつけたアレである。

「えいやっ！」

私は目の前に現れた真っ赤な熱の円に、思うさまの温度を込める。

それは触れたものをすべて溶かし、蒸発させるようなそんな高温の熱だ。

「暴れるやつは容赦しないよ！　赤熱極撃滅円環《エターナルレッドバニッシュサークル》！」

骸骨に影響されたってのは大いにある、正直な話。

私が放つのは毎度おなじみの熱平面なのだが、今日はちょっとかっこいい名前を付けてみた。

「はははは！　そんなものが役に立つかぁあああ！　我が体はミスリル並みの強度を持つ!!　どんな魔法も攻撃も、な、な、な、なななななな」

骸骨の口から放たれた黒い炎は私の出した熱の円とぶつかる。

するると、数秒もしないうちに、しゅんっと吸収される。

ついで、目の前の骸骨をつつみ込むと、またもやしゅんっと吸収してしまうのだった。

蒸発するみたいにあっけなく。

おぉ、すごいじゃん！

やっつけちゃったよ！

ふふふ、赤熱極撃滅円環《エターナルレッドバニッシュサークル》っていう名前もけっこうかっこよかったよね。

エターナルレッドっていうのが気に入っているのだ、赤いし。

「ご、ご、ご主人様!?　その恥ずかしい名前の技をとめないとやばいです！」

「へ？」

「だから、とにかくあの赤いのを止めてください！」

「恥ずかしいって何よ、あっ、やばっ、どっか行っちゃってる!?」

しかし、スキルを解除するのが遅かった。

骸骨を倒して悦に入っているすきに、私の放った熱の円はそのまますーっと前に進んでいってしまった。

思った以上に速度が出てしまったらしい。気付いたときには目の前にあるデスマウンテンの山々に突入。そのまま止まらず、山々をぶち抜き、大きな風穴が開いてしまっていたようだ。

「うっすらですが向こう側が見えてますよ……」

「あわわ、どうしよ」

骸骨に技を繰り出してみたら、開いた口が塞がらない状態になっていた。

だってトンネルができあがっちゃっているんだもの。

風穴が開いたのはサジタリアスの方向だよね。

村人の捜索隊が入ってる側ではないから良かったものの、やり方を間違うと味方を全滅させかねないところだった。恐るべし、赤熱極撃滅円環。私は冷や汗を流すのだった。

「おぉおおお！　サジタリアスまでの間に道ができちゃったかもなのだ！　これで楽ちんなのだ！」

「すごいです！　地形を変えるなんて、魔女様は創世記のアースイーターみたいです」

クレイモアとハンナは飛び跳ねて大喜びをする。

「まさしく！　ご主人様は、現代のアースイーターですよ！　灼熱のアースイーターです！」

ララもそれに同意して大興奮。

アースイーターっていうのは神話の時代に大地に大穴を開けまくって、しまいには神様も食べてしまった大ミミズみたいなやつだったはず。そんなのにたとえられても、ぜんぜん嬉しくない。

よし、今日の出来事についてはみんなにかん口令を敷くことにしよう。メテオとクエイクに見られてないことだけが救いだったかも。

今回の遠征も盛りだくさんだったよね。

あー、早く村に戻って温泉に入りたい……。

♨　♨　♨

わしの名前はエリクサーじゃ。最初、ユオ殿に出会ったとき、熱の力を使う少し変わったやつじゃと思っておった。しかし、あやつ、熱を放つと髪の毛が、髪の毛が赤く燃えるのじゃ。あれってもしかして、伝説の灼熱の魔女なのか!?

【魔女様の発揮した技】
赤熱極撃滅円環：別名、熱平面。超高温の熱を平面状にして敵に射出する技。名前の通り気合が入っており、とにかく焼く。触れるものはすべて熱いと感じるまでもなく蒸発する。魔女様が解除しない限り消えない仕様になっていたため、危うくサジタリアスの一部を消すところだった。都市攻撃に対応した即死技。

第11章

魔女様の独立国家の作り方！
悪い魔族をふっ飛ばして、
もののはずみで独立宣言しちゃいます

第1話　魔女様、伝説のアーティファクトを手に入れるも、頭の中はあれをすることしか考えられない

「ご主人様、彼女はいかがいたしましょうか？」

デスマウンテンから村に戻る頃には、エリクサーはもう眠ってしまっていた。

村の皆さんに聞いてみるも、みんな、こんな子供は見たことがないとのこと。

「疲れてるみたいだし、とりあえず寝かしておくしかないよね」

彼女も保護者とはぐれてデスマウンテンに迷い込んでしまったのだろうか。宝石を散りばめた服装から考えるに、どこか高貴な身分の子女なのだと思う。しかし、いくら魔物除けを持っているからと言って一人で楽しくピクニックできる場所じゃないはず。

一体、彼女は何者なんだろうか？

ひとまず私の屋敷の客室に寝かせてあげるとして、目が覚めたら彼女のご両親の元へ送り届けてあげなきゃいけないよね。

それにしても寝顔がものすごくかわいい。将来は絶世の美女になりそうな顔立ち。髪の毛は濃い紫色で光が当たるとキラキラ光る。しかも、所々に薄緑色の髪の毛も交じっている。ふぅむ、髪の毛が二種類生えてるのだろうか。興味深いね。

たくさんの人種が入り乱れる都会でも、こんな髪をしている人は見たことがない。

もしかしたら私の知らない地域の出身なのかもしれない。

とはいえ、彼女が寝ている間に私にはやるべきことがあるのだ。

温泉、である。

これまで雪山の中に入っていたのだし、いかに冷え知らずの私でもちょっとは冷えた（心が）。

この状態で絶対に温泉に入ったら、そりゃあもう気持ちいいはず。

「ご主人様、温泉のご用意、完了いたしました」

「魔女様、温泉に入るのだ！」

私の意識を読み取っているのか、扉の向こうから声が聞こえてくる。

やっぱりみんな、わかってるじゃん。疲れているときは温泉だよね！


「うひぃいい、さいこぉおおお」

温泉に入ると、案の定、へんな声が出てしまう私である。

だって、しょうがないじゃん。肌を包み込んでくれる、このお湯の感覚って最高なんだもの。

特に今日は体がじっくり温まる気がする。

「最高ですね」

「生き返りますぅううう」

「いいのだぁああ」

うちの屋敷の温泉に入りに来たのは、ララとリリとクレイモアだった。

ハンナは温泉リゾートのシフトがあるらしい。いや、いくらなんでも真面目すぎでしょ。

化け物と戦った後ぐらい休んでほしいんだけどなぁ。

「それにしても、ご主人様、今回も素晴らしかったです！　あの骸骨の化け物を瞬殺でしたもんね」

「それどころか、山に穴を開けるなんて想像しなかったのだ！　アースイーター黒髪魔女なのだ！伝説の大ミミズ黒髪魔女！」

お風呂に入りながら、ララとクレイモアが褒めてくれる。

いや、クレイモアのそれは褒めてるのかな？

「サジタリアスまでの街道ができたってことですか!?　ユオ様、すごすぎます！」

失神していたリリは今頃になって事情を理解したらしく、興奮気味に声をあげる。

いやいや、偶然、たまたまだよ。別に意識して山に穴を開けたわけじゃないし。そんなことができるとも思っていなかったし。

まぁ、街道に一歩近づいたのなら、それは結果オーライとして受け入れるべきだろうか。

デスマウンテンに子供を助けに行ったら、思わぬ収穫をしてしまったようだ。

収穫と言えば……。

私はデスマウンテンで拾った、あるものを思い出す。

「あ、そうだった！　実はこんなものを拾ったんだよね」

十分に温まった私は、いったんお湯から上がってタオルで身を包む。

そして、皆の衆に先程のデスマウンテンで見つけたモノを高々と掲げるのだ。

「そ、それは随分ぼろいですね……!?」

「薄汚いボロダサバッグなのだ!?」

「こら、クレイモア、失礼ですよ！　いくら薄汚く貧相でも言い方ってものがあります。年季の入ったアンティークバッグというのです」

三者三様に散々な言われ方である。ひどい。

しかし、私は思うのだ。あの氷の幽霊が去り際に置いて行ったものである。もしかしたら、貴重なものかもしれないと。

「ご主人様、それはさすがに冗談きつすぎですよ！　どう見てもボロい革袋です」

「そうなのだ！　そんなぼろっぼろのバッグがお宝とかありえないのだ！」

「クレイモア、魔女様は本気で言ってるんですから、信じてあげなきゃダメです！」

しかし、三人とも全然信じてくれない。

ララやクレイモアは好き勝手言ってくれるけど、リリのナチュラルな優しさのほうが心に痛い。

この子、かわいい顔して、まさか毒舌キャラとして開花するんじゃないでしょうね。


とはいえ、こんな古びたバッグにそんなに価値があるとは思えないのも事実。

そんな風に腕組みをしていたときのこと、ひゅうっと冷たい風が私に直撃する。

この村は温かくしているのだけれど、たまにはこんなこともあるらしい。

寒さに当てられた私はぶるっと震えて、バッグをお湯に落としてしまう。

「あわわ、落としちゃった！」

私は慌ててバッグを拾おうとする。さすがに皮のバッグをお湯に浸けるのはよくないよね。

しかし、ここでおかしなことに気づく。

温泉のお湯が目に見えて減っているのだ。

さっきまでみんなの肩まであったはずのお湯の水位が胸のあたりにまで下がっている。

「ご、ご主人様、これは一体!?」

「おぉおおおお!?　な、なんなのだ!?」

「お湯がっ、お湯がなくなってきました!」

数秒もしないうちにみんなも異常事態に気づく。

私の屋敷の温泉はプライベートなものとはいえ、大人が十人以上は軽く入れる大きさである。

その量のお湯がいきなり半分以下になるなんて、普通じゃ考えられない。

「なんかわかんないけど、このバッグ、お湯を吸い込んでるよ……!!」

私がバッグを拾い上げるころにはお湯はほとんどなくなってしまっていた。

「「「ひぇええええええ!!!??」」」

その場にいた三人は同じような悲鳴をあげる。

まさに開いた口が塞がらない状態。

「こ、これってもしかして、サジタリアスから大昔、盗まれたって言う空間袋《マジックインベントリ》かもしれません!

お父さまが昔、そんな話をしてました!」

「空間袋!?」

聞いたことのない言葉に思わず聞き返してしまう私である。リリは頷いて、それが何なのかを教えてくれる。空間袋は古代の魔法道具、アーティファクトと言われるもので、なんでも吸い込んでしまうという。

「これがアーティファクト!?　すごすぎです！」

「これがあれば美味しい食材を無限に入れられるのだ！」

お湯が少なくなった温泉でララとクレイモアは飛び跳ねて喜ぶ。

いや、素っ裸でよろこびすぎ。あんたら、ばいんばいん揺らしすぎだから。

「いや、この空間袋はサジタリアスから盗まれたものなんでしょ？　ってことは、リリに返せばいいのかな？　今度、クエイクと一緒に持って帰ってよ」

このバッグはサジタリアスから盗まれたものだ。よくよく考えたら、偶然拾っただけの私に所有権はないだろう。ここはやはりサジタリアス辺境伯のご息女であるリリに返却すべきだよね。

「いいえ！　盗まれたのは大昔の話ですので時効です！　それにユオ様に託されたのですから、私が受け取る権利はありません！　幽霊さんもそれを望んでると思います！」

しかし、私の提案をリリは拒否する。リリは頑固なところがあるので、一度、決めたらなかなか首を縦に振ってくれない。せっかく辺境伯に恩を売る機会なんだけどなぁ。

しょうがないので、然るべきときに返却するとして、私が一時預かりをするという形になった。

それと、この袋のことはメテオやドレスには内緒にしておこう。たぶん、きっと目の色変えて欲しいって言ってくると思うし。

ふくく、それにしてもいいものを手に入れたなぁ。

これがあれば、あれができる。

そう、外出先でも温泉に入れるってことなのだ！

ひゃあっほぉおおお！

【魔女様の手に入れたもの】

空間袋：見かけの容量以上にものを収納できる魔法道具。数百年前に伝説の魔道具士が制作しサジタリアスに伝わっていたものだが、ずっと失われたままになっていた。入れたものは魔法空間に格納することができる。原理は不明だが、生体は入れることはできない。

第２話　魔女様、エリクサーが目覚めたので朝っぱらから最高のおもてなしをしてみる

「ぬぉおおおお!?　ここはどこなのじゃ!?」

デスマウンテンに行った次の日の朝、屋敷にひときわ甲高い声が響き渡る。

そう、あのエリクサーっていう子が目を覚ましたのだ。

彼女は村に戻る途中で疲れて眠ってしまっていた。ひょっとしたら、あの骸骨が怖くて前後の記憶を失っているなんてこともあるだろう。私は彼女の部屋に入ると、村について教えてあげることにした。

「な、なんと、ここがあの暴虐の村じゃと!?？」

「ぼ、暴虐の村って何？」

私たちのハッピーラブリーパラダイスな村が暴虐だなんて言われるのは穏やかじゃない。かん違いにしてもひどすぎる。

「知っておるぞ!　あの忌々しいボボギリを鎮圧した化け物の住む村じゃろう!?」

彼女はそう言って、私が爆発させた、あの大きな木の化け物のことを話し始める。なんとまぁ、あんな化け物を知ってるなんて珍しい。

私が手違いで爆発させたとか言うと、こっちが化け物扱いされてしまうから、ここは一つ勝手に

爆死したとか、適当なことを言っておこう。

「ふぅむ、なるほど。寿命じゃったんかのぉ。トレントの寿命は千年はあるというのだが……」

エリクサーは子供のくせに腕組みをして、うむうむ唸る。この子の演技力は大したもので、年上を相手しているような気分だ。

「それで、あなたは一体、どこから来たのかな？　デスマウンテンに保護者の人もいなかったし、あなたのお家に連れていってあげたいんだけど」

彼女の素性はいまだによくわからない。

だけど、私がするべきことと言えば、エリクサーを保護者のもとに送り届けることだろう。

口ぶりは大人っぽいけど、本当は不安で押しつぶされそうなのかもしれないし。

「わ、わしは、その……」

お家に帰れると聞いて喜ぶのかと思ったら、エリクサーはそのまま神妙な表情になってしまう。

ふぅむ、何か訳ありらしいな。ひょっとしたら、彼女はお家で叱られて、家出してきたのかもしれない。本心では帰りたいけれど、なかなかそうも言い出せない、とかなのかも。

子供心は複雑だ。こういうときに無理に聞きだそうとしてもダメだよね。まずは心の距離が縮まらないと。

「いいよ。話さなくても大丈夫。それじゃ、私といいことをしよっか」

「い、いいことじゃと？　暴虐の村で!?」

「いいから、いいから」

そういうわけで私は彼女の手を取る。

私の温かいおもてなしを受けてもらおうというわけなのだ。

♨　♨　♨

「仲良くなるって言ったら、これしかないでしょ！」

「ひ、ひえぇええ、なんじゃ、ここは!?」

何はともあれ朝の温泉というわけで、私はエリクサーを屋敷の温泉へと案内する。

小鳥がちゅんちゅん鳴いているそばで温泉に入ってぼんやりするのは最高の気分だよね。

朝から働かなくていいぞぉっていう優雅な時間でもあるし。

エリクサーは子供なのでちょっとぬるめの温度にしてあげよう。

「なっ、ふ、服を脱げじゃと!?」

「そりゃそうでしょ、お湯に入れないじゃん」

「い、嫌じゃ。わしは遠慮しておくぞ。助けてもらった恩義はあるが、お断りじゃ」

「子供は素直になんなさいってば。ララ、やっちゃいなさい」

「ひぇえええ!?」

おそらくは生まれて初めての温泉にびびり倒しているエリクサー。

彼女は温泉に入るのを渋るのだけど、ララの得意技、瞬間脱衣の前には無力。

すささーっと服を脱がせられ、長い髪の毛はお団子にセットアップ。すなわち温泉タイムの装いになるのだった。

「ふふ、私が先に入るね。ほらっ、すっごく気持ちいいよ？　うわぁぁあぁああ、朝の温泉さいっこぉおおおお！　ぬるめなのがまたいいわぁ。しみるぅううう！」

エリクサーに範を示すべく、私は率先して温泉に入って、その気持ちよさをアピールする。

昨日の夜とはまた違う格別のお湯。はぁあああ、ずっと入っていたい。

「リアクションが変過ぎるぞ、おぬし。こんな妙なにおいのするお湯に入って最高とか、頭のどこぞが呪われてるのじゃないか」

しかし、彼女は私のアピールになかなか屈しない。子供だから警戒心が強いのだろうか。

うーむ、うちの村の子供たちはみんな温泉が大好きなんだけどなぁ。

「まぁいいから、入りなさいってば。ララ、お願い」

「な、何をするんじゃ、ひぇええ、お湯をわしにかけるじゃと!?　ひ、ひぇええ」

いつまでも渋っていたんじゃ埒が明かないので、ララに入浴補助のお手伝いをしてもらうことにした。まずは温泉のお湯を体にざぱぁんとかけてもらい、それからお湯に入れてもらう。

エリクサーは「うわぎゃあ」などと声をあげていたが、お湯の中に入ったら急に静かになった。

そして。

「こ、これは、すごいのぉ、なんていうか、骨までしみるのじゃ。関節にも効くのぉ」

お湯に浸かったエリクサーはまるでおばあちゃんみたいなリアクション。

生まれて初めて温泉に入ったのはわかるけど、骨とか関節とか年寄りっぽすぎる。

温泉を気に入ってくれたのが嬉しくて、私はララに、やったねとアイコンタクトを送る。

「これはとろけるのぉ。……ん、なんじゃ？」

しかし、ここで思わぬハプニングが発生。

生えたのだ。

何がって、小さな角が。

どこにって、エリクサーの側頭部辺りに。

「はわわわわわ!?　何でじゃ!?　何が起きておる!?　せっかく魔法で偽装しておったのに」

突然、羊みたいに巻いた角が生えてきたので、驚き焦るエリクサー。

あれ？　今、偽装って言った？

ここで私はふと先日のことを思い出す。

そう、あのシルビアさんが縮んだ、ミニビア事件のことを。

シルビアさんは魔法で体型を変えていたのだが、それをうちの温泉がかき消してしまったのだ。

あのときのシルビアさんの狼狽ぶりは尋常じゃなく、キャラが完全に崩壊していた。

しかも、クレイモアの乱入によってシルビアさんはほとんど再起不能の精神攻撃を受けていた。

……まぁ、そのひと悶着はどうでもいいけど、肝心なのはどうもこの温泉、魔法の力を吸い取ってしまうらしいということだ。

おそらく、エリクサーの偽装魔法とやらも温泉の効力で切れてしまったのだろう。

「ひぃいいいい、ば、バレてしまったぁあああ。暴虐の村の恐怖の女首領にわしが魔族であることがバレてしまったのじゃぁああ」

エリクサーは怯えた表情で固まっている。

しかも、ご丁寧に自分のことを魔族とまで自己紹介する。

にょきっと生えた角はそれほど大きくはないけれど、確かに魔族の特徴だとされているやつだ。

「ララ、今、この子、魔族って言った？」

「おっしゃいましたね」

温泉に女の子を入れたら、偽装魔法が解けて魔族だってことが判明した件。

これには呆然と顔を見合わせるしかない私たちである。

「ひぃいいい、お助けぇえええ。わしはこう見えて子どもなんじゃぞぉぉ」

お湯に入ったまま、がくがく震えるエリクサー。

どうやら私たちに正体がばれてしまって怯えているようだ。

一般常識では、魔族と言えば人間の敵ということになっている。百年前の大戦争で真っ正面から衝突したからだ。特にリース王国では魔族と言えば、親の仇のごとく憎まれている。

しかし、目の前の少女に対して私は何の恨みもないし、彼女はデスマウンテンで私たちを助けてくれた。それに、温泉のことを気持ちいいって言ってくれた。

私は思うのだ。温泉を心から楽しめる人に悪い人物はいないのだと。

たとえそれが魔族であっても、温泉を愛する限り友だちになれると。

「あなたに危害を加えるつもりはないよ、安心して」

「本当にか？　わしはこう見えて嘘は嫌いじゃぞ？」

「本当だってば。大丈夫だから落ち着いて」

私はエリクサーの頭をよしよしとなでてあげる。

彼女からすれば敵である人間に正体がばれてしまったのだ、怯えるのも無理はない。

何はともあれ、こちらに害意はないことを示し、取り乱す彼女の心を落ち着かせることが先決だ。

それにしても、魔族の女の子がどうしてデスマウンテンにいたんだろうか。

「うっ、うっ、実はわしの村は……」

そして、彼女は話し始める。

どうして彼女がデスマウンテンをさまよっていたのかについてを。

第3話　魔女様、エリクサーの村の救援に向かうことを決めるも、思わぬ方向からトラブルが飛んでくる

「ふぅむ、そんなことがあったなんて……」

温泉からあがると、エリクサーは涙ながらに彼女が一人でいた理由を語ってくれた。

話をまとめると、こういうことらしい。

彼女とその一族はこの村の北にある第三魔王王国に属する、「世界樹の村」と呼ばれる魔族の村で平和に生活していたとのことだ。魔族の人たちも人間と同じようにいくつかの国に別れて暮らしているらしく、その他にも第一魔王とか、第二魔王とかいるらしい。

それはともかく、ある日、とんでもなく強い魔力を持った人間の少女と魔族の男が村を襲撃してきたとのこと。

エリクサーの村のみんなは戦ったけれど、強力すぎる魔法の前に手も足もでない。彼女の村の仲間は捕まってしまったが、エリクサーだけは命からがら逃げてきた。

そして、黒死の森をさまよい歩き、気づいたら、デスマウンテンに迷い込んでいたとのこと。

「なるほど、魔族同士の領土争いが起きたのでしょうか……。しかし、人間の少女とは何なんでしょうか？　魔族と人間が手を組むだなんて、ううむ、わかりませんね」

ララは顎に手を当てて、何やら考え込んでいる様子。

「わし一人だけ逃げてきて本当に情けないのぉ。村のみんながひどい目にあっているかと思うとやりきれないのじゃ……」

エリクサーはそういうと「びぇえええ」と泣き出してしまう。

さっきまでの落ち着き払った態度とは大違いの子供然とした反応だ。温泉によって心までほぐれた結果、素の彼女が出てきたのかもしれない。

「それにしても、他人の村をいきなり襲うなんて許せないやつらね。……ララ、私、この子の村に行ってガツンと言ってこようと思うんだけど」

エリクサーの髪をなでてあげながら、私は自分の内側で血がたぎっていくのを感じる。

平和な村を問答無用で襲うなんて許すべきじゃないと思うし。

「な、な、な、何を言っておるのじゃ!? だいたい、何の理由があってそんなことをしてくれるんじゃ! わしらは魔族なのじゃぞ」

私がエリクサーの村まで行くというと、彼女はぶるぶる震えながら止めてくる。

その瞳には恐れの色が浮かんでいて、とても恐ろしい目に遭ったんだなぁってわかってしまう。

だけど、私にはちゃんと理由がある。

「あなたはデスマウンテンで私たちを助けてくれたじゃない。その恩返しがまだできてないからね」

エリクサーは私たちが窮地に陥ったときに、リリやクレイモアを連れてきてくれたのだ。

あれから骸骨が出てきてわちゃわちゃしたけど、あのときの行動についてきちんと感謝できていないと思うし。

「し、しかし、人間がわしら魔族を助けるなどと……」

エリクサーはそう言うとうつむいてしまう。

まだ半信半疑なのかなとも思う。それぐらい、人間と魔族の間には大きくて深い溝があると、教わってきたのだろう。

「あなたが魔族だからって関係ないよ。困ったときはお互い様だし、私の仲間のみんなも、村のみんなだって、話を聞けばわかってくれる。私はそう信じてるし」

「そ、そんなことあるものか。人間が魔族に手を貸すなど、おぬしのような物好きだけじゃ！　そんなことをいうのは……」

エリクサーはどうしても人間が魔族を助けるってことに抵抗があるらしい。

それなら村のみんなに事情を話してみようかしら。多種多様な人がいる冒険者はともかく、村のみんなは大丈夫だと思うけどなぁ。

「話は聞かせてもらったのだ！」

「もらいました！」

「も、もらいましたっ」

「もらいましたぜ！」

「「聞いたでぇ！」」

エリクサーの言葉にどう返事をしようかと思っていた矢先、部屋のドアがばぁんっと開かれる。

そこにいたのはクレイモア、ハンナ、リリ、ドレスにメテオにクエイク、まぁ、早い話がいつものメンバーだった。

あ、あんたたち、いつからそこにいたの!?

「ふくく。その小娘の村がおそわれたとそうだんしてるところからなのだ。生まれて初めて魔族を見たけど、小さくてかわいいのだな。ミニ魔族なのだ」

クレイモアは不敵に笑い、その他のメンバーもうんうんと頷く。

あっちゃあ、かなり早い段階から筒抜けだったたってわけね。

だったら、早めに部屋に入ってくればいいのに。

「あたしたちもエリクサーを助けるのだ！」

「右に同じです」

そして、クレイモア、ハンナの武闘派の二人は一歩前に出る。

彼女たちはエリクサーが魔族と聞いても、それだけで判断せずに助けたいと言ってくれている。

「あっしも行くぜ！　魔族の村には貴重な素材があるだろうからな！」

ドレスは魔族領でとれる素材に関心があるようだ。彼女らしい。

「わ、私も怪我人の回復ぐらいならできます！」

そして、まさかのまさかリリまでもが志願してくれる。

臆病でいつも泣き叫んでいる彼女だけど、やっぱりエリクサーに恩義を感じているんだろう。

「うちらも荷運びとか、運搬の手伝いならできるで！　一儲けするでぇ！」

メテオにクエイクの二人もまさかの志願。

完全に非戦闘員の二人なので、これには私の方も驚いてしまう。

「み、みんな、ありがとう！」

みんなが私と同じ気持ちを持っていてくれたってことがすごく嬉しい。

胸の中がじわじわと熱くなってくる。

「みんな、さいっこうだよ!!　って、えぇえ!?」

こっちが抱き着こうかと思ったら、みんなの方が私にぎゅっと抱き着いてくれる。

むぎゅむぎゅされるのはびっくりだけど、温かい気持ちがこみ上げてくる。

「な、なんなんじゃ、おぬしらはぁぁああ、人間のくせに、人間のくせにぃいいいいい」

そして、感動しているのはもう一人いる。

エリクサーは完全に涙腺が崩壊して、おいおい泣き出してしまっていた。

ふふ、人間だって捨てたもんじゃないってことを教えてあげようじゃないの。

私は頼もしい気持ちで仲間たちを眺めるのだった。

この最強メンバーで行けば、失礼な魔族なんて楽勝よね！

骸骨のときみたいに、クレイモアとハンナがぱぱっとやっつけてくれるだろうし。

それにシュガーショックや燃え吉だっているし！

「それじゃあ、エリクサーの村に行っちゃうぞぉおお！」

えいえいおーと気合を入れた、その瞬間のことだった。


どんどんどんどんっ！

「魔女様、大変ですぅううう！」

屋敷のドアをノックする人がいる。

それもかなり必死に叫んでいる。

あれぇ、モンスターが襲ってくるような頃合いでもないよね。

私は温泉に入ってないし。

「ど、どうしたの？」

ドアを開けると村の女の子が立っていて、こう言うのだ。

「魔女様、サジタリアスが大量の魔物に襲われているそうです！　至急、クレイモアさんをはじめとして応援をお願いしたいとのこと！　かなり危険な状態です！」

「はぁあああああ!?」

エリクサーの村に乗りこもうと思った矢先がこれだよ。

どういうこと!?

第4話　魔女様、村の戦力を三つに分ける

「困ったことになりましたね……」

緊急事態だ。

これからエリクサーの村に乗りこもうっていうときになって、サジタリアスがモンスターに襲われているという知らせが入ったのだ。

屋敷の会議室で腕組みをする私たちである。

私はアリシアさんやドワーフの皆さん、そして、村のハンターの頭も呼び出すことにした。

これから村全体の方針を決めるための会議をしなければならないからだ。

「まず、クレイモアは決まりだよね」

サジタリアスの騎士団に所属するクレイモアにはすぐに帰ってもらわなきゃいけない。

いくら村長さんとトレードしたとはいえ、あくまでクレイモアは借り物の戦力だ。

これは決定事項だし、覆らない。

しかし、問題なのはクレイモアだけじゃおそらく足りないっていうことだ。

サジタリアスからの伝令の話では、数日前にモンスターが禁断の大地から襲来し始めて、サジタリアスに波状攻撃を仕掛けているとのこと。村長さんが率いる騎士団が奮闘するも、苦戦している

らしい。

村長さんは化け物みたいに強い。

この間のダンジョンのスタンピードのときも大活躍してくれた。

それが苦戦するというのだから、強いモンスターが大量に現れている可能性が高い。

「おじいちゃんが苦戦するだなんて信じられません……」

知らせを聞いたハンナは信じられない表情だ。彼女の育ての親は村長さんだ。おそらくは今すぐにでも駆け付けたいはずだろう。

「サジタリアスが攻め込まれるなんて……」

そして、もう一人、心配そうな顔をしているのがリリだ。彼女はサジタリアス辺境伯の娘であり、サジタリアスは彼女の守るべき故郷でもある。家族だっているし、気が気でないはず。

「数日前からモンスターが襲ってきたということは、デスマウンテンのトンネルは関係ないのかもしれませんね」

「そうだね。穴を開けたのは昨日のことだったし……」

私はララの言葉に頷く。私がデスマウンテンに穴を開けたせいでサジタリアスにモンスターが流れたのかと思ったけれど、時系列的に見てその線は薄そうだ。

それに伝令さんの話によると、うちの村とは異なる方向からモンスターが押し寄せているらしい。

「地図で言えば、私たちの村は禁断の大地の端っこの方でしょ。でも、今回はこっちのほうから攻めてきているわけでしょ?」

「ふぅむ、どちらかというと北北西側という感じやなぁ。ほとんど魔族領やんけ、それ」

会議室に掲げられた地図を眺めて、地理関係を把握する。

サジタリアスの北北西というのは私たちの行ったことのない地域だ。

「わしの村がある方向じゃな……。ここら辺がわしの世界樹の村じゃ」

エリクサーは泣き出しそうなのを必死にこらえて地図を指さす。それは禁断の大地の西方にある位置。黒死の森と呼ばれる深い森の西の端にあった。

エリクサーの村の方からモンスターが流れてきたってことか。

そっちは人間の立ち入ることのない危険地帯なわけだし、とんでもないモンスターがうようよいるのは想像に難くない。村の周辺のモンスターとも種類が違っている可能性だってある。

「いいんじゃぞ、わしの村のことなんか構わず行ってくれ。これも定めなのじゃ」

エリクサーはこの状況に観念したのか、涙目になっている。

確かに有事なのだ。

サジタリアスは私たちの村にとって生命線になる都市である。流通の大部分をサジタリアスに頼っているわけで、モンスターなんかに陥落させるわけにはいかない。とはいえ、エリクサーとの約束をこんな形で違えるのも気に食わない。

「……よっし、決めたわ」

私はふぅと息を吐いて、これからの役割分担を伝えることにした。

みんなの視線が私に集まる。

ここでの決断は村の未来を、ひょっとしたら辺境地域の未来を決めるようなものかもしれない。

正直、怖い。

だけど、手をこまねいて見ているだけなんていうのは許されない。

「まずクレイモア、ハンナ、リリ、クエイクはシュガーショックに乗ってすぐにサジタリアスに向かってちょうだい」

まずはサジタリアスに向かってもらう人たち。騎士団のクレイモアはもちろんのこと、リリは怪我人の手当てのためにも向かってもらいたい。事態は一刻を争うわけで、クエイクにシュガーショックを操って向かってもらおう。

「わ、私もですか!?」

驚きの声をあげたのはハンナだ。

彼女の配置については私も迷った。

「うん。村長さんを助けてあげて。ハンナが行けば百人力だから」

村長さんが苦戦していると聞いては居ても立ってもいられないだろう。

ハンナと村長さんはずっと昔からコンビで戦ってきた。わざわざその二人を引き離すことはないと判断したのだ。

「村の守備にはララとドワーフの皆さん、それに燃え吉、ハンターさんたちにお願いするわ」

そして、次の役割分担は村の守備についてだ。

先日、私が留守にしているときにも村にモンスターの一群が現れたとのことだ。そのときは燃え吉が奮闘して撃退してくれたと聞いているけれど、今回もおかしな動きがあるかもしれない。

私たちがいなくなった隙をついて、こっちにもモンスターが溢れてきたら村は壊滅してしまう。

そんなわけで村の守備隊にもしっかりした人材を配置することにした。

「命に代えても村を守ります、ご主人様」

「ララ、無理しちゃダメだからね。いざというときでも自分と村のみんなの命を大切にして戦ってね」

ララは先日の戦いの際にとんでもない無茶をしたそうだ。

彼女を失ったら村の運営は立ち行かないわけで、私は念入りに釘を刺しておくことにした。

「ふふふ、燃え吉のボディは修復済みですぜ！」

「俺たちに任せてくれよ、魔女様！」

「仕事を頑張るでやんす！」

頼もしい声をあげるのはドワーフの皆さんと燃え吉だ。

私の顔をしたあの石像で戦ってくれるのは正直やめてほしいけど、村を守ってくれるのなら私情を捨てるしかないよね。今は。

ドワーフのおじさんの肩に乗った燃え吉は気合が入っているのかメラメラと燃え盛っている。

「エリクサーの村に行くのは、私とドレスとメテオ。このメンバーにするわ」

そして、エリクサーの村に行くメンバーを発表する。

サジタリアスにできるだけの人員を割きたいから、少数精鋭で行くしかない。

私が言い出したんだし、私自身がエリクサーの村に行くのは最初から決めていた。ひょっとしたら私が前面に出て戦わなきゃかもだけど、ここにおいてはしょうがない。

「よぉし、あっしの腕がなるぜ！」

「よぉっしゃああ、一獲千金やでぇ！」

ドレスとメテオはそもそも行きたがっていたわけでとっても喜んでくれる。

「ど、どうしてじゃ？　なぜわしの村なんかに行ってくれるのじゃ……」

エリクサーは再び泣きそうな顔になっている。

こんな緊急事態に自分の村を助けに行くなんて信じられないといった表情だ。

それでも彼女の村に向かう判断をしたのには二つの理由がある。

一つ目は、私は先にとりつけた約束を優先する性格だっていうこと。

そして二つ目は、モンスターはエリクサーの村の方向から来ている可能性が高いということ。

エリクサーの村の一件と、サジタリアスの一件、これはただの偶然だとは思えない。

あくまで直感だけど、つながっている気がするのだ。

もちろんこの直感は間違っているかもしれないけど、土壇場で頼りになるのは虫の知らせみたいなものだと思う。

「ユオ様、冒険者たちは村の防衛に入らせていただきます。しかし、そのうちの何割かは家族のいるサジタリアスに戻りたいと言っているのですが……」

冒険者ギルドのアリシア先輩は複雑な表情だ。ギルドの取り決めでは、有事の際に冒険者は今いる場所を守るのが基本的なルールらしい。

しかし、うちの村の防衛だけに冒険者を配置するのはちょっと大げさかもしれない。

なんせ、うちの村にはたくさんの冒険者がいる。それにハンターさんたちだっているわけだし、ドレスたちの作った城壁もある。案外、防衛力は高いんじゃないかな。

「そこらへんは自由にしてもいいよ。どんな人だって家族が心配だろうし」

「あ、ありがとうございます！　あ、ハンスさんは残るそうですよ！」

お人好しかもしれないけれど、サジタリアスに行きたい冒険者には許可を与えることにした。

ハンスさんはうちの村の防衛に参加してくれるらしい。

頼もしいことこの上なしだ。トカゲのモンスターが出てこなきゃいいけど。

♨　♨　♨

「クレイモア、ハンナ、ちょっといいかしら」

役割分担も終わったので、あとは各自準備に入っていく。

みんなと分かれる前に、私はやるべきことがあるのだった。

「あなたたち二人はちゃんと協力するのよ。誰かと力を合わせることほど大事なことはないからね」

これからサジタリアスに向かう主戦力はハンナとクレイモアだ。

私は二人にきちんと念を押しておくことにした。

それは協力して敵に向かうこと。先日のデスマウンテンでは連携が取れていなくても勝利できた。

しかし、次の敵はどうなるかわからないのだ。

この二人が他の人と協力して動けるようになると、個の力以上のものを発揮できると思う。

っていうか、協力しないと味方に損害を与える危険性もある。

「わかっているのだ！　この金髪小娘があたしに合わせれば万事解決なのだ！」

「大丈夫です、魔女様。この金髪デカ女が私について来ればいいのです！」

……あ、わかってないな、こいつら。

二人はまるっきり反対のことを言うではないか。しかも自信満々に。そういう意味では息がぴったり合っているともいえる。

はぁ、と溜息をついて、私はさらに念を押す。

「いい？　ちゃんと他の人と協力するの。自分勝手に突っ走っちゃダメだからね。村長さんや、むこうの騎士団の人とも協力するのよ。……さもないと、わかってるわよね？」

「ひぃいいいい、わかってるのだ。赤髪びび魔女には逆らえないのだ！」

「わ、わ、わかりましたぁ。いけにえにするのは村に戻ってからにしてくださぁあい！」

ちょっと強めに念を押すと、二人はなんとか了解してくれる。二人が協力すれば、どんな状況でも打開できるはず。

「それじゃ、ドレス、メテオ、エリクサー、私たちも準備するわよ！」

ごたごたしたけれど、ここにおいて私の魔族の村への遠征が始まったのだった。

第5話　魔女様、世界樹の村に向かいます！　メテオがなにやら画策しているようですよ

「ひょおおえぇぇぇぇぇ!?」

「うぉおおお、ありえないぜっ!!」

「なんやこれぇぇぇぇぇぇ!?」

私とドレスとメテオの三人は三者三様に叫び声をあげる。

何が起きてるのかと言うと、私たちは植物の波に乗って森の中を進んでいるのである。

話はちょっと前にさかのぼる。


「世界樹の村ってこのあたりでしょ？　よく子供の足で歩いてこれたわよね？」

いざエリクサーの村へ出発しようというわけで、私たちは入念に地図を眺める。

これまではシュガーショックがひとっとびで目的地に行ってくれたわけだけど、今回は違う。

黒死の森と呼ばれる深い森を突き抜けなければならないのだ。

エリクサーは必死に村から逃げてきたと言っていたけど、大人でも何日もかかる距離だと思う。

この子、見た目によらず体力があるのかしら。

「心配は無用じゃ。わしらは世界樹の精霊を始祖とする魔族。森の木々を操ることができるのじ

ゃ！」

「そう言えば、デスマウンテンでも何かやってたわよね」

「ふくく、わしの恐ろしさを思い知るがいい！　魔族の凄みを見せてやる！」

「便利！　エリクサー、便利だよ、それ！」

「ぐ、ぐむむ、恐ろしくないのか？　変わった人間もおるのじゃな」

しかし、蓋を開けてみればきちんとした理由があったのだ。エリクサーは植物を操作することができるとのこと。その不思議な力でもってかなりのスピードで森を進むことができるらしい。

「まぁ、見ておれ！」

さっそく、村の裏にある森の前で、エリクサーは木々に手をかざす。

するとぐにゃぐにゃと動き始めるのだ。す、すごい。

「おぉぉ、すげぇ能力だぜ！　まるで深緑の魔女みたいじゃないか！」

その能力を前にしたドレスが大きな声をあげる。深緑の魔女だなんて、初めて聞いた。

「深緑の魔女っていうのはドワーフのおとぎ話に出てくるやつだぜ。植物を操ってドワーフの味方をするんだけど、最後はでっかい樹木になってしまうんだわ」

「なんやねん、それ。救いがないやんか」

「しょうがねぇだろ、おとぎ話なんてそんなもんだ」

なんだかよくわからないおとぎ話を力説するドレスと、ツッコミを入れるメテオ。

まぁ、おとぎ話はおとぎ話である。そんなものがひょいひょい現れるわけもないし、植物を操れるのはエリクサーの一族ならみんなそうなんだろうし。

「それはええとわしの始祖様で……、まぁ、とりあえず行くのじゃぞ！　準備はいいな？」

エリクサーはドレスが変なことを言うもんだから微妙な顔をする。

とはいえ、もう準備はしっかりできている。食料もあるし、テントもあるし、メテオたちは防寒具も着こんでいる。私は寒さを感じないのでいつもの服装である。

「荷物がやけに少ないように思えるんじゃが……」

エリクサーは訝しげに尋ねるけれど、準備は万全。

リリから預かっている空間袋の中にほとんどの荷物を入れてあるから軽装なのだ。はた目にはピクニックに行くみたいに見えるかもしれない。

ちなみに空間袋についてメテオやドレスに詰め寄られたのはまた別のお話である。血走った二人の目は本当に怖かった。

「それでは行くのじゃぞ。……森の木々たちよ、わしらを世界樹の村へと導け！」

森を前にして、エリクサーは腕を広げる。

一瞬の間をおいて、森の木々はまるで触手のようにぐにゃぐにゃと動き出し、しまいには木の枝で私たちをひょいっと捕まえると、そのままずさささーっと目的地へと送り出す。

そして、冒頭の叫び声とつながるのだった。

ものすごいスピードとものすごい風。

声をあげるのもやっとという状態の中、私たちは魔族の村へと勢いよく突き進むのだった。

♨　♨　♨

「つ、着いたのじゃあああぁ」

おそらくは数時間ぐらい経っただろうか。とんでもない速さで私たちは世界樹の村、すなわちエリクサーの村の近くまで到着したのだった。

まだ足がくがく震えてるよ、本当に。

到着したのは村の近くの岩山の上で、ちょうど村全体を一望できる位置である。季節は冬の始まりだし、ここいらは標高が高いからか、あたりには雪が積もっていた。

メテオとドレスの上着に熱を付与してあげると「ほえぇぇ」と喜んでいる。

「おおぉ、めっちゃ、でっかい木があるやん！」

何より目を引くのが、村の中央にある大きな木だ。今まで見たどんな木よりも太くて大きい。

王都にある女王様のお城よりも大きいんじゃないだろうか。

樹のてっぺんの方は見えないし、めちゃくちゃ高いらしいことがわかる。

「あれが世界樹じゃ。もう千年近くも生きとるんじゃぞ」

「ほえぇぇええ、すげぇなぁ」

エリクサーは誇らしげな表情をして、ふふんと鼻を鳴らす。

ふぅむ、あれが村の名前の由来になっている世界樹なのか。名前の通り、世界で一番大きな木なのかもしれない。

「それで作戦なのじゃが、どうやって村を解放するというんじゃ？　この間みたいに大暴れして、わしの村を消し飛ばされたらかなわんぞ」

これから作戦開始というわけなのであるが、エリクサーが心配そうな顔をする。

そう言えば、デスマウンテンでの経緯を彼女は見ていたんだっけ。あのときは力加減に失敗してトンネルを貫通させちゃったけど、今回はそんなことしないよ。

「よっし、うちが見てくるわ。こう見えても冒険商人なんや、危険地帯に忍び込むのは得意やで」

ここで声をあげたのが、まさかのメテオ。

彼女は戦う力がないわけで、こんなことを言い出すとはかなり意外。偵察が得意だなんて初めて知ったよ。

「……その代わりと言ったらなんやけど、エリクサーちゃん、うち、【女神の涙】が欲しいんやけど」

「め、女神の涙だって!?」

こんなタイミングになってメテオはちょっとずるい顔をする。

彼女の口にした【女神の涙】という言葉にドレスは驚いた表情。はて、何それ？

「ふむ、えぇじゃろう。もしも村を解放出来たら女神の涙なんぞ百粒ほど用意してやるぞ。世界樹から採れたとっておきのやつを」

「よっしゃあああ！　言うてみるもんやなぁ！」

「百粒だなんて、すげぇじゃん！　こりゃあ、革命が起きるぜ！」

メテオの神妙さとは裏腹に、エリクサーは軽くＯＫを出す。

女神の涙とやらがいったい何なのかわからない私は完全にカヤの外なのであるが、二人が欲しがるところから判断して、何か珍しい素材か何かなんだろうな。

「ほな行ってくるわ。ふくく、実をいうと、これを仕入れたんや！」

「ええええ、うっそぉおお!?」

メテオはそういうと変な模様の書かれたフード付きの服を着始める。

するとどうだろうか、彼女の姿が消えてしまったのだ。

さっきまで目の前にいたはずなのに、どこにもいなくなってしまう！

「ユオ様、うちはここにおるで？」

「ひぎゃっ!?」

突然、つんと脇腹をつつかれて、一メートルぐらい飛び上がる私である。

私の様子を見たメテオは姿を現して、お腹を抱えて笑う。ちょっと止めてよね、脇腹弱いんだからさぁ。

「これぞ隠ぺいの魔道具やで。こんなこともあろうかと、うちのおかんから姉妹用に二つ買っといたんや。すごいんやでこれ、魔力だって遮断するんやから」

なるほど、この魔道具があったから偵察に行けるというわけか。

確かにこれならばれないだろう。

「おぉっ、わしの分もあるのじゃな！」

メテオはもう一つの魔道具をエリクサーに手渡す。なるほど、土地勘のあるエリクサーも一緒に行ければ無駄に歩き回らなくてもすむよね。

備えあれば憂いなし。

グッジョブだよ、メテオ！

「ほな、行ってくるでぇ！」

メテオは自信たっぷりな表情をして、再びフードをかぶる。

「頑張ってね！」

笑顔で送り出す私たちである。

……と、まぁ、普通だったらこれでメテオは出発したと思うだろう。

しかし、私とメテオの付き合いは長い。彼女はきっともう一度、私の脇腹をつつきに来るはず。

私の直感がそう告げていたのだった。

そこで私は表情を何一つ変えることなく熱探知を発動する。

すると私の視界に抜き足差し足で忍び寄る怪しい猫耳の影がうつり始めるではないか。

私はもちろん素知らぬふりを決め込む。

しかし、ふふふ、バレてんのよ、子猫ちゃん。

つん。

「にぎゃあああ!?　バレてるやんっ！」

完全に不意打ち状態でメテオの脇腹をつついてやった私なのである。

これにはメテオもたまらず声をあげて、地面をのたうち回る。

さすがはメテオ、リアクションもひと味違う。

「なにをやっとるんじゃ、おぬしらは……」

私たちのドタバタにエリクサーは心底あきれた感じでジト目を送る。

だけど、これが私たちなのだからしょうがない。何事も楽しくなくっちゃね！

ドレスだってお腹をかかえて笑っているし。

「メテオ、姿が見えないからって気が大きくなったらダメだからね。慎重にいくのよ！」

一つだけ断っておくと、私の行動の目的はただの悪ふざけでも復讐でもない。彼女に忠告したかったのだ、過信は禁物であると。

「せやな、わかったで……！」

メテオは柄にもなく真剣な表情で頷くのだった。

さぁ、メテオ、エリクサー、頑張ってきてちょうだい！

第6話　魔女様、村人をさくさく解放するけれど、あいつは案の定、つかまってしまう（放置プレイ決定）

「大変なのじゃああああ！　猫耳が捕まったのじゃぁ！」

「な、なんですって!?」

小一時間後、偵察からエリクサーが戻ってきたのだが、開口一番に残念な結果を教えてくれる。

あんのバカ猫、慎重にいけって言ったのに！

どうせ敵に見つかったエリクサーをかばって、「私はここに残る、お前は先に行け」とかかっこいいことしようとしたんでしょ。この間みたいに。

「いや、ちょっと違うのだぞ。村の一角に『立ち入り禁止』と書かれた小屋があってのぉ、猫耳はその中に忍び込むと言ったのじゃ。お宝じゃなくて、陰謀のにおいがするで、などと言ってのぉ」

「そ、それで？」

「猫耳は小屋の見張りの後ろにくっついて入っていったのじゃ。見張りは出てきたのじゃが、あやつはなかなか出てこない。そうこうするうちに、外から鍵をかけられたのじゃ」

……あんのバカメテオ。

ぜんぜん、かっこよくないし、よりにもよって、非常に間抜けな方法で捕まってるじゃないの。

熱い展開を期待した私がバカだった。

とはいえ、無事っぽいのは一安心だ。軽率すぎる行動にお灸をすえる意味でも、ちょっと放置しといてやろう。

エリクサーは偵察で得られた情報について教えてくれる。

彼女の村を襲った人間の少女と魔族のコンビはいなかったとのこと。また、隣の村の魔族たちが見張りとして歩き回っているものの、とりたてて強い魔族ではないそうだ。

エリクサーが言うには隣の村の魔族は、他の強い魔族に脅されているのではないかという話だ。

その意味では隣村の魔族も被害者なのかもしれない。

「ふむ、好機到来ってわけね」

襲ってきた魔族にお説教をかますのが今回の動機ではあったけど、目的はあくまでも村の解放だ。

エリクサーが言うには、村人たちは一か所に集められているとのことで話が早い。

「見張りをやっつけちまって、村人を解放すれば一丁上がりだぜ。メテオのやつはその後だな」

ドレスが村解放作戦の手順を説明する。それはシンプルな作戦だった。

「しかし、多勢に無勢というのもあるし、おぬしたちは目立ちすぎるのではないか。人間などわしの村に来たことさえないのだから、見つかっただけで敵も味方も大騒ぎじゃ」

確かに人間が平然と歩いていたら変な感じかもしれないよね。

でも大丈夫、私たちだって色々考えているのだ。

「じゃじゃん！　これを見てよ」

「……な、なんじゃこれは!?」

私があるもの差し出すと、エリクサーはますます困惑する。

しかし、私がそれを頭につけると……!

「おぉっ、まるでわしらの角が生えたみたいじゃの!」

そう、私たちが用意したのは魔族っぽい角のついたカチューシャなのだ。

エリクサーたちを待っている間、暇だったので私の錬金術で作ってみた。

細かいところはドレスが細工したおかげで、これをつけると魔族っぽい角が生えているように見えるという寸法なのだ。ふふふ、結構かわいい。

「ドレスも似合うじゃん!　かわいいよ」

「ふひひ、照れるぜ。あっしはこういうガラじゃないんだけどなぁ」

普段は男の子っぽい雰囲気を出しているドレスだけど、かわいいカチューシャにまんざらでもない様子。顔を赤くして照れている様子は普通にかわいい女の子だ。

魔族のカチューシャ、けっこうかわいいと思う。これを村で流行らせたらどうだろうか。

「おぬしたちといると、なんだか調子が狂うのぉ」

笑い合っている私たちを見てエリクサーは首をかしげている。

いいじゃん、どんなときでも楽しむのが私たちのルールなんだから。

かくして、村人解放作戦の狼煙があがる。待っていてね、村の人たち、ついでにメテオ!

♨　♨　♨

「な、なんだ、貴様は、どこの村のものだ、はうっ」

「この村は立ち入り禁止だぞ！　おい、ひぶっ」

結論、熱失神のスキルは魔族の皆さんにも有効。

村に入って歩いていくと、見張りの人に見つかる私である。

魔族の角はそこまで役に立たなかった。翼もあればよかったのかな。

そんなことを考えながらも、先手をうって熱失神の技を連発。

不意を突かれた魔族の皆さんはぐっすりスヤスヤお眠りになるのだった。

「ひぃいい、死んでおるのか!?　死屍累々じゃああ」

「んなわけないじゃない！　私はそういうの無理だから」

見張りの魔族の人が来るたびに失神させていたので、気づいたときにはかなりの人数になっていた。

もちろん、みんな、命に別状はない。あくまで失神しているだけだからね。

「これで一丁上がり」

私が失神させると、ドレスはすばやく手足を縛り、即席の牢屋に入れていく。

さすがは神の匠、こういうときにも頼りになる。

「ぐむむ、わしはとんだ化け物を村に呼び込んでおるような気がするが、よしとしよう。ユオ殿、そろそろ皆のところへ行くのじゃ！」

見張りの魔族が居なくなったのを確認すると、村人たちが捕まっている場所へと急ぐことにした。

あと少しで目標達成！

あれ、誰か一人解放するのを忘れている気もするけど、ま、いいか……。

「ちぃっ、やべぇぞこれ魔法鍵じゃないか」

牢獄として使われている部屋に到着すると、ドレスが困惑した表情。

どうやら特殊な鍵で扉が守られていて、開けることが難しいということだ。

確かに扉には魔法陣が描かれていて、なんだかすごく物々しい。

「こいつを作ったやつは中々の腕前だぜ。ごりごりの魔法回路を組んでやがる」

ドレスは魔法鍵とやらをまじまじと見つめる。

彼女が言うにはこれを解くには最低でも一日はかかりそうだとのこと。

そんな悠長なことを言ってられないなぁ。サジタリアスも心配だし、うちの村だって心配だし。

「要は壊せばいいんだよね？　燃やせばよくない？」

「いやいや、そんなことできるはずがないぜ？　これは高度な魔法によって構築されていて、ユオ様の熱だからって、いくらなんでも」

ドレスはごちゃごちゃいうものの、私は扉の前に手をかざす。まぁ、ものは試しだよね。

「えいっ！」

普通の扉だったら、すぐに燃え尽きるほどの出力を入れる。

さすがは魔法鍵、何の反応もない。

しかし、それならこれはどうだ！

私はさらに出力をあげる。熱の出力をもっと細くして、魔法陣の文字や図形一つ一つを焼き切っていくイメージをしながら。

「あ、青く光ってるぜ!?」

「やばい光じゃぞ、隠れるのじゃ！」

ぼかぁああああん！！！

強烈な爆発音と共に扉が消し飛んでしまった。

うわっちゃあ、魔法鍵を無理やり開けると爆発するのね。中の人は無事なのかしら。

「皆の衆、助けに来たぞ！」

扉が無くなると同時にエリクサーは中に駆け込んでいく。

そこはホールのような構造になっていて、かなりの人数が収容されていた。

みんな爆発のせいなのか、顔色がわるい。驚かせちゃったかな？

「巫女様！　よくぞ、ご無事で！」

「巫女様、今の爆発は何ですか!?　死ぬかと思いましたよ！」

村の魔族の人たちは泣きそうな顔で駆け寄ってきた。

みんな、顔はやつれているけれど、それ以上に再会が嬉しいのだろう。

村人はエリクサーのことを巫女と呼んでいる。ふむ、魔族なのに、巫女ね。

「ぅぅう、待たせて悪かったのぉ」

エリクサーもこれまた泣きそうな顔。

よかった、よかった。めでたし、めでたしと私たちは胸をなでおろすのだった。

「巫女様、世界樹の方に行かれましたか？　世界樹が大変なことになっているのです！」

「なんじゃと、世界樹が!?」

しかし、村人の一言で再会のおめでたムードは一気に霧散する。

まぁわかってたけどね、これで解決なんて早すぎるって。


【魔女様の手に入れたもの】

魔族っぽくなるカチューシャ：魔女様のお得意の錬金術で作ったもの。魔族の角っぽいものが生えたようになるが、近くに寄って見れば作りものとわかる。人間にとって魔族は忌避の象徴だが、魔女様は案外、かわいいと考えているようだ。防御力も攻撃力も上がらない。

魔法熱破壊：魔女様の発する熱によって魔法陣を崩壊させるスキル。魔法陣を構築する文字や図形を熱操作によって崩壊させる。あまりにも無理やりに魔法に関与すると、今回のように爆発することもある。

第7話　魔女様、世界樹にとりついている悪いモンスターをやっつける！

「なぁっ!?　何が起きてるんじゃ!?」

世界樹は途方もなく巨大な木だった。

その下で、エリクサーは大きな声をあげる。

「世界樹の魔力が落ちておる！　ほら、魔力を失って葉が落ちてきておるではないか！」

彼女の言うとおり、私たちの足元にはたくさんの葉っぱが落ちていた。

ちょっと病気の植物みたいにまだら模様の葉っぱ。ふぅむ、調子が悪いのだろうか。

「ユオ様、何か来やがるぜ！　な、なんだ、ありゃあ!?」

葉っぱを観察していると、ドレスが警戒の声をあげる。

彼女が指さす方向を見ると、巨大な赤いゼリーみたいなのが世界樹の枝に絡まっていた。

世界樹の大きさからするとかなり大きいよ、あれ。

「ひぃいいい、出ました！　あいつが世界樹にいるので近づけないのです！」

「あれはドラゴンスライム、アースドラゴンさえ飲み込むスライムです！」

「村を襲った魔族が置いていったのです」

赤いゼリーを指さして、村人たちはこの世の終わりみたいな顔をする。

なるほど、あいつが世界樹にとりついて樹液を吸い取っているのだろうか。

しかし、私はあぁいうやつを見たことがある。誰かさんがあれに追いかけられて私の村にやってきたのだ。色は違うけど、ほとんど同じだと思う。

「ひぇえぇ、お助けぇえぇ！」

するとどうしたことだろうか、聞きなれた悲鳴が私の耳に入ってくるではないか。

ふと顔をあげると、メテオが世界樹の枝にしがみついていた。

それはまるで高い木に登った猫が降りられなくなったような雰囲気で。

「メテオ!?　なんでそこにいるの!?」

「なんやわからへんけど、小屋から脱出したらここに出たんやっ！　そしたら、バケモンおってんから！」

猫耳の誰かさんはスライムから逃げようとして窮地に追い込まれたらしい。

まったく、あの子は！

「ひぃいい、どうするのじゃ!?　わしらの魔法程度じゃ、あやつは倒せんぞ。このままじゃ世界樹が枯れてしまう!?　世界樹が枯れたら、わしの村は、いや、世界はお終いじゃああ！」

エリクサーは半べそ状態になって取り乱す。

彼女にとって世界樹の木はとっても大事なものなのだろう。

それを勝手に枯らすなんて許されるものじゃないよね。

しかし、それにしても世界が終わるなんて大げさだなぁ。

「じゃ、行ってくるわ。ちゃちゃちゃっといくよ」

私は赤い粘液をしたたらせている、スライムのもとに近づく。

もちろん、熱鎧を発生させてるから防御はＯＫ。

「おぬし、危ないぞ!?　不用意に近づくと飲み込まれるんじゃぞ！　それと、世界樹ごと爆発させるのはなしじゃぞ！」

「ひぃいい、うちごと蒸発させるのもなしやでっ!?」

エリクサーとメテオの叫び声が聞こえるけれど、ここでは無視。

大丈夫、爆発も蒸発もさせないし、なるようになるから。

うにょおおおんって具合に、スライムはギザギザの触手を私に伸ばして、私の体を捕まえてくる。おそらく内側に取り込んで、消化するつもりなのだろう。

しかし、「捕まえた」っていうのはこっちのセリフなんだよね。

スライムが私の体を包み始めると、ひんやりと気持ちの良い感覚。

だけど、それに溺れていられるほど暇じゃない。

「えいっ」

私はスライムがしっかりと蒸発するように、一気に熱を通す。

いくら大きくてもスライムなんて99％が水分なのだ。液体は熱に弱い。これ、常識だよね。

ぴぃいいいいいいいい！

すると、まるで沸騰するときのやかんみたいな音を立てながら、巨大な粘液のモンスターはぶくぶくと泡を上げ始め、気づいたときにはいなくなるのだった。

うむ、こいつの方が大きくて赤いけど、反応はこの間と全く同じ。

ちょっとつまんないぐらいに同じ。

さようなら、スライムさん。

「おぉおおお、さすがはユオ様だぜ！」

「ひぃいいいい、どういうことじゃあああ!?　消えてしもうたぞ！」

「助かったぁああ！」

たかが液体を蒸発させただけだっていうのに、嬉しそうに騒いでくれるドレスにエリクサー。

村の魔族の人たちは口をあんぐり開けて呆然とした様子。

あっちゃあ、こっそり陰から蒸発させればよかったかなぁ。

第8話　魔女様、魔族の連中を拷問《接待》する

「ユオ殿、起きるのじゃ！」

魔族の村を解放した次の日、私はエリクサーの声で目を覚ます。

場所はエリクサーのお屋敷。昨夜は我々が人間であることを明かしてひと悶着あったんだけど、村の魔族の人たちは結局、私たちを受け入れてくれたのだ。

「ふぁあああ、いったい、何があったの？」

「捕虜にしていた隣の村の連中がおかしいのじゃ！」

捕虜？

あ、そういえば、隣の村の人たちは捕虜にしていたのだった。

親玉はどこにいったのか問いたださなきゃいけないよね。

眠っているメテオはドレスに任せるとして、私は牢屋に向かうのだった。

「な、なんなの、この人たち……？」

捕虜の人たちはみんな疲れ切った表情でうなだれていた。

目は虚ろでうなされているし、ちょっと会話にならない状態。

「ふぅむ、この刻印は呪いじゃな。もしかすると、例の魔族は呪いの力でこやつらを操っておった

のかもしれん。こういうのは世界樹の薬でも解くことはできんのぉ……」

エリクサーは眉間にしわを寄せながら、捕虜の一人一人を見て回る。

確かに彼らの顔には赤黒いアザが浮かび上がっていた。私はなんだかその刻印にデジャヴめいたものを感じる。これってどこかで見たことあるような、ないような……。

「ユオ様、調子はどうだい？　ひぇぇぇ、みんな、元気ないなぁ」

「ほんまやで。ちょっと捕虜になったぐらいでうな垂れていたらあかんわ。え、ちょっと待ってぇな！　こ、このアザはあれやん……!?」

メテオは捕虜の人たちを目にすると、あれ、あれを連呼する。

ん、これはアザじゃなくてねぇ、呪いか何かみたいだよ。

ん、呪いのアザ？

「そうだ、アレだよ！　あれ、あれ！」

「アレやん！　もぉ、ユオ様、忘れるなんてひどいでぇ！　うちの感動的なシーンのアレやんか！　うちの数多い見せ場のひとつ！」

まるで記憶力が低下した夫婦の会話みたいに、私たちはアレを連呼する。

これはメテオの顔についていたアザと同じ類いだよ、たぶん！

「い、一体、何がアレなんだい？」

「おぬしたちはいっつも会話が変てこじゃのぉ」

事情を知らないドレスとエリクサーは首をかしげる。

私は彼女たちにメテオの呪いとその経緯について軽く話すと、さっそく大きめの桶を用意してもらうことにした。

まずは論より証拠。そう、解決策は決まっているのだ。

呪いと来れば、私の村の温泉だよね！

「な、なんじゃと？　こやつらを湯につけると呪いが解けるじゃと？」

「何を言ってるんですか!?　この呪いは一級品ですよ？　腕のいい解呪師を呼ばなければ！」

「人間はこれだから信用ならんのだ！」

エリクサーおよび村の人たちは私の提案に目を白黒させる。

魔族の呪いをお湯で解いてしまうなんてありえないと口角泡を飛ばす人もいる。

確かに、知らない人から見たら無茶苦茶な話かもしれないよね。

「ふくく、そう思うやろ？　しかし、うちが生き証人や」

意味深な表情で、うんうんうなずくメテオ。生き証人もなにも、あんたは呪いのアザがあってもぴんぴんしていたけどね。

ドレスの作ってくれた桶はものすごく大きくて、十人は入れそうな雰囲気。

私はそれを村の広場においてもらい、作戦を決行することにする。

「そもそも、こやつらを入れるお湯はどうするのじゃ？　こんな大量のお湯を準備するにも時間がかかるのでは？」

「まぁ、見てなさいってば。私のかわいい、お湯ちゃん、出ておいで！」

私はエリクサーの髪の毛をよしよしとなでると件の空間袋を取り出し、心に念じる。

次の瞬間、空間袋から勢いよくお湯が出てくるのだった。

そう、私はうちの村の温泉のお湯をありったけ入れておいたのだ。

こっちで野宿するかもしれなかったし、一日に一回は入りたいし、しっかりと準備しましたよ。

この空間袋があればいつだって温泉に入れるし、一言で言って最高だよね。

「お、お湯じゃ！　しかも、この地獄のような香りはあの村のお湯じゃな！　ふぅむ、不思議な道具じゃのぉ」

エリクサーをはじめ村人たちは驚きの声をあげる。

だけど、ここからが本題だ。村人の皆さんにお願いして、捕虜の人たちをどんどんお湯につけてもらう。緊急時だから、衣服はつけたままの状態でいいや。

いつか魔族の人も温泉を堪能できるようにできたらいいなぁなんて思ったりもするけど。

「う、う、ううぅう、こ、ここはどこだ……？」

お湯に浸けてしばらくすると、捕虜の皆さんはどんどん目を覚ます。

あの赤黒い呪いのアザは消えて、顔色もずいぶん良くなっているようだ。

意識が覚醒した人たちにはあがってもらって、次々に入れ替えていく。

もちろん、衣服が濡れているので瞬間乾燥も忘れない。至れり尽くせりな私である。

「このお湯はすごいのぉ!?　呪いが解けるなんて聞いたことないぞ」

「なんなんだ、これは!?　現実なのか!?」

「これだから人間は恐ろしいのだ……」

呪いが解けていく様子を目にして、エリクサーたちは信じられないと声をあげる。

いやいや、私がすごいんじゃないのよ。これが温泉のパワーよ。

温泉の素晴らしさに気づいたかしら、魔族の皆さん。

♨　♨　♨

「それで、おぬしらを操っていたやつらはどこへ行ったんじゃ？」

「そ、それが……南に、人間の国に行くと言っていました」

「人間の国にじゃと？」

「はい、ヤパンの大地の魔物を引き連れて、人間の国を滅ぼすのだと」

「な、なんですって……!?」

捕虜の人たちが正気に戻ったので、一番偉そうな人を尋問してみたら大変なことがわかる。

なんと敵の親玉は人間の国に攻めていったというではないか。

そして、攻め込んでいった場所に私は心当たりがある。

あのとき、うちの村に入った知らせは魔族がモンスターを率いてサジタリアスに攻め込んできたということだったのだ。

なんてことだろうか。魔族が軍勢を率いて人間の国に攻め込むなんて、百年前の魔王大戦以来の出来事だと思う。

不戦条約が結ばれて、一応の和平が成立したはずなのに、それが破られたってことは、まさかこれから戦争が起こるってこと!?

無敵のクレイモアとハンナを救援に行かせたとはいえ、嫌な予感がしてくる。

「エリクサー、悪いけど、私、村に戻ってサジタリアスに向かうわ」

私にできることはただ一つ。

まずは自分の村に戻って、それからサジタリアスの救援に向かうことだ。

敵の本隊がいない以上、エリクサーの村はもう誰かに襲われることはないだろう。

時間は多少かかるかもしれないし、私が役に立つかわからないけれど、行かないよりはマシだ。

禁断の大地を切り開いてでも、進んでいくしかない。

「ちょっと待ったぁ！」

「ユオ様、大変なことが起きとるでぇ、世界樹に！」

私が覚悟を決めているそのときに、ばぁんっと扉が開かれる。

そこに立っていたのは真剣な顔をしたドレスとメテオだった。

あれれ、何かあったの!?

世界樹の問題は解決したんじゃなくって!?

第9話　魔女様、世界樹の危機に直面し、ぎりぎりの状況に追い詰められる

「世界樹が大変なことになっているですって!?」

村に帰らなきゃいけないっていうタイミングなのに、メテオたちが新たな問題を持ってくる。

彼女たちの表情は真剣そのもので、冗談を言っているわけではないようだ。

「まずは見てもらった方が早いんちゃうかな。とりあえず、これを見てや」

メテオはそういうと懐から紙を取り出した。

そこにはヘンテコな絵が描かれていて、私にはちょっとよくわからない。

「これはな、昨日、例の立ち入り禁止の小屋に掲げられていたものなんや。魔族の悪いやつが何か企んどるらしいで」

「ユオ様、ここのところを見てくれよ。世界樹らしき木に魔法陣が描かれてるだろ？」

メテオとドレスは代わる代わる解説を続ける。

彼女たちが言うには、この魔法陣がなんだかとっても怪しいとのこと。

メテオは「世界の危機っぽい気がするで。うちの勘やけど」などと物騒なことを言い出すものの、私にはさっぱりである。自慢じゃないが、私は魔力ゼロなのだ。魔力がないから魔法陣の読み方さえよくわからないのである。

「魔力転移かなにかの魔法陣じゃな、これは……」

「そうなんだよ。それで世界樹の上の方、ちょうどスライムがいたあたりに行ってみたんだよ。そしたら、あったんだよ、魔力転移の魔導装置が！　それも超でかいのが」

「魔力転移の魔導装置じゃと？　ま、まさか！」

居ても立ってもいられなくなったのか、エリクサーはそのまま外に駆け出してしまう。

何が起きているのかわからないけど、もちろん、私たちも後に続く。

世界樹にどんな危機が迫っているっていうのかしら。

♨　♨　♨

「このままじゃ、世界樹は枯れてしまうのじゃあぁぁぁあ！」

世界樹に取り付けられていた細い階段を必死に昇るとエリクサーが悲鳴をあげていた。

「ユオ様、あれがさっき話していた魔導装置だぜ！」

ドレスはヘンテコなものを指さして、大声をあげる。

見やれば、世界樹に似つかわしくないパイプみたいなものがぶすぶす刺さっていて、ヘンテコな回路がぐるぐる回っているという魔道具だった。その中央には巨大な魔法陣が三つ配置され、そのどれもが七色に光っていた。直径三メートルぐらいもあって、かなり大きい。

魔法陣はふぃんふぃん音を立てて、風車のように回転しているらしい。

これが一体、どうして世界樹が枯れることに関係するのかしら？

「この装置は世界樹の魔力を別の場所に転移させるものなんじゃ。わしの見立てでは、かなり遠くに魔力を飛ばしとるようじゃぞ」

「ここの素材の使い方、うまいわぁ。回路も芸術品みたいやな。ええ仕事しとるで、ほんまに」

メテオは真剣な顔でその装置を見ている。

いつものへにゃるんとした顔とは大違い。

そういえば、彼女は魔道具を鑑定する能力もあるのだった。忘れてたけど、凄腕商人なのである。

「あっしの見立てでは、こいつは世界樹の内側とつながっていて、なっかなか解除できないぜ。ユオ様に任せたら内側まで爆発させちまうだろうし」

「ひいい、木の幹まで爆発させられたらかなわんぞ!?」

そういえば私は魔法鍵を無理やりこじ開けて爆発させちゃったんだった。

魔法陣と私のスキルの相性は抜群に悪いらしい。

「このままでは魔力を吸いつくされて、枯れてしまうのじゃ。あぁああ、ご先祖様の苦労が水の泡なのじゃ。世界が終わってしまう……」

エリクサーは木の幹にしがみついて泣きそうな声を出す。

ふぅむ、彼女たちにとってこの木は先祖代々守り続けてきた大事なものらしい。

しかし、世界が終わるとは物騒な話だよ。確かにエリクサーにとってはすごく大事なものなんだろうけれど。

「いや、あの、なんというか、その、世界樹は一つの結界なんじゃあああ。ご先祖様がこの下に災厄の化け物を封印しとるんじゃよぉおおお」

「さ、災厄の化け物？」

エリクサーがさらにおっそろしげなことを言い出す。

彼女の話では大昔、彼女の先祖が自分の身を挺して化け物をここに封印したそうなのだ。

「それじゃ、この世界樹が枯れちゃったら災厄の化け物とやらが出てくるってこと!?」

エリクサーは「ううぅ、そうなのじゃぁああぁ！」と泣きじゃくる。

これはやばい。私たちは顔を見合わせて絶句する。

「いや、それ以前にやで？　世界樹の魔力を吸い出す事態って言うたら尋常やないで。その魔族は何かものすごいことをしようと思ってるんとちゃう？　世界を滅ぼす的な」

確かにメテオの言うとおりだ。

その魔族の意図はわからないけど、邪悪なことは間違いないよね。しかも、世界樹が枯れたら化け物が復活するわけで。

ふぅむ、これってかなりやばい状況なんじゃないの？

それにしても、同族である魔族にもこんな仕打ちをするなんて、そいつ、かなり性格が悪いみたいね。お説教じゃすまないかも。

私は性格の悪い魔族の人にちょっとだけ腹を立てるのだった。

第10話　魔女様、ドレスとメテオに世界を託すことにする

「なんということだ……」

「我々はもう終わりだ……」

「世界は終わりだ……」

世界樹の下に降りて、村人たちに事情を説明をする。

村人たちはみんながみんな、悲嘆にくれてうつむいている。空気が重い。

うーむ、これは困ったことになったぞ。

私は魔族がサジタリアスに向かっていることをドレスとメテオに伝える。そして、私たちは一刻も早く村に戻らなければならないことも。

それは世界樹を見捨てるっていうことになるわけで、世界樹が枯れたら災厄の化け物とやらが復活することにつながる。

つまり、どっちも放っておけない状況なのだ。

「ユオ殿、これも運命なのじゃ。強い魔族には逆らえん。ふふ、わしらはいつまでたっても半端ものの魔族なのじゃ」

エリクサーはもう既に諦めモードに入ったのか、泣くことさえなくなっていた。

彼女の瞳からは光がなくなり、この世の終わりを覚悟したかのような悲しい色をしていた。

私はその瞳を知っている。

かつての自分自身がそういう目をしていたから。

実家からの追放宣言を受けたときには、悲嘆に暮れて何もかも諦めるしかなかった。

それでもララが一緒に辺境に行くって言ってくれたから、自分を見失わずにすんだ。

そして、メテオもドレスも、他の仲間たちも私の夢に参加するって言ってくれたから、今もこうして立っていられる。

絶望しているときこそ、誰かの支えが絶対に必要だよ。

「ドレス、メテオ、悪いけど、この村に残って、世界樹のあれを解除して！　あなたたちが世界樹を救うのよ」

私はドレスとメテオに難しい仕事をお願いすることにした。

それは世界樹にとりつけられたヘンテコ装置を取り外すこと。

今までの話を聞いている分に、彼女たちには十分な知識と技術がある。

もしかしたら、なんとかできるかもしれない。

いや、彼女たちなら解決できるって私は信じている。

「そう言ってくれると思ったぜ！　あんだけの装置をばらせるなんて、わっくわくしてきたぜ！」

私の申し出にドレスはむしろ嬉しそうな声をあげる。

彼女のこういうポジティブさが今日はとっても心強い。

「ばらした部品はあっしがもらっても構わねぇよな？」

「もちろんよ」

そして、相変わらず素材に目がないのも彼女の特徴。

緊急事態でも初心を忘れない、そういったところも含めて大好き。

「あれぇ、ユオ様、うちが設計図を大発見したこと、褒めてもらってないんやけどなぁ？　まぁ本当はお宝を探して小屋に忍び込んだんやけど」

メテオも真剣な顔をするのかと思ったら、そうでもなかった。

彼女はこういう場面だからこそ、ちょっと茶化すような言動。

「メテオ、よくやってくれたわ！　ありがとう！　大好きよ！」

私は彼女にしっかりハグをする。

実際の話、彼女があの設計図みたいなのを発見しなければ、世界樹のピンチに気づくことはできなかっただろうから。

「ふひひ。ま、素材をドレスだけにやるわけにはいかんし、うちもやったるわ！」

不敵に笑うメテオ。

その笑顔はとてもすがすがしいものだった。

「頼りにしてるからね、二人とも！　世界樹を、そして、世界を救うのよ！」

「任されたぜ！」

「ええ仕事させてもらいまっせ！」

手を取り合って、お互いの覚悟を確かめ合う私たちなのであった。

「なんでじゃ、なんでそこまでしてくれるんじゃ？　わしらは魔族じゃぞ、ヒト族のおぬしらがなぜ世界樹のことまで」

　私たちが盛り上がっているそばで、エリクサーはわんわん泣き出す。

　魔族だとか、そういうの関係ないって何度伝えたことだろうか。

　それでも、大きくて深い溝がやっぱりあるっていうのだろうか。

　彼女が信じられないって何度叫んだとしても、私たちは何度でもその溝を飛び越えなきゃいけない。

　私は彼女が泣き止むまで、よしよしと背中をさすってあげるのだった。小さい子って泣いてもかわいいよね。胸の内側がじんわりと温かくなる。こういうのを母性本能とかっていうのかも。

「……よし、わしも決めたぞ」

　エリクサーは泣き止むと、先ほどとは打って変わって強い視線で私を見つめてくる。

　その緑色の瞳は魔族特有のもので、とてもきれいだった。

「ユオ殿、おぬし、南の都市に行くと言っておったな。それなら、わしが連れて行ってやるのじゃ。おぬしの村を迂回するよりもよっぽど速いじゃろう」

「いいの？　だって、世界樹が危ないんでしょ？」

　彼女の提案はとても意外なものだった。

　なんとサジタリアスの近くまで案内してくれるとのこと。

　彼女の植物操作があれば、私が一人で進むよりよっぽど速いのは確かだ。だけど、村の緊急事態に力を貸してもらうのは悪い気がする。

「エリクサー様、ここは私たちにお任せください！」

「あの猫耳とドワーフとしっかり協力させていただきます！」

「我々だって、困ったときはお互い様です！」

「ヒト族だけに任せてられるか！」

しかし、村人たちはエリクサーにむしろ行って欲しいと嘆願する。

困ったときはお互い様、なんてどこかで聞いたセリフ。

「わしもおぬしらを信じる！　おぬしらがわしを信じるように！　魔族だって人間を助けてもバチが当たらんじゃろう！」

エリクサーはそういって、ふふっと笑った。

そうだよね、人間だって魔族に助けてもらってもいいよね。

私はエリクサーの提案を快く受け入れることにしたのだった。

ここにおいて魔族とヒト族が協力するチームが生まれた。たぶん、それは新しい時代の始まりだったんじゃないだろうか。


「それとこれは前金じゃ。世界樹を助けてくれたらもう半分渡すぞ」

エリクサーは私の手のひらに袋を置いてくれる。

それを開いてみるとヘンテコに光る宝石のようなものが入っていた。

「め、女神の涙やぁあああ！」

「め、女神の涙だぜぇえええ！」

メテオとドレスの二人は、「大儲けやぁ」「やったぁ」などとけたたましい声をあげる。

これが彼女たちが言っていた希少な素材ってやつなのね。きれいはきれいだけど、私には魔力がないからよくわからない。

「残念やけどユオ様に預けとくで。ひゃひゃひゃ、クエイクに自慢したってぇな！」

「そうだな。村に帰る楽しみが増えるってもんだよ！　あっしは今、猛烈に燃えている！」

意外なことにメテオとドレスは、今はこれを受け取らないという。

一粒ぐらい渡してもいいと思うんだけど、笑顔で再会するためにはいい心がけかもしれないね。

エリクサーが言うには女神の涙とは世界樹の樹液を加工したもので、特殊な効用があるらしい。

なんでも魔力を増幅させるとからしいけど、それなら私が持っていても尚更、意味がないんじゃないだろうか。預かっとけと言うので空間袋に入れておくけど。

「エリクサー、それじゃサジタリアスに行って敵の魔族をおっぱらっちゃうわよ！」

かくして、私とエリクサーは森を抜けて南へと進むのだった。

目指すのは辺境都市、サジタリアス。

おそらくは敵の親玉に率いられた魔物たちが大挙して攻め込んでいるはず。

クレイモアやハンナを派遣したけれど、どんな状況だろうか。

お願いだからみんな、無事でいてね！

【魔女様の手に入れたもの】
女神の涙：魔族領の世界樹の樹液を加工して魔力とともに形成したもの。美しい宝石として珍重されるだけではなく、魔力を増幅させることから媒体として人間社会でも珍重されている。王族の装備品に用いられるほど、非常に高価な素材。

第11話

サジタリアス攻防戦：剣聖のサンライズ、迫りくるモンスターの大群を蹴散らし続ける。そして、あいつらもやってくる

「父上、モンスターの大群です！　見たことがないほどの異常な量です！」

場面はユオが魔族の村に到着する、その前日にさかのぼる。

サジタリアス辺境伯の息子レーヴェは父親リストの執務室に駆け込む。

その顔色は青白く、これが非常事態であるとリストは悟るのだった。

「大群だと!?　規模はどれぐらいだ？」

ここ辺境のサジタリアスは禁断の大地と接している、人間側最北端の防衛都市の一つだ。

これまでもたくさんのモンスターが襲来してきたし、そのことごとくを撃退してきた。

「少なく見積もっても千はいきます！」

しかし、今日の相手は明らかに異なる。これまでは多くて数十匹の魔物の群れが現れるだけだった。千を超えるモンスターの大群など、前代未聞の状況だ。

まるでダンジョンが暴発したかのような状況だった。

「いえ、ユオ様の村の方角から来ているわけではないようです！　敵は北北西の方向から来ており、どんどん増え続けていきます！」

「禁断の大地のモンスターが千体……。サジタリアスの未曽有の危機というわけか……」

リストは城壁から、黒々としたモンスターの群れを眺める。

土煙こそ上がっていないものの、迫りくるモンスターの量は尋常ではないことがわかる。

サジタリアスの騎士団が屈強であると言えども、相手は一匹であっても油断できないモンスターたちだ。

騎士団が迎撃する様子をリストとレーヴェは固唾を飲んで見守るのだった。

「ご覧ください！　サンライズ殿が先頭に立ち、モンスターを圧倒しています！」

その中で、異彩を放つのが黄昏の剣聖、サンライズの存在だった。

彼は老齢でありながら、騎士団を鼓舞し、モンスターの群れに斬りこんでいく。

馬を自在に操る様子はかつての伝説を彷彿とさせるもので、当然、騎士団の士気もうなぎのぼりにあがるのだった。

「よし、サンライズ殿に合わせて魔法部隊を投入せよ！　援護をしながら相手を削っていけ！」

リストの命令に合わせて、シルビアを筆頭とする魔法騎士団が投入される。

「ふふふ、クレイモアが帰ってくる前に片付けるわよっ！」

シルビアの率いる魔法使いたちは攻撃魔法・補助魔法をまんべんなく使い分けて、魔物の数をさらに削っていく。

しかし、それでも、敵は多い。

遠くにはアースドラゴンをはじめとする巨大な体軀を誇るモンスターの姿も見える。

強力なモンスターの相手ができるのはサンライズとシルビアだけであり、騎士団の面々は負傷し、城の中にどんどん運ばれてくる状況である。

サンライズは不眠不休の勢いで戦い続けるのだった。

「辺境伯様、これは非常にまずいですぞ」

一晩明けてサンライズは剣と鎧を交換するために城へと帰還する。

みんなが剣聖の獅子奮迅の働きに心を躍らせ、救護魔法兵が急いで回復魔法をかける。

モンスターの数はだいぶ減ったが、当のサンライズの表情は険しかった。

「これはモンスターの大波でも、スタンピードでもありませんぞ」

サンライズはふぅーっと息を吐き、前線で感じたことを伝える。

「あやつらは明らかに組織されています。まるで魔物の軍勢です」

「魔物の軍勢だと？　それでは、まるで……」

「はい、おそらくですが、敵の親玉は魔族でしょう」

魔族の言葉にリストもレーヴェも言葉を失ってしまう。

人間側との不戦協定が結ばれて百年近くたつ。もしも、魔族が組織的に攻めてきたというのであれば、百年の協定が破談されたことになる。

それはすなわち魔族との戦争が勃発したことを意味していた。

「もっとも、相手が魔王軍かはわかりません。ここ百年に何回かあった、頭のおかしい、はぐれ魔族の暴発かもしれません。それでも、難儀な戦いになりそうですがのぉ」

サンライズは魔族と交戦したことが何度かある。

多くの場合、魔族はモンスターを使役し、ヒト族の生活圏を脅かしてきた。

あるときは辺境で、またあるときは大胆にも都市の中で。

サンライズは仲間たちと協力し、そのことごとくを斬り伏せてきた。

だが、それでも魔族と言うのは一筋縄ではいかない相手だ。

魔族の魔力・生命力は人間のそれを遥かに凌駕していた。たとえ首を斬り落としたとしても、死なない相手がざらにいたのであった。

「それでは行ってまいりますぞ。うぅ、九十肩は辛いのぉ」

回復魔法を受け終わったサンライズは肩をぐるぐる回し、首をぽきぽき鳴らす。

そして、再び、戦場へと降り立つのだった。

彼の視線の先には、雄たけびをあげるモンスターの群れ。

おそらく千以上はすでに屠ったはずなのだが、その勢いは依然とどまらない。それはつまり、禁断の大地から魔物が次々と送り込まれていることを意味していた。

彼は予感していた。

この魔物の行軍はサジタリアスだけに向けられたものではないということを。魔族はサジタリアスを超えて、ザスーラ連合国を混乱のるつぼに落としいれようとしているのだ。

そして、おそらくは禁断の大地にもモンスターの群れが押し寄せることをサンライズは予感していた。

「ハンナ、無事でおってくれよ」

戦いのさなか、サンライズは村に残した孫のことを思い浮かべるのだった。

♨　♨　♨

「ほほう、敵にも面白いものがいるのではないか。まるで百年前のようだ」

サンライズの活躍に最初に反応したのはベラリスだった。

人間の少女の体を乗っ取ったその魔族は、宙に浮かびながら戦況を見守っていた。

彼が注目したのは、戦場の中心で気を吐く老人の姿だ。

顔に刻まれた深いシワから、その年齢はおそらく九十を超えているだろうことがわかる。それなのに一振りの攻撃で複数の魔物を攻撃し、あの巨大なアースドラゴンでさえ一刀両断にする。

その姿はかつて魔王大戦で魔族を屠ってきた、剣聖と呼ばれる人間の動きにそっくりだった。

剣聖のスキルは遺伝することも多いので、血縁の可能性もある。

「もしかして、あの女の息子か？　運命を感じるな」

ベラリスは自分に傷をつけた過去の剣聖のことを思い出す。

そして、血液が煮え始めるのを感じる。強敵の出現に否が応でも、笑みが止まらない。

「問題ありません。こちらの戦力はさらに拡充しております。本日中にサジタリアスを落とすことができるかと。あの老いぼれは私にお任せください！」

その隣でかしずいているのはベラリスを解放した魔族、ドグラだ。

彼はベラリスの第一の臣下として、モンスターの軍勢を率いていた。

彼の手には特製の魔道具が握られており、その操作によってモンスターを操っているのだった。

「ここはお前に任せよう。あれは強いかもしれんが、所詮は老いぼれだ。私がわざわざ相手をする価値もないだろう」

「ははっ！　必ずやいい結果をお見せいたします」

ドグラはベラリスの言葉に勢いよく返事をする。

彼には必勝の秘策が控えていた。現状のモンスターの大群はあくまでもその一つにしか過ぎない。

ドグラは想像する。

サジタリアスを落としたときのヒト族の絶望を。

都市の住民をすべて屍に変えるときの達成感を。

そして、彼の両親を殺した、あの老人を八つ裂きにすることができることに、彼は無限の喜びを感じるのだった。

第12話　リリアナさん、救援に向かう

「速すぎるわ、アホかぁあああああ!?」

「ひきゃあああああ!?」

「相変わらず、最高なのだぁあああ！」

「これ楽しいですねぇえええ！」

ユオ様の村を出てから数時間。

シュガーショックは風のようなスピードで山を越える。

ユオ様の作ってくれたトンネルのおかげでデスマウンテンを一気に通過。

私とクエイクさんは悲鳴をあげ、クレイモアとハンナさんは満面の笑み。

これが楽しいとか人間として間違っていると思います。

「おぉっ、敵が見えてきたのだぞ！　ほら、あそこにモンスターがたくさんいるのだ！」

「本当です！　あ、おじいちゃんが戦ってますよ！」

開けた場所に出ると北西の森の方から大量のモンスターが押し寄せているのが目に入ります。

おそらくは禁断の大地のモンスター。とても強力な化け物たちです。

「それじゃあ、あたしは行ってくるのだ！　ひっさびさの大暴れなのだ！」

「私だって負けませんよ！　今度はちゃんと死んでくれる敵ですからね！」

クレイモアとハンナさんはシュガーショックからひらりと飛び降り、ものすごい勢いでモンスターのところへ走っていくのでした。

「リリ様、味方の一部が潰走しています。なんですか、あれは。人間の動きじゃありません。怪我人も多いかもしれません……」

クエイクさんはモンスターと騎士団がぶつかっている場所を指さし、つぶやくように言います。

彼女の顔は青ざめていて、その声は震えていました。

その気持ちはよくわかります。私だって、不安で押しつぶされそうなんですから。

一方で、お兄様やお父様も怪我をしているかもしれないと思うと、一刻も早く戻らなければと思います。

「クエイクさん、急ぎましょう！」

私たちはサジタリアスの城へと向かうことにしました。

私たちは私たちにできることをするのです！

「あきゃあああ!?」

だからといって、シュガーショックさん、城まで一気にジャンプしなくてもいいんですよぉおおおお!?

第13話　サジタリアス攻防戦：ハンナとクレイモア、サジタリアスの窮地を救います！　しかし、懐かしのあいつが出てきますよ

「モンスターの圧力が高まりました！　サンライズ殿も苦戦し始めています！」

状況が変わったのは日が昇り始める頃合いだった。

伝令たちは慌ただしく辺境伯リスト・サジタリアスの前に現れ、詳しい状況を説明する。

「どういうことだ!?　サンライズ殿は死体の山を作っているのだぞ!?」

辺境伯は思わず声を荒らげてしまう。

前線にはモンスターの死体が山のようにうず高く積まれており、その数は尋常のものではないことがわかる。それになのに、伝令は敵の勢いがむしろ増してきたと言うのだ。

モンスターにはモンスターの縄張りというものがあり、いたずらにその場所を出るものではない。やはりサンライズの言うとおり、魔物を操っている魔族がいるのだろうか。

リストは険しい顔をして戦況を眺める。

「クレイモアはまだか……」

リストはクレイモアのことを思い出して歯噛みする。

辺境の村に救援の使いを出したのは、数日前のことだ。

レーヴェが言うにはサジタリアスと辺境の村を往復するには、どう頑張っても数日かかるとのこ

と。敵が圧倒的な戦力をもって、こちらを一気に攻め滅ぼそうとしている状況で、この時間の差は大きかった。

サジタリアスの戦力は騎士団だけではない。

ギルドに所属する冒険者たちも武器を手に取り戦う。

しかし、相手は禁断の大地のモンスターであり、数人が束になっても一体のモンスターを足止めする程度にしかならなかった。

せめてS級と呼ばれる冒険者がいればよかったのだが、大陸全土を見回しても数人しかいない。運命は味方をしてくれなかった。

「レーヴェ、騎士団を引き上げさせよ。城にこもって援軍が来るまで持ちこたえるしかあるまい」

ここにおいて、リストは籠城戦に入ることを選択する。

ザスーラ連合国の他の諸侯からの救援を待つことにしたのだ。籠城戦は苦しい戦いだが、備蓄は十分にある。百年かけて築き上げた城壁は堅く、援軍が来るまでモンスターの攻撃から守り切れるはず。勝ち目のない戦いではないと判断したのだ。

そのときだった。

「父上、あれを見てください！　あれはユオ様の魔獣ではないですか!?」

城壁に立つレーヴェが大きな声をあげる。

彼が指さす方向には真っ白い巨大な狼が走っていた。それは辺境の村の魔女が操る、聖獣と呼ばれる摩訶不思議な生き物だった。

狼は猛烈な勢いで城壁の上へと着地する。

「ひぃいいい、死ぬかと思いましたぁ」

「ジャンプは何度やっても慣れへんわぁ」

その白い狼の背中から、辺境伯の娘、リリアナ・サジタリアスが這うようにして降りてくる。

白い狼を操っているのは猫人の少女、クエイク・ビビッドだった。

リストは突然の出来事に目を丸くするも、娘の帰還に何とも言えない感情になる。

「リリアナ、よくぞ無事に戻った！　いや、どうして戻ってきたのだ!?」

辺境伯が救援要請をだしたのはクレイモアに対してだ。娘のリリアナに戻ってくるようにと言ったわけではない。万が一のことを考えれば、辺境の村の方が安全だったはずだ。

それなのにリリアナが戻ってきたことに辺境伯は困惑していた。

「お父様、いえ、サジタリアス辺境伯様、私も回復術師としてできることをさせてもらいます！　兵士の皆さんの手当てをさせてください！　クエイクさん、行きましょう！」

「ほ、ほな、さいなら！」

しかし、リリアナはそれだけ言うと、負傷兵のいる場所へと走っていってしまう。

その姿はもはやモンスターを目の前にして泣いていた弱虫のリリアナではなかった。

一人のヒーラーとして、彼女は成長し始めていたのだ。

「リ、リリたんが大人になってしまった……」

「ち、父上、あれを見てください！」

ぽかんと口を開け涙目になっている辺境伯の思考を遮ったのは、レーヴェの声だった。

彼の指さす方向には尋常ならざる勢いでモンスターに斬りこむ二人の戦士の姿。

一人は爆発的な打撃でモンスターの群れを四散させる。

もう一人は尋常ならざる速度でモンスターを瞬殺していく。

まるでサンライズが二人現れたかのような破壊力。

辺境のモンスターたちは悲鳴をあげながら斬り伏せられ、どんどん数を減らしていく。

「クレイモアが戻ったのか!!」

「はい！　隣にいるあの少女は魔女様の村にいた、サンライズの孫のようです！」

「魔女様の救援か！　これは頼もしい！」

籠城を決断しかけていたリストは思わず、拳を握りしめる。

クレイモアがぎりぎりのところで間に合ったのだ。

あの白い狼に乗ってリリアナと一緒に駆けつけてきてくれたのだろう。

しかも、援護はそれだけではない。

サンライズの孫も戦力に加わった。

実際に戦うところを見たことはなかったが、その破壊力はすさまじい。

これなら勝てるとリストは拳を握るのだった。


「激烈激打《ギガストライク》ぅううう！」

「閃光滅斬《ライトニングブレイク》っ！」

救援にかけつけた二人は異常としか言えない動きで、モンスターを蹴散らしていく。

クレイモアの渾身の打撃は一度で数十体のモンスターを吹っ飛ばす。その技の切れは彼女がサジタリアスにいた頃よりも、はるかに強力になっていた。

そして、驚くべきは、ハンナという少女だ。彼女は目にも止まらぬ動きでモンスターの急所だけを突いて無力化していく。

「黄昏のじいさん、来たのだぞ！」

「おじいちゃん！」

「おぉっ、お前ら！　よぉし、蹴散らすぞい！」

二人はサンライズのところに到着すると、三人で背中合わせのような状態になる。

それを取り囲むのは強力なモンスターたち。

並の戦士なら命がいくつあっても足りない状況だ。

しかし、窮地に陥っているのはサンライズたちではなかった。

「ハンナ、じいさん、誰が一番、やっつけられるかきょうそうなのだ！」

「望むところですよ！　言っておきますけど、私はまだ本気出していませんよ！」

「ふぉふぉふぉ、わしはもう千体ほど倒しておるんじゃがのぉ」

三人はなんとこの期に及んで、モンスターを屠る数を競い始める。

二人が来たことで負担の減ったサンライズはもともとの戦いのスタイルに戻り、変幻自在な技でモンスターたちを屠り始めた。

「ちょっと待ったぁああ！　あんたたちだけにいいところを持っていかせないからね！　サジタリアスにシルビアありってことを見せてあげるわ！」

ライバルのクレイモアが帰還したことで居ても立っても居られなくなったのだろうか、魔法騎士団のシルビアが単騎で駆けつけ大声をあげる。

「いでよ、破壊神の氷柱！　永久氷結《アイスブラスト》!!」

彼女は得意の氷魔法をモンスターの群れに放つ。

その威力は強力無比。辺境の強力な魔獣数十体が一瞬で氷漬けになっていく。

「にゃはは、シルビアも参加するなんて楽しいのだっ！　でも、手加減はしないのだよっ！」

「あんたなんかと勝負するわけないでしょ！　ちょっとムカついてるだけ！」

四人の戦士の前に、あれだけ猛威を振るっていたモンスターたちはひるみ始める。

連携は一切とれていなかったが、それでも一人一人の攻撃の質もパターンも格が違う。

「シルビアめ、籠城に備えておけと言ったのに……」

命令を無視して勝手に出ていったシルビアを見て、リストは苦い顔をする。

しかし、その表情は決して暗いものではなかった。

そう、戦局は明らかにこちら側に傾いているのだ。

このまま押し切り、敵の大将首をあげることさえできるかもしれない。

「な、何だアイツら、化け物か!?」

「か、勝てるぞ！　俺たち！」

「剣聖様のおかげだ！　やったぞぉおおお！」

自分たちがあれほど苦戦していた魔物がどんどん数を減らしていく様子に、騎士団や冒険者の面々は目を見張る。

一時間もするとモンスターの群れは壊滅状態になるに違いない。辺境伯とレーヴェはふぅっと溜息をつく。

おぉおおおおおおおおおん!!


それは誰もがこれなら勝てると確信した瞬間だった。

まるで魔界の洞窟の奥から聞こえてきそうな、気味の悪い音が辺りに鳴り響く。

耳を澄まさなくても、その音の出どころはすぐにわかった。

禁断の大地の黒死の森の方角からだ。

「ふぅむ、これは難儀じゃのぉ」

サンライズは片眉を上げて、ふぅっと大きく溜息をつく。

遠くを見やれば黒い森がめきめきと音をたてて、崩れていく様子が目に入る。

森に潜んでいた鳥たちの群れが大群となって飛び立っていった。

「あ、あいつ、見たことありますよ。魔女様が壊したやつ以外にもいたんですね」

「たしかパパキリなのだっ!」

「ボボギリよっ!」

そこに現れたのは、巨大な樹木の化け物だった。

まるで黒曜石のような真っ黒な皮膚を持つその化け物は、猛烈な勢いで四人のいる戦場に突進してくるのだった。

第14話　サジタリアス攻防戦‥ボボギリが現れますが今回のはちょっと様子が違うみたいですよ

「父上！　ボボギリが、ボボギリが出ましたっ！」

「どういうことだ!?　やつは灼熱の魔女が倒したのではないのか!?」

勝利ムードからまさかの強敵の出現だった。

かつての大戦の際に人間側の都市をいくつも落とした、巨大な樹木の化け物、ボボギリ。

禁断の大地の森に住んでいたがユオとの戦いに敗北し、温泉リゾートの一部になっているのは一部の人の知るところだった。

辺境伯たちは実際にユオの村で、ボボギリの残骸を目にしていたし、破壊されたことを疑うことはなかった。

しかし、それが再び現れたのだ。


うぉおおおおおおん！！！


とてつもない唸り声をあげて、城壁へと押し寄せてくるボボギリ。

その幹に開いた目玉は赤く不気味に光り、口からはすくむような絶叫音を轟かせる。

「ひぃいい、あれは何だぁあああ!?」

「ボボギリだっ!?　くそぉっ、生きていたのか!?」

巨大な樹木の怪物を見た騎士団や冒険者たちはまさに恐慌状態に陥った。

これまでの禁断の大地の化け物なら、連携をとることによって押しとどめることはできた。

しかし、この巨大な化け物は違う。

並の武力がいくら連携しても、その圧倒的な暴力に踏みつぶされるのがオチだった。

「にゃははは っ!　あたしがこいつは頂くのだぁっ!　こいつは一万ポイントなのだっ!」

クレイモアは大剣を振り回してボボギリに挑む。

いまだにモンスター狩りのゲームを続けているつもりらしく、インフレ気味の数字をつける。

うおぉおおおおん!!!!

クレイモアの存在に気づいたボボギリは枝のような腕を縦横無尽に動かし、それをまるで盾のように変形させると、そのままクレイモアの剣を受け止めるのだった。

いくらボボギリとはいえ、枝の一本一本ならクレイモアの斬撃に砕け散っただろう。

しかし、枝が合わされれば威力は分散され、断ち切るのは容易なことではない。

ボボギリは剣を受け止めた状態でクレイモアに追い打ちをかけるかのように枝を伸ばす。

「くうぅっ、かったいやつなのだ!　いったん、りだつ!」

クレイモアは敵の迎撃を本能で察知し、ボボギリの盾から剣を抜いて回避する。

これまでの敵とは違うことを理解し、ちぃっと舌打ちをする。

そして、腹の底から興奮が駆けのぼってくるのを感じるのだった。

この化け物はローグ伯爵に召喚された、アースドラゴンよりも遥かに強い。これまでに戦ったどんな化け物よりも。彼女はそれを確信する。

「おじいちゃん、あいつ、私たちが村で戦ったのと違うやつですよ!?」

「ふむ、明らかに考えて動いとるのぉ」

ハンナとサンライズはボボギリの動きに気づく。

村で戦ったボボギリは目の前に人間がいれば、直線的に向かってきた。思考することのない、本能で動くモンスターそのものの戦い方をしていた。

そのため陽動もききやすかったし、枝を落とすことも容易だった。

しかし、今回のボボギリは明らかに人間の動きに対応している。枝を集めて盾を構築するなど、魔獣の戦い方ではなかった。

「悪いけど、こいつは私の獲物よっ！　金剛氷柱、あいつを貫けっ！」

クレイモアが作った一瞬の隙を縫って、シルビアが魔法をボボギリに炸裂させる。

彼女の生み出した氷柱は金剛氷柱。

辺境の怪物であるボボギリを撃退するために、シルビアが考案した必殺の魔法である。

ダイヤモンド並みの硬さを誇るその氷柱は当たったものを貫き、再起不能にする。

大小の剣のような氷柱は一直線にボボギリの幹に埋め込まれた魔石へと向かっていく。

それが当たれば、確かに化け物を沈黙させることができるはずだった。

しかし、あり得ないことが起きた。

ボボギリの雄たけびとともに、その魔石が下方に動いたのである。

金剛氷柱はどどっと幹に穴を開けはするものの、ボボギリの内部で止まる。

相手は痛みを感じないらしく、何事もなかったかのように、再び攻撃を始めるのだった。

「う、うっそぉお!?」

仕留めたと踏んでいたシルビアだが、まさかの事態に愕然としてしまう。

モンスターは通常、回避行動をとらない。

魔石を移動させるなんて聞いたことも見たこともなかった。

尋常ならざるボボギリの動きに彼女は戦慄さえ覚えるのだった。

「こいつは私とおじいちゃんでやっつけます！　こういうのはスピードに弱いって決まってるんですよっ！」

クレイモア、シルビアが退くと、今度はハンナとサンライズが前に出る。

もちろん、ボボギリの皮膚は硬く、クレイモアほどの腕力のない二人では貫くことはできない。

しかし、それでも問題はなかった。二人の狙いは最初から魔石にあった。

体を俊敏に動かしながら、魔石が動くパターンを観察し、それを把握する作戦だった。

うぉおおおおおん！！！

「ひぃっ、うるさぁいですよ」

「最近じゃ耳が遠くなってきたというのに、きっついのぉ」

着眼点はよかったが、二人はボボギリの発する大音量の叫び声に動きを止められる。

それはもはや衝撃波とも言える攻撃であり、どうしても動きが制限されてしまう。

スピードで勝る二人であっても、決定打をあたえることができないのだった。

「ち、父上、あの四人であっても押されております」

城から手に汗を握って戦況を観ていたレーヴェは険しい顔をする。

サジタリアスの誇る二人の天才、剣聖のクレイモアと天魔のシルビア。

それに伝説の剣聖であるサンライズとその孫のハンナ。

その四人の達人が必殺の技を繰り出しても、敵はまったく動じる気配がないのだった。

辺境伯のリストは百年前の魔王大戦の際の逸話を思い出す。

魔族に率いられたボボギリは体当たりで城壁を崩し、都市の人々を無惨にも殺戮したという話を。

もしも、ボボギリが攻めてきたら籠城戦すら難しいかもしれない。

リストは祈るようにして、天を仰ぎ見るのだった。

「ハンナ、クレイモア、そこの魔法使いのお嬢さん、ちょっと聞いてくれんかの」

迫りくるボボギリの枝を落としながら、サンライズが声を張り上げる。

彼は気づいていた。

バラバラの攻撃では、たとえその一撃一撃が重くても、敵には通じないことを。

「やつはわしらが連携せんと倒せんようじゃ！」

そこでサンライズが出した結論が、四人の連携による攻撃だった。

彼らはボボギリに押され、サジタリアスの城壁の近くまで来てしまっている。ここで思い切った策に出なければ、都市が陥落してしまうと判断したのだった。

「ええぇ、あたし一人でもやれるのだ！」

「おじいちゃん、あいつは私がやっつけます！」

「次は私の金剛氷柱があたるはずよ！」

しかし、クレイモアもハンナもシルビアも、自分の力を示すことに焦って言うことを聞かない。

それもそのはず、力を合わせなければ倒せない相手に、彼らは出会ったことがなかったのだった。

彼女たちは個人の限界を知らずに、ここまで来てしまったのだ。

唯一の例外はユオの存在だが、あれは規格外すぎて比較することもできない。

「クレイモア、剣聖様の言うことを聞いて！　ユオ様に言われたことを忘れたのですかっ！」

ここで城壁から大きな声を張り上げる少女がいた。

それはリリアナだった。

彼女はサジタリアスに出発するときに、ユオが二人に釘を刺していたことを聞いていたのだった。

ユオは言った。『みんなと協力するのよ。……さもないと、わかってるわよね？』と。

「そ、そうだったのだ！　ひぃいいい、黒髪魔女のお仕置きは嫌なのだ」

クレイモアはリリアナの声に少しだけクールダウンし、ユオに言われたことを思い出す。

「わ、忘れてましたぁ。せっかく魔女様に言われてたのに、私はバカです！　このままじゃ、第一のいけにえとして面目がたちませんっ！」

ハンナもユオの言葉を思い出し、自分の行動を改めることにする。

彼女にとって村を救ったユオは、もはや神格化された存在である。

ハンナにとっての唯一の光であり、それを否定することなどできるはずがなかった。

「な、なによ。あんたたちが連携するっていうのなら、私もしてあげるわよ！　別にあんたのためじゃないんだからねっ！」

クレイモアが方針を撤回したため、シルビアも慌てて歩調を合わせる。この女、ツンデレなのである。

サジタリアスを守り抜く。

ユオの言葉が、のちに英雄と呼ばれる四人の中でつながったのだった。

第15話　サジタリアス攻防戦：4人の連携によってボボギリちゃんは完全に沈黙。しかし、あの魔族が企んでますよ。ちなみにメテオとドレスも頑張ってるよ

「いっきますよぉおおおお！」

ハンナ、クレイモア、サンライズ、そしてシルビアの連携作戦が始まる。

まずはハンナによるかく乱だ。

ボボギリは枝を盾のように変化させて強い打撃を防御する術を持っているものの、こちらの動きに完全に対応できるわけではない。その隙をハンナがつくのだ。

「暗殺者の運足《アサシンズダンス》！」

ハンナは風のように動きながら、ボボギリの魔石を追いかけることに専念する。攻撃はしない。

「膝が痛むが、やるしかないのぉ！」

次に動いたのがサンライズだ。彼はハンナを追いかけるボボギリの枝を落とし、ハンナを守護するのが役割だ。

ここで役に立ったのが、サンライズの長年培ってきた経験である。彼は死角からの攻撃でさえも、一瞬のうちに判断し、見ることなく切り落とす。

「おじいちゃん、やっぱり魔石は表面しか動けないみたいですよ！」

ハンナが叫ぶ。

ボボギリの魔石は縦横無尽に動くように見えるが、幹の内側に入ることはなかった。

サンライズはここにボボギリ攻略の糸口を見つけたのだった。

うぉおおおおおん！！！

だが、今回のボボギリはただの考えなしに暴れる魔物ではなく、自分に起きていることを理解しているかのような動きをする。

魔物は幹から枝を多数生やし、しなやかなツルのように変化させ、それを使ってハンナたちを絡め取ろうとするのだった。

「次は私よっ！　金剛氷柱よ、邪悪な敵をつらぬけっ！」

これまでなら、うじゃうじゃと茂る枝に阻まれて倒すことはできなかっただろう。

しかし、ここからが違った。

シルビアの仕事は魔石そのものの破壊ではなく、魔石の動きを止めることだった。

彼女は魔石の周囲を狙って板状にした金剛氷柱を猛烈なスピードで飛ばす。

彼女の狙いは正確だった。魔石が幹の中央に来たところを、金剛氷柱が取り囲むようにして突き刺さる。内側まで刺さった氷柱はボボギリの魔石の動きを封じ込めることに成功した。

かくしてボボギリの魔石は動きを封じられてしまうのだった。

「でりゃあああああ！　恐々打破《ギガブレイクダウン》！」

ここで魔石に向かうのがクレイモアだ。

彼女は大きくジャンプすると、大剣を頭上から一気に振り下ろす。

狙いはボボギリの赤紫の魔石。それはミスリル並みの硬度を持ち、並の力では砕けない。

しかし、クレイモアの渾身の一撃の前には粉々になってしまうのだった。

うぉおおおお……。

魔石を砕かれたボボギリは即座に動きを停止する。にょろにょろと伸びていた枝も、即座にしおれていく。禍々しい目の光も消え去り、完全に沈黙するのだった。

「おぉおおおっ！　勝どきをあげよ！　剣聖たちの勝利だっ！」

その様子を見ていた辺境伯リスト・サジタリアスは大声で叫ぶ。

剣聖たちの連携によって悪しき魔物が退治され、サジタリアスが救われた。

この戦いは後世に語り継がれることになるだろう。

彼はそう確信するのだった。


「クレイモア、よくやりました！　えらいですよぉぉおっ！」

城壁から固唾を飲んで見守っていたリリアナも大きな声をあげる。

巨大な化け物を小さな人間が仕留めたことに、手の震えが止まらない。

自分のよく知る仲間たちが活躍する姿に感動して、涙さえ流すのだった。

「な、なんてやつらだ！」

「すごすぎるぜ、あの四人！」

「英雄の誕生だぞぉおおおっ！」

戦いを見ていた騎士団や冒険者たちは、サンライズたちの連携に感服した表情だった。

彼らは自分たちが素晴らしい戦いを目撃できたことに感無量だった。歴史の生き証人になったような気分だった。

「終わったのかの……?」

サンライズはボボギリの内側を覗き込み、その生命のありかを探る。

彼は長い戦いの経験上、油断しているときにこそ、もっとも警戒すべきであることを知っている。

しかし、ボボギリの幹の中には光もなければ、動きもない。

残されたのは、樹齢何百年のトレントだったものの死骸だけだった。

「ふぅ、やれやれだったわい。骨に響いたのぉ」

サンライズは大きく息を吐く。

おそらくはこの化け物が敵の最終戦力だったはず。

敵の目的は最後までわからなかったが、ボボギリ以上のモンスターは出てこないだろう。

サンライズは自分の手のひらを見て、はぁっと溜息をつく。

連戦に次ぐ連戦で彼の体力はかなり削られていた。自分にかつての力が残っていればと情けなくなるが、同時にクレイモアやハンナ、あるいはシルビアといった、新しい世代が育ちつつあることを頼もしいとさえ感じる。

しかし、その感慨も長くは続かない。

うぉおおおおん……。

地響きとともにボボギリの残骸が動き始めたのだ。

♨　♨　♨

「ドグラ、お前の操るボボギリは壊れてしまったぞ。どうするつもりだ？」

ボボギリがサンライズたちに沈黙させられたのを見て、ベラリスはむしろ嬉しそうに笑う。

彼にとってボボギリの戦いというのは、ただの娯楽でしかなかった。

かつての魔王大戦の際には、確かにボボギリはいくつもの城を攻め落とした。

しかし、ベラリスは知っていた。

人間側の剣聖や賢者と呼ばれる猛者たちが、最終的にはそれらを駆逐してしまったことを。禁断の大地にいたのは、戦いの途中で逃げ帰った生き残りにしか過ぎないのだ。

「問題はございません、ベラリス様。あれが破壊されることなど想定内でございます」

自分の操るボボギリが破壊されたというのに、ドグラは焦る様子を見せなかった。

「ベラリス様、よくご覧ください。これが魔力伝導の技法でございます」

ドグラは目の前に三つの魔法陣を出現させると、それに手をかざして魔力を送る。

彼が行っているのは、かつて禁呪として魔王から禁止された魔力伝導の術式だった。

これは遠く離れた世界樹の持つ魔力を、魔道具を通じて別の対象へと移入することができるというもの。

しかも、ただ単に対象を復活させるという生やさしいものではなかった。

魔力伝導を行うことで、その魔物を強大にすることさえできるのだ。

「必ずや、あの剣聖を殺して見せます」

ドグラはにやりと口元を歪めて笑うのだった。

♨　♨　♨

一方その頃、メテオとドレスは世界樹に取り付けられた魔導装置の解体に入っていた。

複雑な回路の上に構築された怪奇な魔法陣。

魔導装置の内側には多数の動力装置があり、それらはランダムに動き出す。

巻き込まれれば命を落としかねない危険な作業だった。

「メテオ、後ろ！　後ろ！」

ドレスはメテオの後ろで歯車が回りだしたため、大きな声で叫ぶ。

「なんやねん、なんも起きてへんやん！」

しかし、メテオが振り返ると、全く動いていない。

「ドレス、前や、前！」

今度はメテオが叫ぶ。

後ろを向いているドレスの前方で大きな魔法陣が動き出そうとしていた。

「はぁ？　なんも起きてねぇぞ？」

しかし、ドレスが前に向き直った瞬間に魔法陣は止まる。

にっちもさっちもいかない状況の中、二人は解体のために突き進むのだった。

第16話　サジタリアス攻防戦：禁呪を使うなと追放されたけれど天才魔道具職人だから何の問題もありません。先祖の技法を極めたら剣聖だって倒せちゃいます。……え、なにこの光？

うぉおおおおおん……。

サンライズが倒したボボギリの残骸を観察していると、あの音が響き渡る。

「ちぃっ、まだ残っておったんか……」

サンライズは森の方を注視する。

だが、モンスターがちらほらいるばかりで、その姿は見えない。

「おぉっと!?」

刹那、火球がいくつもサンライズに飛んでくる。

彼はとっさに身をかわすも、敵をまだ視認できていない。

どこだ？　何が起きている？

サンライズは剣を構えて、辺りを見回す。

「貴様が黄昏の剣聖サンライズだな」

現れたのは長身の痩せた男だった。

男は空中に浮かび、サンライズたちを見下ろしていた。

その額には二本の角が生え、背中にはカラスのような翼がある。疑うまでもなく、それは魔族だった。

一部の高位魔族は浮遊魔法を自在に操ることができると言われている。人間と浮遊魔法は相性が悪く、それを自在に使える人物は五指に満たないのが現状だった。

「副団長、あれは、ま、魔族ですよ、あれ？」

「ぬぅううう!?」

ボボギリの周囲に来ていた騎士団や冒険者たちは、魔族の出現にざわめく。

魔族の長である大魔王は百年前の戦争を通じて、人間側と不戦条約および不可侵条約を結んでいる。その条約を破って、魔物を率いて人間の城を堂々と攻め落としに来るなど考えられないことだったのだ。

「おぬしか、あのでかいのを操っておったのは。……なぜわしの名を知っておる？」

サンライズは魔族の出現程度に揺らぐことはない。

過去の百年の中で人間側の領地に魔族は何度か乗りこんできており、彼はそれを打ち倒してきたからである。

しかし、解せないのはその魔族が自分の名前を知っていることだった。サンライズはその魔族の姿に見覚えはないし、恨みを買った覚えもなかった。

「私の名はドグラ。貴様はマグラという魔族を知っているだろう？　私の父上の名前を」

マグラ、それは数十年前にリース王国を襲った魔族だった。

大胆にも王都に異界の魔物を召喚し、陥落させようとした魔族。人間には思いもつかないような邪悪な魔道具を操っていた記憶がある。

もっとも、その魔族の野望はサンライズとリースの女王によって阻止されたのであったが。

「あれの息子か……。魔族が仇討ちするなど見上げたやつじゃのぉ」

サンライズは父という言葉を聞いて、やっと合点がいく。

目の前のドグラと名乗る魔族はあの邪悪な魔族の子供だったのだ。よく見れば顔立ちや話し方もそっくりだ。

復讐は復讐を生む。ここでこの男を始末しても、決してその連鎖は消えないだろう。

それでも愛する人々を、愛する国を守るために、サンライズは戦うことを選ぶのだ。

「悪いが、わしはここでやられるつもりはないぞい」

彼は剣を握る手に力を入れる。魔族のように宙に浮かぶことはできないが、跳躍して斬りつけることもできる。

「ふん、貴様の相手はこいつだ。私の恨みを思い知るがいい！」

ドグラは三つの魔法陣を出現させ、それを目の前で操りはじめる。

それぞれが異なる性質を持った三連の魔法陣を操るのは並大抵の技量ではない。それだけでもドグラが一流の魔法使いであることは疑いようはなかった。

ぎぃいいいいいいん!!

魔法陣は耳障りな音を立てて大量の魔力をボボギリの体に送り込み始める。

「お、おい、やばいぞ？　こいつ、動き出してる!?」

騎士団の面々が驚きの声をあげる。足元にあるボボギリの残骸が振動しているのだ。

魔石はなく、目の内側に光はない。だが、明らかにおかしい。

「おぬしら、ここは危険じゃ！　さっさと城に戻れっ！」

異常を察したサンライズは眉間にしわを寄せて叫ぶ。

騎士団や冒険者の面々は慌てて、その場所から離脱するのだった。

そして、ボボギリは復活する。

赤紫の魔石がボボギリの額に浮かび上がり、目の奥には邪悪な光がともる。

これこそが魔族領では禁呪となった魔力伝導という術式だった。

魔力を他者から吸い取り、別の場所に移送するこの技法は強力な魔物を生み出すことができる。

しかし、そのかわり、魔力源となる生き物は急激に力を失い、枯れ果てる。

そもそもはドグラの一族が開発していたものだが、それを完成させたのが、このドグラという魔族だった。

しかし、その技法はあまりにも危険だった。魔力源の対象は膨大な魔力を秘めた世界樹を想定していたのだが、それを扱うこと自体が禁忌とされていたからだ。世界樹を枯らしてしまった場合には、その下に封印されているエルドラドという災厄の魔物が復活することになる。

ドグラ家の上官である第一魔王はドグラ一族の技法を禁呪として、一方的に制限した。

その後、これを不服に思ったドグラの父は独断で人間の都市に侵攻し、ドグラの立場は非常に悪くなるのだった。

魔王から追放されたドグラは反逆の機会を待っていた。

そして、数十年の時間をかけて完成させたのが、このボボギリ復活の仕組みだったのだ。

ドグラを駆り立てるのは父を殺したサンライズへの復讐心だけではない。

自分を追放した魔王に力を見せつけたい、という思いがあった。

彼の開発したその技法は、ただ魔物を復活させるだけのものではない。復活するたびに、より強力になっていくのだ。

「お、おい、あいつ、さっきよりでかくなってないか?」

「う、嘘だろ?　城壁より高くなってるじゃないか」

異変に気づいた兵士たちはこの世の終わりのような顔をする。

それもそのはず、先ほどでさえ貴族の屋敷ほどの大きさの巨大なモンスターだったのだが、今では二倍以上の大きさに変化していた。

禍々しい枝は増え、さらに枝ぶりは太くなり、そして、極めつけは額の魔石の数が三つに増えている。もはや、先ほどとは別物と言ってもよい化け物になっていた。

「ふくく、イキのいいやつが出てきたのだ」

「あんなの私たちにかかれば楽勝ですよ!」

「あれが真打ちってわけね、私の本当の怖さを教えてあげるわ!」

クレイモア、ハンナ、シルビアの三人はサンライズのところに駆けつける。

ボボギリはまだわずかにしか動かないが、不気味な瞳で四人を見下ろしていた。

「サンライズ、貴様の死にざまを見ておいてやる。アルティマボボギリよ、アリどもを踏みつぶせ!」

ドグラとは質の違う声がした直後、ボボギリの攻撃が始まる!

「やれやれじゃのぉ。こやつ、かなりやるようじゃぞ？」

サンライズは溜息をついて、ボボギリの枝をかわす。

敵の攻撃はさらに複雑になり、今度は種を瞬時に生み出すと、それを飛ばしてくる。

一発一発が重い打撃であり、一度でも食らうと骨が折れる可能性がある。

「あ、危ないっ!?　あはは、楽しいぃぃぃっ！」

ハンナはなんとか敵の攻撃をかわし、魔石を狙おうとする。

三つになった魔石は再び動き出し、そうやすやすとは追い詰めることはできない。

だが、ハンナは笑みを浮かべていた。相手が強力なときにこそ、彼女は笑ってしまうのだった。

「喰らうのだ！　激烈激震《ギガインパクト》！」

クレイモアの渾身の一撃！

しかし、新生ボボギリの皮膚は先ほどよりも硬い。

岩すら消し飛ばすクレイモアの打撃を喰らっても陥没するだけで破壊できない。

「こ、こいつ、めちゃくちゃ硬いのだ！」

クレイモアの腕にびぃいいいんっと痺れが走る。

彼女は真っ正面から殴るのではなく、急所を狙わなければならないと悟るのだった。

「ひぃいいい、なんなのよ、こいつ!?」

シルビアはそもそも触手のように伸びてくる枝に阻まれて、まともに魔法を詠唱する時間が与えられない。なんとか金剛氷柱を放ったとしても、ボボギリの太い枝に阻まれてしまう。

結論をいえば、剣聖たちは連携すらもできない状況に追い込まれた。

この神話に出てくるような化け物を倒すためには、圧倒的な火力、あるいは、何らかの策が必要だった。

「剣聖様たちが押されている!?」

「ひぃいい、こ、こっちに来るぞ!?」

サンライズたちはもはやボボギリの足止めすらできない状況だった。

どっがっぁああああん!!

ボボギリは凄まじい手数で四人を圧倒し、そのまま城壁に体当たりを喰らわせる。

特にサンライズは城壁の間に挟まれ、絶体絶命の状況に陥る。

「嘘だろぉ!?」

「し、死ぬ!?」

城壁の一部が崩れ、ボボギリの周りにいた騎士団や冒険者の多くが負傷する。

その攻撃の激しさに辺境伯リストは指示を与える隙さえ与えられない。

「ふははははは!　いいぞ、ボボギリ!　殺せ!　踏みつぶせっ!」

城よりはるか上方から、ドグラは腹を抱えて笑う。

自分の生み出したモンスターによって、人間の城が瓦解していくのは快感だった。

この技法は禁呪などではない。魔族の強さを知らしめる、最適な方法なのだと彼は確信する。

その証拠に人間側の最大戦力の一人、黄昏の剣聖サンライズは抗うことさえできなかった。

「ひ、ひぃいいいいいい!?」

城よりも大きな化け物に直面し、リリアナは腰を抜かさんばかりに驚く。

騎士団や冒険者の怪我人がどんどん運ばれてきており、城壁の魔法結界も打ち破られた。

父親の辺境伯のリストや兄のレーヴェは額に傷を負い、傷口を押さえている。城壁が破壊されたときに飛んできた破片で怪我をしたのだろう。

先ほどまで勝どきをあげていたのに、一瞬のうちに地獄のような有様へと変化してしまった。

「ひぃいい、えらいこっちゃ！　あんた救護室に運んだるから元気出さなあかんでぇ」

クエイクは悲痛な声をあげるも土壇場に強い女だった。彼女は怪我人を救護室に運び込む手伝いをする。

体力のあるものは死に物狂いで矢を射かけ、魔法弾を飛ばす。文字通りの死闘。

「あ、あ、あぁああ」

しかし、リリアナはもはやまともな言葉すら出せない。

恐怖が心を覆い、立ち上がることさえできない。

目の前には傷つき、倒れた騎士や冒険者がいる。癒やすべき人たちがいる。

それなのに動くことができない。

自分はなんと弱く、みじめな存在なのだろう。

リリアナは自分の無力さに涙する。

「リリアナ！　お前だけでも、お前だけでも、逃げるのだ！　これは命令だっ！」

「リリアナ、魔女様の村に戻れっ！　もしくは南に逃げろっ！」

しかも、この期に及んでなお、父親や兄は彼女に逃げるように絶叫する。

その表情は悲痛なもので、おそらくここで逃げれば今生の別れになることが容易にわかった。

城壁が崩されれば、これから起こるであろうことは明白だった。
都市は陥落し、騎士はおろか、市民のほとんどが魔物の餌食になってしまうだろう。
ここで逃げたら、私は一生、その苦しみを背負うことになる。
それを抱えたまま、生きていくことができるだろうか？
できるわけがない。
でも、怖い。
自分は無力で、何もできない。
焦りと恐怖がリリアナの心を支配する。
「ユオ様……」
極限状態の中、リリアナの脳裏にはユオの顔が浮かぶ。
彼女ならどうするだろうか？
きっと、ユオなら敵がいくら強大でも立ち向かうはず。
それは力があるからとか、策があるからというだけではない。
みんなを守るという、強い意思があるから。
自分はどうだろうか？
自分だって、そうありたい。
ユオ様の隣に立つのに恥ずかしくない私でありたい。
「私は、私は……」
リリアナはぎゅっと拳に力を入れる。

そして、ふぅっと息を吐いて、大きな声で叫ぶ。

「私はっ、私は逃げませぇええええん！　生きてる限り、手当てをします！」

それは命のある限り、目の前の人を癒やすという宣言だった。

敵の襲撃は激しく、勝ち目のない戦いだ。それなのにここに留まり、負傷者を癒やすというのだから。

「……リ、リリアナ様？」

リリアナの傍らに戻ってきたクエイクは不思議なものを見る。

それはリリアナを取り囲む、明るい光だった。ただの魔力の発現とも違う、黄色とだいだい色が交錯する温かな色。

その光は拡大し、やがてサジタリアスの城壁を取り囲み始める。

第17話　サジタリアス攻防戦：リリ、まさかのまさかで、まさかなことをしてくれる。その頃、魔女様はスカートがあわわわ

「リ、リリアナ様？」

ボボギリがついに城への攻撃を開始し、サジタリアスの兵士たちは恐慌状態に陥る。

剣聖たちは必死に応戦するも、ボボギリの火力の前に防戦一方。戦士たちの戦闘の疲れはピークに達している頃合いでもあった。

絶望的な状況のとき、クエイクは信じられないものを目撃する。先程まで腰を抜かしていたリリアナから急に光が溢れ出したのだ。

リリアナは目を閉じたまま立ち上がると手を大きく広げる。

それと同時に、彼女の光が拡散し城全体へと広がっていく。

「き、傷が治っていく!?」

それはまさしく奇跡とでもいうべき光景だった。

リリアナの光に触れることによって、負傷者が次々に回復していくのだ。

手遅れ状態の兵士であってもそれは同じで、次の瞬間には傷が癒えてしまう。

一対一のヒーリングではなく、一対多数、それも大多数相手の同時ヒーリング。こんなことができるのは、一つのスキルしかなかった。

そのスキルの名は聖女。ここ数十年現れていない、正真正銘の国を揺るがすスキルだった。

「リリたん、いや、リリアナが聖女だっただと!?」

奇跡を起こしていくリリアナを見て、サジタリアス辺境伯は目を見張る。

娘のリリアナがこれほどまでの才能を秘めていたとは。

リストは亡き妻のことを思い出す。病床にいた彼女は心優しいリリアナを見て、いつも言っていた。

「リリアナの優しさは人々を導く」と。

彼は涙が溢れてくるのを必死に我慢するのだった。

「な、なんだ、この光は!?」

ボボギリの上空で眺めていたドグラは驚きを隠せない。城から温かい色のオーラが立ち上がり、倒れていた兵士を包んでいくのだ。

数秒もしないうちに重傷の兵士たちでさえ立ち上がる。まるで、非常に高度な回復魔法を受けたときのように。

「ほう、この時代にも生まれているのか……」

遠くの森の上空で戦況を窺っていたベラリスは、その光を眺めながらつぶやく。

その魔族は百年前の大戦の頃を思い出していた。

ベラリスの拳に少しだけ力が入る。

「ええい、構わん！　その光ごと、押しつぶせっ！　ボボギリ！」

光は次第に拡大すると、サジタリアス全体を覆い始める。

それがドグラにとって好ましくないことは明らかだった。

ドグラはその温かな光を目にするだけで胸の中がざわついていくのを感じる。今までに感じたことのない、焦りとも違う、奇妙な感覚。それを振り払うために、ドグラは一気に勝負に出る。

うぉおおおおおおおおん!!

ボボギリは太い枝を城へと振り下ろそうとする。その一撃はサジタリアスの城壁を粉砕するはずの強大な打撃だった。

しかし、それはリリアナの発した光に触れるとピタリと止まってしまう。

「化け物がうぜぇんだよっ！　魔女様とあたしの城《シマ》に勝手に入ってくんな、ボケぇえええ！」

太い枝を繰り出そうとするボボギリの前で腕を広げるのは、リリアナだった。

彼女はいつもどおりのピンク色の髪の毛、いつもどおりの華奢な体つきだった。

しかし、いつもどおりの顔つきではなかった。

普段の虫も殺せないような温和な顔ではなく、眉はつり上がり、戦闘的な瞳をしていた。スキルが暴走しているのか、それともこれが素の状態なのか、それは誰にもわからない。

「うぜぇ!?」

「あたしのシマ!?」

「ボケぇ!?」

辺境伯、レーヴェ、クエイクの三人は唖然として、顔を見合わせる。

信じられないものを見たというような顔で。

「な、な、なんだ、この力は!?　お、おい、動くのだ！」

ドグラはボボギリの動きに異変を感じる。

いくら命令を下しても、ボボギリが城の中へと侵攻できないのだ。それどころか、少しずつその巨大な体が押し戻されていく。より巨大な何かがボボギリを抑え込んでいるようだ。

剣聖たちを苦しめた縦横無尽に動く枝を出すこともできない。

城壊しのボボギリがまるで無力化されてしまった有様なのだ。

「おぉおおおっ！　傷が治ったのだっ！　にゃはは、リリアナ様かっこいいのだよ！」

クレイモアは嬉しそうにリリアナのところに駆け寄る。

先程まで体中にできていた傷がリリアナの光によって一気に癒やされてしまった。握力も戻り、再び全力で剣を振るえそうだ。

しかし、スキルに覚醒したリリアナはそれだけでは満足しなかった。

「クレイモア、ハンナ、シルビア、サンライズ、こっちに来なっ！」

彼女は四人を大声で呼び出したのだ。

その口調や顔つきは明らかにいつものリリアナではなく、また別の何かのようだった。

「ひぃいいい、剣聖殿まで呼び捨てにしてるぞ!?　あんなの私のリリたんじゃない……」

「なんだか、かっこいいぞ、リリアナ……。ち、父上、お気を確かに!?」

辺境伯は愛する娘の豹変に驚きを隠せない。

いつも温和で柔和で誰にだって優しい少女、リリアナ。誰にだって丁寧に対応する気品を持った少女、リリアナ。

それがあろうことか自分よりも遥かに年上である、剣聖サンライズを乱暴に呼び捨てにしている

のだ。今までとのあまりの違いにリストは卒倒しそうになる。

（加護がほしいか？）

リリアナは自分の前に集まった四人の心に直接、語りかける。

魔力を伝導させることによって可能な特殊な技法である。

それは天魔のシルビアでさえ、まだ修得していない魔力操作の奥義の一つだった。

「ひ、ひぇ、リリアナ様の声がひびいてくるのだ！」

「すごいです！　これって魔女様の言葉が私の中に降りてきたときみたいですぅ」

「な、なんなのこれ!?　え？　加護って何!?」

「ふぅむ、これは年寄りの耳にもよく聞こえるのぉ」

突然のできごとに、目を白黒させる四人。

それもそのはず、心にいきなり語りかけられたのだ。驚かない方がおかしい。

蛇足であるが、ハンナの心にユオが語りかけたことはない。これは一種の妄想による記憶の捏造である。

「我は愛羅武癒《あいらぶゆ》の聖女!!　加護がほしいなら…………くれてやる!!」

ほぼ暴走したリリアナは相手の言葉など聞く耳を持たない。

彼女はすぅっと息を吸うと、四人の戦士に聖なる加護を解き放った。

刹那、オレンジ色の光が戦士を包み込む。

加護、それは補助魔法の術士が使える魔法の一つだ。攻撃力、防御力、あるいはそれ以外の能力を一時的に引きあげるというもの。しかも、聖女であるリリアナのそれは一般的な加護魔法とは異なっていた。

「おおおおっ！　体が軽くなったのだ！　翼が生えたみたいに！」

「私も飛べそうですぅううう！　力も湧き出てきます！　アイキャンフライ！」

クレイモアとハンナの体が輝き始める。

きぃいいいいいんっと耳鳴りがするほどの大量の魔力が溢れてくる。

その力は剣先にも及び、今なら触れるものをすべて一刀両断できるという自信が生まれてくる。

「す、すごいわ！　魔力がどんどん溢れてくる！　理想の私になれたみたい！」

シルビアは魔力操作せずとも、自分の体型を偽装できていることに気づく。胸はぼぼんとせり出し、ウエストはきゅっと締まり、脚はすらっと地面に伸び、ヒップはほどよく上がっていた。

まさにシルビアの考える最強の美女。

普段の彼女は偽装魔法に一定量の魔力を使っているのだが、今はその消耗を感じない。体が軽く、心も軽い。

この状況ならどんな強力な魔法でも連続で放つことができると彼女は不敵に笑う。

「お、おぉ、膝の痛みが消えたのじゃ！　目もよぉく見えるぞい！」

極めつけはサンライズだった。

髪の毛に色が戻り、顔のシワも浅くなっていく。

クエイクは「若返ってるやん!?　そんなんありなん!?」などとツッコミをいれる。

だが、リリアナが恐ろしげな雰囲気なので、追随してツッコむものはいない。

「さぁ、行きなっ！　サジタリアスの城を壊してくれたやつに百倍返しだっ！」

リリアナはぎろりとボボギリをにらみつける。

その目線の先にあるのは巨大なモンスターだけではない。

そこには浮遊しているドグラの姿があった。

ドグラはリリアナの光によって偽装魔法を暴かれてしまったのだった。

「木偶人形使いのバカ魔族、てめぇも首を洗って待ってろよ！　ぎったぎたに癒やしてやる！」

リリアナは扇動的な言葉で、ドグラの討伐を高らかに宣言する。

それはボボギリを完全に無効化したことによる勝利宣言に他ならなかった。

「木偶人形だと!?　お、おのれぇえぇ!?　私の研究を愚弄するかぁああ！」

もちろん、その態度にドグラは激高する。魔族とは人間の上位的な存在であり、恐れられる存在でなければならない。

その信条を否定されたのだ。彼の内側に沸騰するのは、ただの怒りではなかった。

「ベラリス様の命令通り、生ける屍にしてやろうと思っていたが、お前らは粉々に砕いてやる！」

彼はふぅっと息を吐き、目の前の魔法陣の出力を最大限に上げる。

それは世界樹のエネルギーをボボギリに最大許容量まで注ぎ込もうという術式だった。


うおおぉおおおおおおおおん!!

あふれ出る魔力を受けたボボギリは活動を再開し、さらに巨大化。リリアナの光を突き破ると、再び動き出す。

それに対するのは、四人の戦士と一人の聖女。

ボボギリとの最後の戦いが始まろうとしていた。

♨　♨　♨

「な、なんなのよ、ここの植物!?　水玉ピンクとかどういう趣味!?」

「あぎゃあああ、ここは迷いの森じゃ！　ありゃりゃ、わしの植物操作が効果ないぞ!?」

「ちょっとぉおお、やばいって、私のスカートが破れる!?　エリクサー、パンツ見えてる！　あーもう、ここらへんの森を燃やすけどいい!?」

「待つのじゃ！　この森は貴重な資源なのじゃぞ！　ふむふむ。なるほど、そうか、こやつら古文書にある『つんでれ』というやつじゃ！　褒めるのじゃ！　褒めれば言うことを聞く！」

「な、なるほど。えーと……。わぁ、すごーい、キレイな水玉模様の花ですねぇ！　センス抜群！」

「そっちの緑とピンクの樹の実もかっこええのぉ！」

「すごぉおい、花にギザギザの歯がついてるって流行の最先端ですねぇ！」

「お、おぉ、少し、でれっとし始めたぞ！　その意気じゃ！」

魔女様とエリクサーは道に迷っていた。少しだけ、少しだけである。

第18話　サジタリアス攻防戦：ボボギリを陥落させ、敵の真打ちが現れます！　その裏ではあの二人がこんなに活躍してたんだよ！

うぉおおおおおおん！！！

ボボギリは城を見下ろすほどの大きさへと変化する。枝は更に太くなり、その唸り声だけで、並の騎士なら動けなくなるだろう。

「やっちまいな！」

そんな化け物を前にしても、聖女として覚醒したリリアナはひるまなかった。

彼女は戦士たちに持てる限りの加護を与え、モンスター討伐の号令をかける。

「みんな、あたしに合わせてほしいのだっ！」

真っ先に敵に向かうのはクレイモア。

それにハンナ、サンライズが続く。

クレイモアは一撃必殺の打撃を繰り出し、ボボギリの幹にヒビを入れる。

ハンナは鋭い切っ先をもって、亀裂をさらに拡大させる。

「あーっはっはっはっ！　無敵のボディを手に入れた今の私に敵はいないわよっ！」

シルビアは二人を援護し、氷魔法で枝を凍りつかせる。

最も連携を意識して動いたのがシルビアだった。

理想の体型を手に入れた彼女はとにかく絶好調だった。むやみに大きなモーションで魔法を放つと胸がたゆんと揺れる。胸と体が完全に連動し、気分が良かった。最高だった。

「ふぅむ、体の軽さが全然ちがうのぉ」

戦士たちの中でも異彩を放つのがサンライズだ。

彼はボボギリの枝を蹴り、縦横無尽に飛び回りながら、素早く逃げる魔石をどんどん追い詰める。

その動きはハンナよりもさらに速く、その剣の鋭さはクレイモア以上だ。

「みつけたぞい！」

サンライズの一閃によって、魔石の一つはいとも簡単に潰されてしまう。

それは戦闘開始からわずか一分足らずの出来事だった。

若い肉体を取り戻したことで、稀代の剣聖が復活したのだった。

「し、信じられん……。私は夢を見ているのか？」

辺境伯リストは目を見開き、自分の少年時代を思い出す。

それは隣国にて悪竜を下した英雄が現れたという知らせだった。

その英雄の名前はサンライズ。黄昏の剣聖と呼ばれた男が暴れ狂う竜を屠ったのだ。

『俺も世界一の剣士になってやる！』

幼き日のリスト少年は、自分も一流の剣士になると興奮し、空に向かって剣を掲げた。

剣を志して生きるのなら誰もが憧れる男、それが黄昏の剣聖サンライズだった。

「剣聖様だけに任せておけるか！」

「サジタリアス騎士団副団長の名にかけて、成敗してやる！」

巨大化したボボギリはまさしく恐怖の象徴である。

騎士団や冒険者の面々は聖女の加護を受けていても腰が引けて、それに剣をむけることはできなかった。

しかし、サンライズの活躍は彼らの心に深く突き刺さる。かつての英雄の登場は邪悪な敵に立ち向かう勇気を与えたのだった。

「ふん、愚かなやつらよ！　地獄をみせてやる！」

しかし、敵も一筋縄ではいかない。

ドグラの操作一つで、ボボギリには世界樹から魔力を移送することができるのだ。

せっかく潰した魔石は一分もしないうちに復活してしまう。

人間たちの歓喜をかき消し、ドグラはあざ笑う。

「ちぃっ、あの魔族が邪魔じゃのぉ」

サンライズはボボギリを蹴って、ドグラのいる場所まで飛び上がる。

何も知らない人が見れば、サンライズは浮遊魔法を使っていると思うだろう。

それほどの高さへの跳躍だった。

「ふはは！　無駄だ！　私を殺してもボボギリは復活する！　お前ら人間を全て殺し尽くすまではなぁ！」

ドグラはかろうじてサンライズの剣を避けると、さらに高い場所へと移動する。

人間では、もはや手の出せない高さであり、シルビアの魔法でさえも届きそうにない位置だった。

聖女の加護を受けた剣聖たちであれば、魔石を潰すことはできる。

しかし、それであっても、なおボボギリは倒れない。

「うぉおぉおおおお！　剣聖様を援護せよ！」

そのときに絶叫しながら現れたのがサジタリアス騎士団の面々だった。

レーヴェが指揮をとって、ボボギリの体に縄をかけ始めた。魔法騎士団は弱体化の術式をもって、ボボギリの動きを遅くする。

彼らの作戦の目的は拘束だった。

無限に再生する敵なのであれば殺さずに、動きを止めて鎮めればいいと考えたのだ。

ボボギリの動きは単純で、重心を崩せば倒れる可能性もあると踏んだのだ。

「できるだけボコボコにしてくれ！　あたしがそいつを癒やし倒してやるぜっ！」

聖女であるリリアナにはモンスターを無力化する力がある。

ボボギリを弱体化させることができれば、十分に成功の可能性のある作戦だった。

しかし、そのためには一瞬でも完全に動きを封じる必要がある。

ボボギリに備わっている魔石は三個。それらを同時に破壊しなければならない。

「クレイモア、ハンナ、サンライズ様、ちょっと来て！」

ここで声をあげたのはシルビアだった。

彼女は三人を援護しながら、あることに気づいていた。

「あんたたち、いくら聖女様の加護をもらってても武器がボロボロじゃないの。不本意だけど、とっておきをやってあげるわ」

シルビアはそう言うと、渾身の金剛氷柱の魔法を三人の剣にまとわりつかせる。

現れたのは神話に出てくるようなアイスソード。触れたものを切り裂く、青白い氷の刃だった。

「おぉおお、いい感じなのだ！」

「これなら、何でも切れますよ！」

「ちょっくら行ってくるかのぉ」

出来上がった剣に満足げな笑みを浮かべ、クレイモア、ハンナ、サンライズはボボギリへと走る。

「てめぇらに最強の加護をくれてやる！　ケンカは気合だ！　死ぬ気でぶちかませっ！」

リリアナは最大の加護をもって、三人を援護する。

戦士たちはみんな、明るいオレンジ色のオーラに包まれるのだった。

リリアナの言葉はひどく乱暴だった。

だが、彼女の放つオーラは優しさと愛の結晶であり、三人の能力を一気に底上げする。

そして。

三人は同時にボボギリの魔石を打ち壊す。

邪悪な赤紫の結晶は破片となって地面へと飛び散り、まるで血潮のような模様を描く。

ボボギリの瞳から邪悪な光が消え、全ての枝が動きを止めるのだった。

「おぉし、今じゃ！　引きたおせっ！」

サンライズの合図に合わせて、騎士団と冒険者たちは張り巡らされたロープに手をとり、思う様の力で引っ張る。

「くはは、愚か者が！　ボボギリの重さがどれほどあると思っている？　脆弱な人間ごときが動かすことなど……、な、なんだぁ!?」

人間の僅かな力でボボギリを引き倒そうとしている様子をドグラはあざ笑う。

そんなものはアリが巨大なドラゴンに歯向かうのと同じことだ、と。

しかし、次の瞬間、彼は刮目する。

騎士団と冒険者の髪が逆立ち、猛烈な力を発し始めたことを。

それに合わせるかのように、巨大なボボギリの体がぐらぐらと揺れ始めているではないか。

「ひ、ひ、ひ、な、何が起きている!?　これが聖女の力だというのか!?」

あまりの出来事に、ドグラは目を見張る。

しかし、彼の知り得ないところに、力の源泉があった。

「にひひ、例の特効薬持ってきて正解やったなぁ!!」

そう、騎士団と冒険者たちの力をブーストさせたのは、クエイクの持ってきたユオの村特製の『特効薬』だった。本来は流行病を癒やすためのものだったが、一時的に身体能力を増強させる副作用を持っている代物。

特効薬と聖女の加護の二つが合わさることで尋常ならざる力を発揮したのだ。


どごぉおおおおおおん!!


ボボギリはぐらっと揺れると、そのまま城の反対方向へと倒れ込む。

まるで樹齢数千年の大木が腐って地面に倒れるように。

その瞳には光がなく、起き上がる素振りはない。

「寝ているうちに枝を落とせ！　丸太にして封じ込めるぞいっ！」

「これはいい丸太なのだっ！」

「りょーかいですっ！」

サンライズ、クレイモア、ハンナはどんどん枝を落としていく。

アイスソードを持った彼らはミスリルよりも硬いボボギリの枝さえ容易に切り落とす。

「愚か者どもがぁああああ！　立ち上がれ、ボボギリ!!　人間どもを蹂躙しろぉおおお！」

ドグラは人間たちの力を合わせた連携攻撃に激高し、再び魔法陣を出現させる。

世界樹の魔力はまだまだ残っている。再び、ボボギリを復活させてしまえばいいのだ。

彼は魔法陣を調整し、大量の魔力を一気に移送する。術式が終われば魔石も復活し、再び悪夢の魔物が現れるはずだった。

うぉおおおおおん……。

しかし、ボボギリは立ち上がらなかった。

一瞬だけ、瞳に光を灯すものの、それだけで沈黙してしまったのだ。

「なぜだっ!?　何が起こったぁああああ!?　魔法陣が消えただとぉおおお!?」

絶叫するドグラ。

ボボギリが起き上がらないだけではない。

彼の目の前に出ていた、操作用の魔法陣さえも消えてしまったのだ。

最高の魔道具と術式で構築したボボギリ復活の仕組みが作動しない。

これは想定外の出来事だった。何が起きているのか、ドグラにはわからなかった。

「悪いが、貴様には死んでもらうぞいっ！」

ドグラが焦っているすきを突いて、サンライズが突っ込んでくる。

ハンナとの連携によって、彼はさらに高く跳ぶことができた。

「ひぎゃあぁああっ!?」

ドグラはサンライズの攻撃を受けるも、かろうじて腕を切断されるだけにとどまる。

本来であれば体を両断されてもおかしくないタイミングだった。

「ちぃっ、運のいいやつじゃのぉ」

サンライズは空中で舌打ちをする。

その一撃必殺の剣を狂わせたのは、目の前に現れた一人の少女だった。

彼女はフードをかぶっているが、その背中にはコウモリの翼。

その周囲には真っ黒い光が渦巻いていた。


「ドグラ、お前は下がっておれ、この男は私がもらおう」

フードを脱いた魔族は、にやりと笑う。

それは十三、四歳の人間の少女のように見える。

だが、二本の角が生え、緑色の瞳をしていた。

それはサンライズでさえ相対したことのない、正真正銘の上級魔族だった。

♨　メテオとドレス、ついに制御装置を破壊する！　♨

「制御装置があるでぇ!!　コイツで魔法陣を操っとるんや!!」

「停止させろ!!」

「魔力がいるで!!」

「動かすにはありったけの魔力がいるみたいだ!!　どこかにないか!?」

サンライズたちがボボギリと死闘を繰り広げているときのこと。メテオとドレスは三つの魔法陣を制御する装置をついに発見した。

それは三連の魔法陣の裏側にあり、もっとも奥深いところに隠されるようにして配置されていた。

しかし、である。厄介なことにその制御装置を起動させるのに、かなり大量の魔力がいることがわかったのだ。メテオとドレスの魔力量では、うんともすんとも言わない。

「駄目やわ！」

「あっしら程度の魔力じゃたかが知れてるぜ！」

メテオとドレスはあともう少しでどうにかなるのにと頭を抱える。

肝心の装置が見つかっても、それが起動できなければ制止することはできない。

どこかに魔力を大量に持つものはいないだろうか？

メテオはあたりを見回す。

足元にはメテオとドレスの作業を見守る、村人たちの姿があった。

「あったで!!　村のみんなが一斉に魔力を込めればええやん!!」

「メテオ、でかした!!」

メテオは村人全員で魔力を送り込む方法を思いつく。

一人一人の魔力は少なくても、それが合わされればかなりの分量になるはずだ。

早速、村人たちに事情を話し、世界樹の上にのぼってきてもらう。

そして、みんなで一斉に手をつなぐと静かに目を閉じる。

「行くぜ?　魔力連結！」

ドレスは魔法陣に手をかざす。

そして、強く念じるのだ。

トクッ、トクッ、トクッ……！

メテオとドレスの内側を魔力が波をうって流れていく。緊急事態にもかかわらず、心と体が静かになり、研ぎ澄まされるのを感じる。

ふぃいいいいん……！

制御装置が起動し、目の前に制御のためのパネルが浮かびあがる。

あとは緊急停止のボタンを探し出せば終わりだ。

「……ボタン、どれやねん?」

「さぁ?」

「ちょい待ち、さぁって何やねん?」

「ん?　なんかヤバい光り方してねぇか?」

ぼがぁあああああん!!

結果、ドレスが緊急停止のボタンを押すまでもなく、過剰な魔力の供給によって制御装置は爆発。

音は派手だったものの、ドレスやメテオの顔がすすで覆われ、髪が焦げるだけにとどまったのだったのは不幸中の幸いだった。

「ぷっ、なんやねん、ドレス、その顔!」

「お前もだろ！　耳が焦げてるぞ！」

メテオとドレスの二人はお腹を抱えて笑う。

そして、世界樹に取り付けられていた、巨大な三連の魔法陣は動きをゆっくりと止める。

「止まった、装置が止まったぞぉおお！」

「やったぞぉおおお！」

飛び上がって喜ぶ村人たち。

涙さえ浮かべて、彼らは大喜びする。

「よっしゃあああ！」

「やったでぇええええ！」

ドレスとメテオと魔族の村人たちは種族の垣根を超えて抱き合って喜ぶのだった。

彼女たちは知らない。

彼女たちの奮闘によって、サジタリアスが窮地から抜け出したことを。

第19話　魔族のベラリス、サンライズたちを圧倒し、サジタリアスを陥落寸前まで追い込みます。しかし！　しかし!!　しかし！！！

「ふふ、老人よ、いい動きだ」

ベラリスはサンライズを誘導するように、城の前の地面に降りる。

通常、浮遊魔法の使える高位魔族は戦闘時に地面に降ることはない。攻守両面から見ても、宙に浮かぶことに大きなメリットがあるからだ。

よって、地面に降りたのはベラリスの自信の表れともいえる行為だった。

サンライズはそれに応じ、ベラリスの場所へと駆け込んでいく。

「ベラリス様、サンライズは私に討たせてください！　やつは私の父の仇なのです！」

ドグラはベラリスがサンライズと戦うのを察知し、必死な顔をして割り込んでくる。

彼は腕を切り落とされていたが、魔族らしく痛みには強い。傷口の血はすでに止まっていた。

「ドグラよ、私を復活させたことに関しては貴様に感謝している。しかし、私は自分より弱いものの言葉に従うつもりはないぞ？」

ベラリスはぎろりとドグラを睨み付ける。

その瞳は乗っ取った人間の少女のものでありながらも、冷徹かつ残忍な意思に溢れていた。ベラリスはその気になれば、いつでも躊躇なくドグラを殺せるのだ。

このベラリスという魔族は話し合いのできる存在ではないことを、ドグラは今更ながら悟るのだった。

「は、はひ、ひぃいい」

ベラリスにひと睨みされただけで、ドグラは足が震えてしまう。

「さっさと消えろ、魔族ども」

そこを急襲したのがサンライズだった。

彼は一切の殺気を消し、ベラリスの心臓をめがけて剣を差し出す。

黄昏の剣聖の名前に恥じない、見事な一撃必殺の技だった。

「ぐ、む……？」

しかし、ベラリスにその剣は通じない。その魔族は幾重にも積まれた魔法陣による盾を形成し、サンライズの攻撃を受け止めてしまう。

一方、ドグラは空高くへと飛び立ち、命拾いをしたと溜息をつく。忸怩たる思いではあるが、彼はサンライズをベラリスに譲ることにした。

「サンライズと言ったな。お前はいい戦士だ。しかし、残念ながら、年を取り過ぎている。多少、若返ったとはいえ、体の動きと心の動きにズレがある」

サンライズの猛烈な突き技をいなしながら、ベラリスは嬉しそうに話す。傍らから見れば、まるで魔族がサンライズに剣の手ほどきをしているかのように見える。

ベラリスの魔法陣による盾はサンライズの攻撃をはじき返し、一切の傷を与えることができない。

それはボボギリの皮膚を遥かに凌駕する硬さだった。

これを崩すには超強力な攻撃か、超強力な無効化魔法、そのどちらかが必要だ。

「おじいちゃん！」

「あたしも加勢するのだぞっ！」

サンライズの戦いに居ても立っても居られず、ハンナとクレイモアが加勢に現れる。

聖女の加護を受けた彼女たちの体力はまだ十分に残っていた。

一対一であればかなわなくても、三人であれば必ず隙はできる。

勝機は十分にあるはずだ。

「いくぞい！　わしに合わせてくれいっ！　騎士団は一旦、城に下がるのじゃ！」

サンライズ、ハンナ、クレイモアはタイミングを合わせてベラリスへ一斉攻撃を開始する。その一人一人の斬撃は大型の魔物を即死させる威力をもつ、必殺の剣技である。

しかし。

「ぐ、ぐむぅ……」

攻撃を受けたのは、むしろサンライズたちだった。

三人は突如現れた無数の黒い触手に掴まれ、握りつぶされそうになっていた。

一斉攻撃を仕掛けることで自分たちに隙が生まれてしまったのだ。

「甘い、甘い。甘すぎるぞ、お前たちは」

その触手はベラリスの背後にある黒い光の中から現れていた。

一つ一つは人間の腕ほどの太さなのだが、うねうねと変幻自在に動く。しなやかながらも相手を猛烈な力で縛り上げる力を有していた。

サンライズも、ハンナも、クレイモアでさえも身動きができない。

このままでは全身の骨が砕かれるのは時間の問題だった。

「氷の女神よ、敵をつらぬけぇえええっ！」

サンライズたちの窮地を救ったのが、シルビアだった。

彼女は真っ黒い触手に鋭い氷の刃を飛ばし、なんとか三人を解放する。

「このチビ魔族、私が相手になってやるわ！」

彼女は大きく見栄を切るものの、ベラリスの底知れぬ様相に戸惑いを感じる。

騎士団に所属する以前は冒険者として世界を巡った彼女である。

強い人間には何度も会ってきた。

強いモンスターにも何度も遭遇した。

しかし、目の前にいる魔族は強い以上に、不気味だった。

何を考えているのか、何を目的にしているのかわからなかった。

「そろそろ、遊びを終わりにせねばなるまい。……暗闇霧の帳《ブラックカーテン》」

ベラリスはシルビアを一瞥すると、にやっと笑うと、彼女と戦うつもりはないらしく空中に浮かび上がる。

そして、その背中の黒い渦からは真っ黒い粒子のようなものを飛ばし始めた。

「お、おい、なんだよこれ？」

「き、霧なのか……？」

城から剣聖たちの戦いを見守っていた騎士団や冒険者は目を見張る。

宙に浮かんだ魔族から、霧のようなものが放出されているからだ。

それもただの霧ではない、まるで炭の粉のように黒い。

まるで夜の闇がそこから始まるかのような、真っ黒い霧が城壁の周囲を満たしていく。

「レーヴェよ、あれはベラリスと言っていたのか!?」

「は、はい……、たしかにそう聞こえました」

辺境伯リストはベラリスという魔族に聞き覚えがあった。

伝承によると、その魔族は人間の都市をいくつも落とした魔族のはずだ。

闇霧とよばれた真っ黒な霧で人々の魔力を奪い、無力化すると伝えられていた。

しかし、当時の剣聖や聖女たちの活躍によって封印されたはずだった。

それがなぜ復活したのか。なぜここにいるのか。

リストは熟考するも、答えなど出るはずもない。

そして、そもそも、そんな暇は与えられていなかった。

「クレイモア、ハンナ、サンライズ、戻れっ！　その霧に触れるなっ！」

異変に気づいたのはリリアナだった。

空を覆っていく霧が邪悪な弱体化魔法でできており、それに触れるだけでも大きく魔力・体力をそがれることを彼女は本能で察知したのだ。

「負けるかぁぁあああああっ！」

彼女は仁王立ちのような姿勢になって、目を閉じる。

そして、自分の内側にある全ての聖なるエネルギーが黒い霧をかき消す様子をイメージする。

彼女の体から光が舞い上がると、それはドームのようにサジタリアスの上空へと広がっていく。

「ふふ、聖女か……。しかし、幼い」

真っ黒い霧の浸食を温かな光が守るという構図が生まれる。

魔族と聖女、その二つの力は拮抗しているように見える。

だが、ベラリスはそれでも笑みを崩さない。

リリアナは聖女とはいえ、そのスキルに目覚めたばかりだった。

ベラリスが戦った頃の百戦錬磨の聖女とは質が大きく劣っていた。

「ぐ、ぐぅ……。ちっくしょうがよぉおお」

うめき声をあげるリリアナ。

彼女の険しい表情が示すように、その加護も無尽蔵ではない。黒い霧に覆われたサジタリアスは徐々に暗く沈み始める。

「ふはははははは！　無駄だ！　お前たちはここで死ぬのだ‼」

遠くから響く、ドグラの声。

戦士たちは黒い霧が空を染めていくのを忌々しく眺める。

しかし、天高くから魔法攻撃をしかける相手には手も足もでない。

いくら跳躍したとしてもベラリスの黒い霧によって大きく弱体化させられ、届くことはない。

クレイモアだけは槍を飛ばすが、ベラリスの硬い盾に弾かれるのが関の山だった。

「う、うぅ……」

リリアナは自分の体が次第に悲鳴をあげていくのを感じる。心の内側にある癒やしの光が猛烈な勢いで掻き消えていくのを感じる。

限界が近い。

しかし、負けるわけにはいかない。

リリアナはベラリスを睨みつけて、ぐぅっと奥歯を噛んだ。

「ドグラよ、そろそろいいだろう。術式を展開せよ」

「ははっ」

ベラリスが合図をすると、ドグラは新しい魔道具を取り出し、操作を始める。

それはドグラ最新の術式で構築された魔道具だった。

真実の窓《トゥルービジョン》と名付けたその魔道具は、目の前の光景を遠く離れた場所に投影するという画期的なものだった。

魔力伝導の原理を応用したものであり、人間側がまだ開発すら手がけていない術式だった。

その意味でドグラは明らかに天才魔道具師だったと言えるだろう。

ベラリスはその魔道具を使って、自分の姿を大陸中に届けようとしていたのだ。

「この世界の魔族と人間どもよ。私の名はベラリス。これより、人間によって支配されていたサジタリアスの地を解放し、私を王とする第四魔王国を建国することを宣言する！」

ベラリスは上空に漂いながら、今回の侵略の目的を高らかにうたいあげる。

新たなる魔王としての君臨、そして新しい魔王国の建国。

それは彼が百年前に成し遂げられなかった野望だった。

次の魔王候補と呼ばれながらも、ギリギリのところで封印されてしまった彼の悲願だった。

ベラリスは言葉を続ける。

「人間よ、お前たちは弱すぎる。その小娘どもが剣聖に聖女だと？　大魔王よ、こんな脆弱な人間となぜ和平など結ぶ？　なぜ魔族の力を知らしめない？」

ベラリスの声はミラク・ルーという少女のものだったが、その言葉は力強く、その演説を聞いた人々は恐怖に震えるのだった。

「まずは見せしめとして、この都市の人間どもはすべて消し飛ばすことにする。その屍を使って、最強の軍団を作ってやろうではないか」

そう言うや否や、サジタリアスの上空のぶ厚い雲に巨大な魔法陣が出現する。

それは城を飲み込むほどの特大の魔法陣だった。

術式が完成すれば、サジタリアスの城は一気に消し飛ぶ。ベラリスはドグラが戦っている間、それほどの魔法陣を描いていたのだ。

「何よ、あれ？　あ、あれじゃ、どうすることもできないわ……」

シルビアは絶望を口にする。

聖女の加護によってなんとか守られているサジタリアスであるが、これ以上の攻撃には耐えられそうにない。

上空にあるのは通常の攻撃魔法陣の数千倍も大きい魔法陣だ。

彼女は自分たちが相対しているのが、信じられないほど強大な力を持つ魔族だと知るのだった。

「ふはははは！　怯えろ、人間ども！　モンスターどもよ、城を一斉に包囲せよ！」

調子づいたドグラは魔道具を使ってモンスターを扇動する。

禁断の大地のモンスターは再び集まり、絶叫しながらサジタリアスへと向かう。

上空からの大量破壊のための魔法陣。

黒霧による戦士の弱体化。

そして、モンスターによる襲撃。

サジタリアスは今度こそ絶体絶命の窮地に陥っていた。


「もはやこれまでかの……」

サンライズは拳を見つめてつぶやく。

聖女の加護が薄まっていき、体が重くなっていくのを感じる。剣を握る握力もわずかにしか残っていない。深く刻まれた彼の額のシワに汗が流れていく。

「こんなことが起きてたまるか……」

レーヴェは力なくつぶやく。

サジタリアスの騎士団が直面しているのは、想像さえできない異常な戦いだった。

魔族が人間への侵攻を宣言するなど、まさに百年前の魔王大戦のときと同じなのだから。

「んなろぉおっ！　降りてくるのだよっ！」

しぶとく槍を投げつけるクレイモア。

ハンナは必死に跳躍するも敵には届かない。

シルビアは体型が元に戻っていくことに気づいて動けない。

クエイクは今から逃げ出して間に合うか考え始める。

「「魔女様……」」


絶望の中、リリアナとハンナはほとんど同時にその名前をつぶやく。

それが現実に起こらないとわかっていたとしても。


ちゅどがぁあああん!!


そのときだった。

真っ赤な光がどこからか放出され、城に向かってきたモンスターの群れが消し飛んだ。

跡形もなく、一瞬で。

荒野に残るのはモンスターの燃えカスだけだった。

それは言うまでもなく、彼女の到着を意味していた。

♨ ♨ ♨

「じょ、女王陛下っ！　王都の上空に怪しい窓ができております！　そこに見えるのは、おそらくはサジタリアスの光景かと！」

「ぐむぅ、サジタリアスを襲ったのが魔族だったとは。おのれぇえええええ！」

リース王国の女王の手がわなわなと震える。

彼女はサジタリアスがモンスターの大群に襲われたという情報を入手していた。

しかし、それが魔族による侵攻だとは気づいていなかった。

彼女は己の不覚を感じながら、食い入るように空に現れた不思議な映像を眺める。

そこに映し出されるのは、真っ黒な闇に沈んでいく、辺境の防衛都市サジタリアスの姿だった。

「なぁっ、あれは、サ、サンライズ!?　どういうことだ、若返っているではないかっ!?」

女王の目が釘付けになったのは、サジタリアスの窮地だけではない。

かつての彼女の相棒であった、剣聖のサンライズがサジタリアスの城に立っていたからだ。

しかも、その顔は想像していた以上に若い。

まるで、彼女と一緒に冒険していたころのように精悍な顔立ちをしている。

女王は心の奥がきしみ始めるのを感じる。

今まで封じ込めていた何かが動き出すような感覚だった。

第20話　魔女様、ご到着あそばすも、ことごとく知ったかぶりが外れる。リース王国の女王様は開いた口がふさがらない

「ちょっとぉおお、エリクサー、このトゲトゲ植物、燃やすけどいいよね！！？」

一難去ってまた一難とはことのことだ。

迷いの森で足止めをされた後、私たちはトゲトゲの植物に絡め取られていた。

そのトゲ部分は鋭くて、危うく私たちの服が破れそうになる。

もう、燃やすしかない。素っ裸でサジタリアスに到着なんてしたら、一生の恥だ。

「森を大切にするのじゃ！　こやつらは希少な水虫の薬なのじゃ！　うぅむ、この魔植物は【とげとげ】じゃ！　普段はトゲトゲしいのじゃが、褒めてもやっぱりトゲトゲしいのじゃ！」

「はぁ!?　それじゃ、救いようがないじゃない!?　どこにそんな需要が」

つんでれだか、とげとげだか知らないが、植物にそんな性格があるのだろうか。

もはや燃やす以外に抜け出す方法はないと思うけど、植物をむやみに殺傷したくないというエリクサーの気持ちもくんであげたい。

私はため息をついて打開策を考えるのだった。

わぉおおおん!!

その矢先、私たちのところにあの白い狼がやってくる。

そう、私の乗り物かつペットであるシュガーショックだ。

クエイクたちと一緒にサジタリアスに行ってもらったはずなんだけど、どうやらお迎えにきてくれたようだ。

「シュガーショック！　偉いよ！」

ツルに絡まった状況ながら、とりあえず顎の下をなでてあげる。

ふふふ、お迎えごくろうさま。

しかし、私たちはといえば、不甲斐ない状況だ。トゲトゲに絡まれて、容易には抜け出せない。

ぐるるるるる……！

私の様子を見て何が起きているのか理解したシュガーショックは、トゲトゲ植物に唸り声をあげる。その顔は私から見てもちょっと怖いぐらいである。

するとどうだろう。

私たちに絡んでいた植物はすすすーっといなくなってしまうではないか。なるほど、トゲトゲしいのには威嚇すればよかったのか。

「ふぅむ、聖獣はすさまじいのぉ。植物には厳しさも必要ということじゃな」

エリクサーは感心の声をあげる。

確かに、もうちょっと厳しく植物に接することも大事だと思う。そういう優しいところもエリクサーのいいところではあるんだけど。

優しいといえば、リリは大丈夫だろうか。彼女もクレイモアやハンナと一緒にサジタリアスに向かっていったのだ。

人一倍気の弱い彼女のことだ。モンスターの群れを前に失神したりしていないだろうか。

いや、デスマウンテンの一件以降、彼女の心はめきめきと強くなってるって気がするし、大丈夫だって信じよう。

「よぉし、シュガーショックに乗っていくよ！」

「おぉっ、これは速いのじゃ！　いや、速すぎるのじゃぁぁあああああ!?」

そんなわけで、私たちはシュガーショックに乗り込む。

森を風のように駆けるのは怖い。

だけど、それ以上になんだか快感だった。

ごめんね、エリクサー。

♨　♨　♨

「な、なにあれ？　何が起きてるの？」

森を抜けると、サジタリアスの城壁が目に入る。

その光景の異様さに私は驚いてしまう。

今は昼下がりのはずなのに、サジタリアスの周囲だけ真っ暗なのだ。それにもかかわらず、お城の上には暖色系の光のドームができている。そして、その上空には大きな魔法陣。

とても現実とは思えない光景にびっくりするが、勘の鋭い私はすぐに理解する。

あれは魔法イルミネーションってやつだ、と。

それは光魔法を使って街や城を彩る飾りで、特にお祭りの際に目にするものなのである。

私はリース王国の王都に住んでいた頃のお祭りを思い出す。色とりどりの光が街全体に溢れ、市民たちはうきうきわくわくとその非日常的な光景を楽しんだものだ。

驚くべきことは、女王様の夜の魔法。

女王様は魔法で昼間のうちから夜空を出現させていたのだ。

私ももちろん、女王様を褒め称えたものだ。

だから私は知っている。

魔法で夜を出現させることができるってことを。

おそらくサジタリアスはモンスターを撃退して有頂天になったのだろう。

昼間なのに夜っぽくなる魔法をあの上空の魔法陣で作り出して、きれいな光のドームでお祝いをしているのだ。辺境伯もずいぶん気の早いことをするんだなぁ。

リース王国のとは違うけど、案外、おしゃれじゃん。いい感じ。

「ふぅむ、違う気がするのぉ。わしは猛烈に嫌な予感がするんじゃが」

私の推察にエリクサーは疑問げに首をかしげるけれど、人間社会のことは私のほうが知っている。

ふふふ、私、こう見えても王都育ちの都会っ子ですもの！

さぁ、私たちもお祭りに参加しよう！

りんご飴食べたい！


「ユオ殿、あれを見よっ！」

ワクワクしたのもつかの間、サジタリアスにたくさんのモンスターが向かっているのが見える。

あいつら、性懲りもなくサジタリアスを襲おうっていうつもりらしい。

せっかくお祭りをやっているって言うのに、水を差すようなことをしちゃいけないよね。

戦いが始まったら、屋台が早く閉まっちゃうかもしれないし。

内政不干渉っていうのが私の基本的な方針。

だけど、私にはあれがある。

リリの婚約破棄のときにつけていた鉄の目隠しだ。

これがあれば素性がバレないし、ちょっとぐらいモンスターをやっつけても大丈夫だよね。

「シュガーショック、モンスターの前に割り込んで！」

わぁおおおおおおんっ!!

号令をかけると、シュガーショックは再び風のように走る。それはモンスターたちのドタドタしたブサイクな走り方とは大違い。まさに走るために生まれてきたかのようなスピードなのだ。

「ひ、ひぃいいいい!?」

エリクサーは悲鳴をあげるけど、あと少し我慢してね。

すぐにサジタリアスに届けてあげるから。

近づけば近づくほど、サジタリアスの城の周りは真っ暗だった。

それになんだかしっとりして、変な感じ。

じめっとしているというか、霧っぽいというか。

ふぅむ、これが夜っぽいものを作り出す魔法なのだろうか。女王様のとは随分違う。

カビが発生しそうだし、あんまり気分がいいものじゃないな。

まぁ、私はいっつも熱鎧を出せるから、カラッとしてて気分爽快だけど。

うごげぁああああああ！

そうこうするうちに、目の前には大量のモンスターたちがやってくる。

トカゲにアナトカゲに、イノシシに、牛に……、とにかくたくさん。知らない顔のモンスターもいて、おそらくは百体以上はいるんじゃないだろうか。いや、もっとたくさんかな。

「あんたたち、お祭りの邪魔しちゃダメでしょ！」

私は横一列に細長い熱平面を生み出し、モンスターに向けて放出する。

この間の反省を踏まえて、森にぶつからないように注意するのも忘れない。

すなわち、ちょっと角度をつけて地面にぶつかるように細工したのだ。

結果。


ちゅどがぁあああん！！！！


「あれ、爆発した!?」

なんだかよくわからないが爆発してしまったのだ。予想ではしゅぽっと消えるはずだったのに。

ふぅむ、私の気が立っていたのが原因だったのだろうか。派手な感じの爆発になってしまった。

相変わらず使い勝手の悪いスキルだよなぁ、これ。

とはいえ、モンスターは全部いなくなってしまったし、これでサジタリアスの面々も安心してお祭りを続けられるだろう。

お祭りっていいよねぇ。ふふふ、異国のお祭りってどうしてワクワクするんだろうね。

「うげげ、これって、あれじゃん!?」

お城近くを見回すと、私はあることに気づく。

なんと、城壁の近くの方にあの木の化け物が倒れていたのだ。言わずと知れた、私の温泉リゾートの入り口に使っているやつである。

しかも、ここに倒れているのは私が倒したやつよりももっと大きい。

ピクリともしないから生きてはいないのだろうが、改めて見ると、やっぱりこれってただの木だよね、うん。

……しかし、なんでこんなところに倒れているんだろうか。

「あ、わかった!」

おそらくは辺境伯の仕業だろう。

あの人、私が顔部分を建物に使っていると聞いて、内心、羨ましくて仕方がなかったに違いない。

そこで自分たちでも素材を手に入れたのだ。

一言言ってくれれば村にあるのを無料であげたっていうのに水臭いなぁ。

「ふぅむ、明らかに邪悪なにおいがするがのぉ」

エリクサーは相変わらず眉間にシワを寄せるけれど、こいつはああ見えても高級素材なのだ。

たぶんきっと、どこからか入手したに違いない。

さぁ、お祭りだ!

綿あめ食べたい！


「き、貴様ぁあああ、何者だぁ!?」

心を躍らせるのも、つかの間、私に怒声を浴びせる人がいる。

ふと空を見上げると、真っ黒い闇の中におじさんが浮かんでいるではないか。

ええええ、どういう原理？

聞くところによると、浮遊魔法というのは使える人間が三人もいないという。

ってことは、この人がその一人？

しかし、このおじさん、やたらと怒ってるし、なにか悪いことをしちゃったのだろうか？

もしかして、さっきのモンスターって何かの余興だったとか？

「や、やつはうちの村を襲った魔族じゃ！」

後ろの方からエリクサーが叫ぶ。

なんと、この浮かんでるおじさんはエリクサーの村を襲った犯人だという。

ってことは、この魔族の人、モンスターでサジタリアスまで襲っていたってことらしい。

こいつのおかげでエリクサーの村の人たちも、サジタリアスの人たちもひどい目にあったのだ。

思わぬ犯人の登場に驚いてしまうが、私はすぐにムカムカしてきた。

このおっさんにはお説教してあげないと気がすまない。

「あんた、降りてきなさいよ！　モンスターもいなくなったし、あんたの野望も終わりよ！」

このおっさんのモンスターは私がさっきやっつけた。

かなりたくさんいたのを爆発させたから、もう手駒はないと見ていいだろう。

私は彼に尋ねなければならない。どうして、こんなひどいことをしたのかと。

「くははは！　終わりだと？　何を粋がっている！　サジタリアスこそがもう終わりだ！　見よ、あの魔法陣を。まもなく城どころか都市もろとも吹っ飛ぶのだ！」

おっさんはそう言ってやたらと笑う。

結論から言えば、私の言葉に従うつもりはないとのことだ。

それどころか、あの上空の魔法陣はサジタリアスを破壊するためのものだったらしい。

えぇぇえ、あれってイルミネーションじゃないの!?

……なんていうことでしょう。

私は自分の盛大な勘違いに恥ずかしくなる。

確かに黒い雲の上に赤い線で魔法陣を描くなんて、ちょっと趣味悪いかなぁとは思ってた。

わかってはいたんだよ、ちょっと違うかなぁって、うっすら感づいてはいたんだよ？　本当だよ？

「だから言ったのじゃ！　その、いるみねぇしょんではないと！」

エリクサーは私のことをジト目で見てくる。

人間社会のことは私のほうが知っているなんて、鼻高々だったのがバカみたい。

は、恥ずかしぃいいいい。

ゆ、許さないわ、この魔族！

私に恥をかかせてくれたわね！

私は半ば逆恨み的に邪悪な魔族のおじさんに宣戦布告するのだった。

♨　♨　♨

「じょ、女王様、あれは、あれは……」

リース王国の王都に現れた魔法の映像を見て、女王の側近は声をあげる。

そこには一人の魔族が映し出され、魔王としての君臨を高らかに宣言していた。

百年前の魔王大戦のときと同じような構図であり、大陸全体を揺るがす大事件だった。

魔族と確執のある女王も険しい顔でその映像を見ていた。

「これは、ま、まことのことなのか？」

しかし、女王たちが驚いたのは宣言の内容だけではない。

問題はそこに映し出された魔族の姿にあった。

「あやつは……ミラク・ルーではないか」

そう、映像の中に現れた「魔王」は、リース王国のミラク・ルーだったのだ。

魔法学院に在籍しながら、女王のもとで魔法の研鑽を行っているはずの人物だ。

ただし、ここ数週間、姿を見せていなかったのも事実で、どうしたものかと女王は身を案じていた。それがこんなところでひょっこりと魔族になって現れたのだ。

「ど、どういうことだ!?　サンライズは若返るし、ミラク・ルーは魔族になるし!?」

女王は普段のクールさを装うことさえできない。

彼女は困惑に顔を歪めるのだった。

第21話　魔女様、新しい攻撃の方法を編み出し、ベラリスの絶界魔法陣を打ち砕く。ヒント：雲も湿気も熱には弱い

「まぁじょぉさまぁあぁあああ！」

空飛ぶ魔族に啖呵を切った矢先、私のところに聞き慣れた声の持ち主が現れる。

彼女は城壁から飛び降りて、しゅたっと着地すると、こっち側に走ってくる。

「ハンナ!?　無事でよかった！　あぁあっと、私に抱き着いちゃダメだよ、燃えるから！」

それは村の村長さんの孫、ハンナだった。

今回はサジタリアス救援のためにかけつけてもらっていたのだ。

無事そうでなにより。

「ごほっ、ごほっ、魔女様、お会いできてよかったですぅうう!!　みんな、何とか無事ですよ！　ごほっ、ごほっ」

彼女は泣き出しそうな顔で喜んでくれる。

わざわざ迎えに来てくれたのは嬉しいけど、すっごい咳き込みようだ。戦闘で疲れているのかもしれない。

「ま、魔女様、どうしてこの霧の中で平気なんですか!?　これって、体力と魔力を奪うとっても危険なものなんですよ！　ごほっ、ごほっ」

ハンナはそう言うけれど、私にはたいして変化を感じられない。ちょっとしっとりしてるのかな程度のものである。

「ふくく、わしはこう見えても魔族じゃからのぉ。瘴気には慣れておるぞ！」

エリクサーはそういうと小さい胸を張る。

かわいい、えらい、よしよし。

なるほど、この真っ黒な霧って体に悪いものだったわけか。

夜を演出しているのだとばかり思っていたけど、悪さばっかりするなぁ。

「ふははは！　この闇霧はお前たちの魔力全てを奪う！　今に呼吸することさえできなくなるぞ！」

あの意地の悪い魔族が上の方でごちゃごちゃ言ってくる。うるさいおじさんである。

まぁ、早い話、このご自慢の霧さえなくなればイイってわけなんだろう。

あの上空の大きな魔法陣も目障りだよね。

よぉし、決めた。

「ハンナ、離れてて。すぐに楽になるよ」

まずは城を壊すとか言う魔法陣だ。

真っ黒な雲の上に赤い線で描かれたそれは、やはり見るからに不気味。

まぁ、私は魔力ゼロだし魔法陣の文字が読めないから、何をしたいんだかわからないんだけど。

でも、私には秘策がある。

雲に魔法陣を描いているというのなら、雲ごとなくしちゃえばいいのだ。

ものの本によれば雲は水分でできているという。水分はもちろん、熱に弱い。
ということは、雲は熱には弱いっていうことであり、雲を消せば魔法陣も消える。
これって常識だよね？
「えいっ！」
この間、トビトカゲをやっつけたのと同じ、熱の円を上空に飛ばす。
それはふわふわと浮かび上がって、そのままゆっくりと拡大していく。
どうも上方向に飛ばすときには速度が出ないみたいだ。
「ぎゃははは！　なんだそれは？　そんなものは絶界魔法陣の前では無力ぅううう！」
あの魔族の煽り声が響くけど、無視を決め込む。
ふん、派手さはないけど、なんでも焼いてくれるんだからね。
熱の円環はぐるぐると回りながら、やがて拡大していく。
その大きさはサジタリアスの城よりも大きいぐらいかな。
上空には巨大な真っ赤な円が現れて、黒い雲にゆっくりと突入しようとしている。
しかし、相手の魔法陣は高い位置にありすぎるのか、衝突までに時間がかかるようだ。
「ま、まずいぞ、そろそろ発動しそうじゃぞ!?」
そうこうするうちに敵の魔法陣が光り始め、何やら雲行きが怪しい感じ。
あれって城を破壊するって言ってたし、真正面からぶつかったらきついかもしれない。
とはいえ、熱視線じゃ細すぎて魔法陣を攻撃できるかわからない。
もっとこう出力の大きな攻撃の仕方はないかしら。

例えば、手のひらや拳から熱線が出てくるとか。

……そうだよ、それだよ、かっこいい！

「よぉし、閃いた!!」

私は手のひらに思いっきり熱を込めるイメージをする。

体の中でたぎる熱が拳を通じて一直線に伸びていくイメージだ。

じわじわと熱くなってくる右の拳。

熱が充満したのか、ぶるぶると私の体全体が震え始める。

いい感じ！

「えいやあっ！」

いい具合に仕上がってきたのを感じた私は拳を思いっきり振り上げる。


どぎゅぁあああん！


「はえ?」

出てきたのだ、特大の熱光線が。

青白い光を放つそれは上空へとまっすぐ伸びて、魔法陣の一部をズタズタに崩す。

しかし、出てきたのは私の拳の先からではなかった。

私の口からだったのだ。

えええええ、これじゃ燃え吉と同じじゃん!?

嫌なんだけどぉおお!?

「まだ終わってはおらぬ！　全部を壊さぬ限り、やつの魔法陣は作動するぞ！」

エリクサーの叫び声。

確かに敵の魔法陣は未だにチカチカと点滅している様子。

赤い光の帯がこちら側に降りてこようとしている。

性懲りもないやつに私は教えてあげないといけない。雲は熱に弱いってことを！

「今度こそっ！」

私はもう一度拳を突き上げる。

絶対に拳から熱を出すんだって言う気合いとともに。


どっぎゃっぁあああああああん!!


大量の熱が放射され、空を赤く焦がす。

やはり口から、である。

慣れてきたのか、さっきよりも威力の大きいものができた。くぅう。

しかも、きぃいいいいんって耳ざわりな音もするし、背中もびりびりする。なにこれ。

今気づいたことだけど、口から放たれた熱のせいで目隠しはどこかに飛んでいってしまっていた。

「まだじゃ！　まだじゃぞっ！」

エリクサーの言うとおり、魔法陣の一部はまだ光っている。

こうなればヤケだ。かっこ悪いとか目隠しがないとか言ってる場合じゃない。

開き直った私は大きく口を開けて、ががぁーっと熱光線を飛ばす。

私の口から放たれた光はすさまじい勢いで進み、空に浮かんだ魔法陣を焼き尽くす。

残るのは魔法陣の残骸だけだった。

「うぬぬ、まずい、わずかではあるが作動したようじゃぞ!?」

それでも魔法陣の残骸からは赤い光がゆっくりと落ちてくる。

まるで血液が滴り落ちてくるみたいに。

ううう、不気味。悪趣味。

でも。

…………しゅぽっ。

ずいぶんのんびりした音をたてながら、熱の円が赤い光を飲み込む。

そして、何事もなかったように上空の黒い雲にぽっかりと巨大な丸い穴を開けるのだった。

ふふ、お日様の光がさしこんできてまぶしい。


「魔女様、すごいですぅううう！　まるでバハムートみたいですよぉお！　ごほっ、ごほっ」

ハンナは咳き込みながら大喜び。

バハムートってあれだよね、世界の半分ぐらいある神話の竜。

確か口から高温のブレスを吐いて神様を焼き尽くすとかいうやつ。

嫌だ。そんなの嫌だ。たとえ話に出されるのも勘弁してほしい。

「いや、煉獄のズィーラガッにそっくりじゃぞ！　背中が光って口から青白い炎じゃ！」

エリクサーは発音しにくいものに私を例えてくれる。

なんだかわからないけれど、それって多分化け物だよね？

二人の反応に色々つっこみたいところだが、まずはこの黒い霧をどうにかしなきゃいけない。

ハンナも苦しそうだし、お城の人たちも困っているかもしれないから。


「ハンナ、この湿気を飛ばすよっ！　からっと行くわ！」

私は目を閉じて、ふぅっと息を吐く。

そして、イメージするのだ。

この真っ黒な湿気を解消する熱が溢れ出ていくことを。

じめじめの季節にはまだ早いってことを教えてあげなきゃね！

「おぉおおお！　闇霧が晴れていくのじゃ！」

「すごいですっ！　体が軽くなりましたぁあ！」

十秒もたたないうちに、二人の明るい声が響く。

私の発した熱があの気味の悪い霧を飛ばしてしまったのだ。

まぁ、湿気は熱に弱いし、これぐらい当然。

「あと、ハンナ、エリクサー、今、あなたたちは何も見なかった。……いいわね？」

一件落着に思えるかもしれないけれど私はやらなければならないことがあった。

それは二人にきっちりと釘を刺すこと。

特に口から破壊光線を出したとバレてしまったら最悪だ。

あぁいうのは燃え吉みたいな人外がやることであって、私のは偶然だし、別に出したくて出したわけじゃない。

「ひぃいいいい、言いませんんんんっ！　魔女様が口から大量の炎を出したとか言いませんっ!!」

「ふくく、わしは口が堅いので黙っておるぞ。髪の毛がびかびかになって口からごわぁああっていうのは黙っておこう。本当だぞ？」

ハンナもエリクサーもこくこくと頷く。

ふむ、いいでしょう。

ん？　髪の毛がびかびかってなに？

「な、な、なにが起きているぅううう!?　絶界魔法陣が、闇霧が消えたぁあああ!?」

上の方から相変わらず、おじさんの声がやかましい。

ふふふ、そりゃそうだよね、「これでおしまいだ、キリッ」とか言ってたのに、消えちゃったんだもの。ざまぁみなさい。

「よぉし、お城に行くよっ！」

おじさんには反省と降伏の機会を与えてあげよう。

私たちはとりあえずシュガーショックにまたがって、サジタリアスの城へひとっ飛びするのだった。

♨　♨　♨

「女王様、あ、あ、あれをご覧ください！」

リース王国にて、部下の悲鳴が飛び交う中、女王は険しい顔をする。

王都の上空に映し出されているのは、サジタリアスの様子だった。

城の上に巨大な魔法陣が描かれ、怪しげな光を放っている。

「あれは、絶界魔法陣!?」

女王はそれを見るなり、すぐに状況を理解する。

サジタリアス上空に現れたその魔法陣は、一度起動すれば、その影響下のことごとくを焼き尽くす凶悪無比なものだった。起動するまでに時間がかかるものの、その威力は大戦の際の逸話として残っている。

そして、それほどの魔法陣を作ることができる魔族はそう多くはなかった。

魔王もしくはそれに準ずる実力を持っていることがわかる。

「サジタリアスは、終わりか……。あの辺境伯をなくすとは惜しいことをした。数万を超える民を一方的に殺戮するなどむごいことを。……魔族め、絶対に許さん」

女王の拳に力が入り、玉座にひびが入る。

サジタリアス上空で回り続ける魔法陣は一般的な魔法の届く範囲をはるかに超えていた。

つまり、人間側には打つ手がない状況なのだ。

せめて、飛行魔法の使える女王がいれば打つ手はあったかもしれない。だが、今から女王が救援に駆け付けようとしたところで、間に合うはずもない。

もっとも、女王には自分自身の責務と言うものがあった。彼女は自分の国を守らなければならないのだ。

「緊急事態だ。王都・各都市に厳戒態勢を敷け！　結界を張り直し、騎士団を戦闘態勢に入らせよ。魔族はこちらにも侵入してくるかもしれん！」

女王は状況を見守りながら、部下に次々と指示を出す。

サジタリアスを殲滅させた後、魔族は電撃的に攻めてくる可能性も高い。その場合にはこの王都が、次のサジタリアスになる可能性もあるのだ。

しかし、画面の中で予想外のことが起きた。

どぎゅぁあああああん！

轟音がしたのち、分厚い雲に描かれた絶界魔法陣に穴が開いたのだ。

「な、なんだ、あの青い光は!?」

凄まじい速さで青白い光が一直線に貫いていったのを女王は見逃さなかった。

さらに続いて、何発もの破壊光線が魔法陣を貫く。

「ど、どういうことだ!?　サジタリアスにはあの魔法陣に魔力干渉ができる術者がいるのか!?」

女王は目を見張る。

通常、魔力によって構築された魔法陣は物理的な干渉によって崩れることはない。

いくら雲を崩したところで、魔法陣が破壊されることはないのだ。

その青白い光は違った。

魔法陣をいとも簡単に貫き、その上の雲を貫き、ズタズタにしてしまったのだ。人間の世界には自分ぐらいしかできないであろう破滅的な力だ。

自分と並ぶほどの術者がサジタリアスにいるのかと、女王は身構えてしまう。

しかし、それでも状況はまだ明るくはない。

絶界魔法陣は発動のときを迎え、真っ赤な破壊の光を溢れ出し始める。その光に当たった場所は廃墟と化してしまう、特殊な光だった。

しかし。

正体不明の巨大な赤い円が現れて、発動した魔法陣の破壊の光ごと包み込んで消し去ってしまった。さらには暗い闇夜の中のようだったサジタリアス周辺の空気がどんどん晴れていく。

「な、なんだ、あれは？　え、え、え？　はぁ？　何が起きている!?　魔族の魔法陣が消えたぞ!?　サジタリアスにとんでもないのがいないか？」

もはやまともな言葉さえ出てこない状況。

博識で知られる女王でさえも、「わけがわからないもの」を目にしたのだった。

それは、かつて彼女が魔王と対峙したとき以来の衝撃だった。


【魔女様の発揮した能力】

熱線放射（口）：口から高温の熱を一気に放射する技。熱視線よりも大量の熱を放出できるため、破壊力に優れている。本気《やけ》になれば、魔法干渉も可能。お行儀があまりよろしくないため、魔女様はお好みではない。都市を滅ぼす即死技である。放射時には髪と背中が光る。

第22話　魔女様、エリクサーのために仲間パワー（含む：脅迫）で人間と魔族の壁をぶっ壊す

「皆さん、もう大丈夫です！　魔女様のご到着ですぅううう！」

シュガーショックに乗ってサジタリアスの城壁に到着すると、ピンク色のドームは消えていた。

はてさて、あれは一体何だったんだろう。

きれいな色をしていて、いかにもイルミネーション風だったんだけど。

「ユオしゃまぁあああああああ！」

まっさきに駆け込んできたのは、リリだった。

ボロボロの服で、なんだかとっても苦労してそうな顔。

「ユオしゃまぁ、お待ちしておりましたぁあああ、ひぐっひぐっ」

リリは涙を流して泣き叫ぶ。

いきなり真っ暗にされて、魔法陣なんかで脅かされたらたまったもんじゃないよね。

「リリ、よく頑張ったね。えらいよ。あなたを誇りに思うよ」

私は彼女をハグして、背中をとんとん叩く。

「やっと登場なのだ！」

「お待ちしておりましたぁ！　逃げなくてよかったたぁ！」

それからクレイモア、クエイクと続く。

服がボロボロだけど、なんとか無事でよかった。

まったく、あの魔族のおじさんにはしっかりお説教してあげなきゃ。

「それにしても、かなりひどい有様ですね」

周りを見回すと、私はその惨状に驚いてしまう。

城壁の一部は崩れ、たくさんの破片が転がっている。怪我をした人、具合が悪くて倒れている人もいるようだ。

向こうの方では村長さんが真っ白な灰みたいになっているのが見えるし。まさか戦いながら天寿を全うしてたりして……。じわじわと嫌な予感がする。

「そうだ！　エリクサー、薬草を持ってきてたよね。みんなに配ってあげて！」

こういうときこそ、備えあれば憂いなし。

エリクサーは村を出発するときに希少な薬草をいくつも持ってきていたのだ。それに途中で足止めを食らったときも辛抱強く採取していた。

「おぉっ、そうだったのじゃ！　人間よ、これを使うがよい！　頭がしゃっきりして、疲労が飛ぶのだぞ！」

植物に詳しい彼女の薬草の効果は折り紙つきだ。

きっとお城の人たちをすぐに回復させてあげられるだろう。

ふくく、人間に強い不信感を持っていた彼女だったけど、変わるものだなぁ。

「ひぃいいい、こ、このものは魔族ではないか!?　なぜ、この城に!?」

しかし、恐れていたことが起きてしまうのだった。

「あわわわわ、やばいのじゃ！　まずいのじゃ、偽装魔法を忘れておったのじゃ」

そう、あまりにも忙しかったので、エリクサーは偽装魔法をつかわずに、そのままの姿で城に来てしまったのだ。つまり、いきなり魔族が目の前に現れたって構図である。

「おのれ、魔族め！　よくもサジタリアスを！」

「ゆ、許さんぞぉおお！」

「悪いけど、こいつは敵よ！　話を聞く気にはなれないわ！」

城を壊された騎士団の面々は憤怒の表情。

問答無用で斬りかかろうとさえしている。

シルビアさんも魔法の詠唱を始め、一触即発の雰囲気。

魔族だからって人間に必ずしも敵対するわけじゃない。それがわかっているのは私の村の一部の人たちだけだ。だけど、エリクサーの優しさと信頼を踏みにじるわけにはいかない。

「みんな、話を聞いて！　この子が私を運んでくれたのよ！　この子がいなかったら、あのヘンテコ魔法陣だって壊せなかったんだから！」

私はエリクサーを弁護するべく大きな声をあげる。

この世界には優しい魔族だってたくさんいるってことを伝えなきゃいけない。

それが彼女に助けられた私の使命でもあると思うから。

「大切なのは人間か魔族かってことじゃなくて、目の前の人に親切にできるかってことでしょ！　どうか私を、彼女を信じて！」

もちろん、私の言葉は一方的かもしれない。

悪い魔族に傷つけられた人たちに届くかわからない。だけど、魔族と人間の負の連鎖はどこかで断ち切らないといけないわけで。

「お父さま、彼女には危険がないと私が保証いたします！　どうしても彼女を攻撃するというのなら、お父様とはもう絶縁します！」

事情を知っているリリが叫ぶようにして駆けこんでくる。

彼女は辺境伯の娘だ。その言葉ならみんな耳を傾けてくれるかもしれない。

しかし、場の空気は凍ったまま。辺境伯もレーヴェさんも険しい表情。いや、辺境伯はもはや泣きそうな顔だけど、それでも判断は覆らない。

「二人ともいいのじゃ、いきなり魔族がのこのこと現れたんじゃ驚いても仕方のないこと。わしはもう帰らねばならん、ユオ殿、お世話になったのぉ」

エリクサーは寂しげな表情でそう言う。

人間と魔族の間にはまだまだ大きな壁がある出来事だった。

だけど、その壁は絶対的なものじゃない。少なくとも、私は、私たちは彼女を本当に大切な仲間だと思っている。

「この小娘はいいやつなのだぞ！　言うこと聞かないやつはぐーぱんちなのだ、お腹だから大丈夫！」

「私からもお願いします。彼女はいい子です！　……聞く耳を持ってないっていうんなら、そぎ落とします！」

「この子、めっちゃ希少な薬草持ってきてはりますよ。それなのに帰すとか大損ですやん！　この子のことは、うちの姉の命にかけて保証します！　何かしたら、うちの姉をボコしてください！」

クレイモアとハンナ、それにクエイクも私たちに口添えしてくれる。

クレイモアとハンナのそれは懇願って言うよりも、脅迫に近いと思う。特にハンナのは怖すぎる。

それにクエイクはしらーっとメテオの命を差し出しているし。

「う、うぐぐ……。しかし、ザスーラ連合国の方針は、そのぉ、魔族は排斥するというものであってだなぁ……」

苦々しい顔をする辺境伯。

偉い人には偉い人なりの問題っていうのがあるのだろう。

「サジタリアス辺境伯様、私からもお願いしますじゃ。魔族の中にも善良なものはおります。人間だ、魔族だの負の連鎖は我々の世代で終わりにしましょうぞ」

困惑の空気を一変させたのが、村長さんだった。よかった、生きていたらしい。

彼はハンナの隣で頭を深々と下げる。ボロボロの鎧を着た老戦士の言葉は重く、ざわついていた空気が静まり返る。

そして、この村長さんの言葉が決定打になった。

「け、剣聖様が言うなら、俺は言うことを聞くぞ！」

「辺境伯様！　怪我人が続出しております！　今はその魔族の娘を信じましょう！」

次々と賛同者が現れ、空気が少しずつ明るくなるのを感じる。

さすがは村長さん、生ける伝説。人望がものすごい。

「父上、ここは一つ特例ということで」

「うぐ……、わかった。とりあえずは今回限りだ！　魔族の娘に感謝して治療を受けよ！」

辺境伯は苦渋の決断といった雰囲気でエリクサーのことを認めてくれる。

村長さんの一押しと、騎士団の人たちの賛同が効いたのだろうか。

リリは辺境伯に抱き着いて喜ぶ。

「おじいちゃん!?　ありがとぉおおおお！」

「ふふふ、かわいい孫娘のために一肌脱いでやらんとのぉ。それにしても死にそうじゃのぉ」

ハンナは村長さんに抱き着くと、わぁんと泣き出すのだった。

さっきは耳をそぎ落とすとか言ってたけど、やっぱりかわいい女の子なのだ。

「よぉし、それなら大盤振る舞いなのじゃ！　皆のものにとっておきを処方するぞぉ！」

エリクサーは弱っている人たちに薬草や毒消し草などをどんどん配っていく。

その手際は見事なもので、重傷を負った人々も次々に顔色がよくなっていく。

さっきまで顔色の悪かったリリたちもだいぶ良くなったようだ。

私はそれを見て確信するのだ。

大切なことは、誰かに親切にしてあげたいっていう気持ちだということを。

そして、それをあの魔族にもわからせてあげなきゃと決意するのだった。

♨　♨　♨

「もう、ダメ……」

私、リリアナ・サジタリアスは魔族の霧を必死になって防いでいた。

しかし、体から全ての魔力が抜け、体が少しずつひび割れていくような感覚。

もはや立っていることがやっとで、耳の感覚さえもおかしい。

私がここで結界をやめたら、サジタリアスは終わる。

でも、それでも、もう無理。いくら気合を入れても、歯を食いしばっても、敵の魔族の力は強すぎてかないっこない。たっぷりあった自信もどこかに行ってしまった。

しかし。

彼女は現れた。

猛烈な爆発をもってモンスターを蹂躙し、さらには青白い光で上空の魔法陣を破壊。

黒い霧さえどこかに吹き飛ばしてしまう。

そして、傷一つない優雅なドレスで登場した彼女は私を優しく抱きしめてくれる。

頑張ったねって言ってくれる。

私の体から失われた熱が、彼女の熱で満たされていく。

あぁ、私は生きてるんだって実感したのだった。

第23話　魔女様、ベラリスのしたことに『久しぶりに』キレる。そして、ついに新技を開発してしまう

「ふん、愚か者め、魔族が人間に手を貸すとは！」

エリクサーがサジタリアスの人たちを治療していると、あの空飛ぶ魔族の憎まれ口が聞こえる。

あのおじさんはまだ反省していないようだ。

本当に性懲りもない性格である。

「さっさと降りてきなさい！　今からならまだ罪は償えるわよ！」

「ふははははは！　何を言っている！　貴様の相手はベラリス様だ！　生まれてきたことに絶望するがいい、人間どもよ！」

私の言葉をおじさんは断固拒否。

そして、ベラリス様とやらを呼び出すとのこと。ふぅむ、あの魔族一人だけではなかったってことらしい。ベラリス、ベラリス、どこかで聞いたことがあるような、ないような。

「ひぃいいい、やつが来るぞ！」

エリクサーの悲鳴が響く。

「黒髪の女、面白い技を使うな。驚かせてもらったよ」

そして、城の破壊された一角にゆっくりと降りてきたのが、そのベラリス様とやらだった。

その姿は人間の少女のようだが、頭には魔族特有の角が生えていて、目は緑色に光っていた。

サジタリアスの一同は剣を抜いたりして、臨戦態勢に入る。

「……は？　え？　うそでしょ」

しかし、私はそんなふうに構えを取ることさえできなかった。

だって、私の目の前にいるのは……！

「ミラク？　あんた、ミラクだよね？」

そう、目の前にいる、その【魔族】は私の学生時代の親友、ミラク・ルーだったのだ。

メガネをかけてはいないけれど、私は彼女のその顔をしっかりと覚えている。

実家を追放されて半年以上たち、久しぶりの再会。それがまさかこんな形になるなんて。

どうして、こんなところにミラクが？

どうして、彼女がサジタリアスを襲っているのか？

ミラクはそもそも魔族だったとか？

私の頭の中で思考がぐちゃぐちゃに回っていく。優しかった性格の彼女がどうして街を襲ったのかと考えてしまうと、胸が苦しくなってくる。

そして、私はふたたび、ぴんと来るのだった。

「グレた……!?　ミラク・ルーが、グレちゃった!?」

人間にはおそろしい時期がある。

それは思春期。

十四歳ぐらいになると、人はこの世のものがすべて憎らしく思えて何にでも反抗したり、あるいは、自分にものすごい闇のパワーがあると実感したりするのだ。

ミラクの場合、不良になるのを選んだのだろう。

そして、どうにかこうにか魔族のまねごとをやっているのだ。

たぶんきっと、そうだ、そうにちがいない。

思えばミラクは十四歳、どんぴしゃの年齢のはず。あっちゃあ、非常にめんどくさいグレ方をしちゃったなぁ。実害を出してるし、私が一緒に頭を下げても許してくれなさそう。

「ミ、ミラク……」

私はふがいなさに拳を握りしめる。

自分が彼女の近くにいられれば道を踏み外す前に支えられたかもしれなかったのに、と。

一緒に黒闇波紋《ダークストレングス》の継承者とか言って、笑い合っていられたのに。

いや、過ぎたことを後悔してもしょうがない。彼女を更生させるのも私の責任だよね。

私は覚えているのだ。スキル授与式のときに彼女が私のことをかばってくれたことを。

「魔女様!! やつこそが魔族です！」

「そいつは危険ですよ！」

後ろから聞こえる、辺境伯やレーヴェさんの言葉。

もはや叫び声に近く、必死に警告しているのがわかる。つまり、それぐらい、ミラクは危険視されているのだろう。

確かに彼女のスキルは賢者で膨大な魔力を持っている。彼女が暴れまわったらただじゃすまないのは自明の理だ。

「大丈夫、私に任せて」

それでも、私は歩み寄るのだ。

今だって彼女の親友のはずだから。

「……死ねえっ！」

ミラクは対話を拒否するように、私に城壁の断片を飛ばしてくる。

それは悲しさと怒りの入り交じった攻撃。

普通の人であれば、肉も骨もずたずたにされるだろう。

だけど、私はひるまない。

こういうものはもう役に立たないってわかっているから。

熱鎧を発動させると、じゅじゅじゅじゅっと音がして城の破片は瞬時に蒸発。

「ミラク、どうしちゃったのよ!?　あんた、そんなことする子じゃなかったじゃん！」

涙腺が痛む中、私は魂からの言葉をかける。

必ず、彼女が自分を取り戻してくれることを信じて。

「ふはははははは！　何を言ってる、愚か者め！　その小娘の体はベラリス様に捧げられたのだ！　もはやもとの人格など残ってはおらぬ！」

「捧げられたって何よ!?」

「ベラリス様はその娘の体を乗っ取ったのだ！　愚か者め！」

しかし、空飛ぶ魔族おじさんの言葉がすべてを変える。

つまり、どこかの魔族がミラクの体を奪ってしまったのだ。

ミラクがグレとかそういうのじゃなくて、本当に良かったと思ったものの、乗っ取られたのはなお悪い。

人の体を奪うなんて、そんなこと、そんなこと、許されるわけがないじゃない!!

私の中でぷちっと音がした。

何かの鎖が切れるような、外れるような、そんな音が。

「……絶対に許さないわ、あんたたち」

私は外道な行いをしてくれた二人の魔族をきぃっとにらみつける。

「理想の自分になりたいのなら、そこにいるシルビアさんみたいに魔力操作で理想の体を手に入れなさいよぉおおおっ！　人の体を乗っ取るなんて、そんなのダメに決まってるでしょ！」

生きていれば理想の私と現実の私のギャップに苦しむことはある。

それでも、みんなどうにかこうにか折り合いをつけて生きているものだ。

ある人は能力を磨くことで、ある人は魔力操作で。

それなのに、この魔族のベラリスがやったことは他人の体を奪うという安易な方法。

確かにかわいい女の子になりたいっていう気持ちはわかる。

人生をもう一度、十四歳からやり直したいっていう気持ちもわかる。

……だけど、こんなの許されない、許されちゃいけない。

「おいっ、シルビアが倒れたぞ!?　救護班、早くしろ！」

「あわわ、いきなり小さくなってるのだ!?」

後ろの方ではシルビアさんが魔力切れで倒れたという叫び声がする。

ますます許せない。

シルビアさんのためにも、私はこいつらにお灸をすえなきゃいけない。

「ここじゃ物が壊れる。城の外へ行きましょう……久しぶりに……キレちゃったわ。死ぬほど嫌いだわ、あんたたちみたいに一方的にふるまうやつらが……」

とはいえ、私の頭はいつになく冷静だった。

こんなところで戦えば、お城が追加で破壊される可能性が高い。

私はシュガーショックに乗って、城から離れた場所に移動することにした。

そこは見事なぐらいに更地になっていて、まるで誰かが破壊光線でも当てたかのようだった。

ここなら地面に穴が開いても大丈夫だろう。

「ますます面白い。この時代にもいるようだな、おかしなスキル持ちが。しかし、お前程度が私をどれぐらい楽しませてくれるかな?」

ミラク、いえ、ベラリスという魔族は不敵な笑みを浮かべて、私の指定した位置まで飛んでくる。

その顔と体はミラクそのまんまだけど、その性格は正反対で、やけに戦闘的だ。

クレイモアやハンナみたいに戦うことを純粋に愛しているって感じの目つき。

「人間よ、貴様らが軟弱極まりない存在だということを教えてやろう！　深淵の蝙蝠《アビスフラグメント》！」

ベラリスは背中に真っ黒な円を発生させる。

そこから現れたのは大量のコウモリ。それは私とシュガーショックをばばばっと覆い隠してしまう。

「人間よ、どうして魔族がお前たちよりも優秀なのか教えてやる。お前たちは飛ぶことさえできない。例えば、こうなれば何をすることもできないのだ！」

やつがそういうと、私の体は一気に空に舞い上がる。

私の体を覆う真っ黒なコウモリは特殊なものらしく、私が熱鎧を作動させていても燃えてくれない。

魔法かなにかでできているのだろうか？

そうこうするうちにどんどん舞い上がり、そして、突然、コウモリが消えた。

当然、空に放り出された私は直立姿勢でそのまま落下する。

「ひきゃぁあああ!?」

落下する先にはサジタリアスのお城。

あの魔族のやつ、性格最悪。

城の上に落下させようとするなんて！

「ふはは！　お前の自慢の聖獣は封じさせてもらったぞ！」

やつの言うとおり、シュガーショックは先ほどのコウモリに襲われ必死にもがいていた。

なんていうか、背中にノミがいて、かゆいかゆいってやってる感じで、私のことを助けにこられそうにない。

だけど、私には奥の手があるのだ。

着地する瞬間ぐらいに足の裏に熱を込めれば反動でどうにか無事に済むかもしれない。

いや、ちょっと待ってよ。それだとサジタリアスのお城が壊れちゃうかな？

なんせ結構な高さからの落下なのだ。

ある程度、大爆発させないと無理だよね。

「魔女様ぁぁあああ！　私のところに来てくださぁああい！」

「大丈夫、打ち返してやるのだぁあああ！」

「何言ってるんですか！　私ががつんとライト方向にやります！」

「あたしの剣なら一発で場外なのだ！」

しかも、ハンナとクレイモアが着地地点に集まって、構えを取っている。

あわわ、打ち返すってなによそれ。

どいて欲しいいし、クレイモアのでっかい剣で打ち返されたら絶対死ぬ。

いっそのこと、こいつらごと爆発させる？

いや、いや、いくらなんでも、それはダメだよね。

どうにか、どうにかできない？

そうだよ、あの魔族みたいに私の体を浮かせてくれる方法は？

どこかに、どこかに、浮かぶ方法が。

ぼわぼわぼわっとスカートが膨らむ。

ドレスを裁縫してくれたララいわく、「特殊な素材を入れているから、どんな強風でもめくれ上がることはない」とのこと。ありがたいけど、やたらと膨らんで変な感じ。

これってまるで……、そう、気球にそっくりだ。

王都にいたとき、気球の実験を見たことがあった。

下から空気を温めることで、ものが浮くとかいう実験。

……そっか、空気を温めれば浮くんだ！

「どぉおりゃあぁあああ！」

私は背中や足元に思いっきり熱を込める。

お願い、通じて！


どどっどどどっどどどどどど!!


「はへ？」

そして、気づいたときにはドレスのスカートから大量の炎らしきものが出ているのだった。

よぉく見ると、私の靴の下からも小さく炎が出ている。

スカートも靴も焦げていないみたいだけど、なんなのこれ。

幸運なことにスカートはめくれ上がったりすることはなく、そのまんまの形をキープ。

炎のおかげで多分、スカートの中を見られることはなさそうだ。これ、すごく大事。

「浮いてるじゃん！」

すごいよ、熱の力！

そんなわけで私は城に衝突せずにすんだのだった。

スカートから炎を出すのはわけわかんないけど、口から破壊光線よりかっこいいでしょ。

「な、なんだと!?　貴様、どうして、飛べるぅううう!?」

あの性格の悪いおじさん魔族が驚きの声をあげる。

理由は簡単。

空気は温めれば膨らんで、ものを持ち上げる力になるのだ。

いつまでも人間が飛べないなんて思わないでほしいわ。

「ふふふっ、これって楽しいかも！」

十秒もたてば、私は自分の体を十分に制御できるようになった。

方向転換のためには足裏の炎の調節が大切らしい。

これなら、あのベラリスとも渡り合えそうな気がする。

「さぁ、今度はこっちの番よ！」

私はミラク、いや、ベラリスの方へと一気に飛んでいくのだった。

待っててね、ミラク、絶対にあなたを取り戻して見せるわ。

そして、ベラリス、あんたはやってはいけないラインを越えた。

天に代わってお仕置きしてあげる！

♨　♨　♨

「あの女、と、飛んでます！」

「飛んでるな……」

絶界魔法陣を崩す人物が現れた以上、もう何にも驚かないとリース王国の女王は決意していた。

しかし、それはものの見事に崩されてしまう。

王都の空に映し出された映像の中には、スカートから大量の炎を出して空を飛ぶ人間が映し出されていたのだ。

飛翔魔法あるいは浮遊魔法とも呼ばれる、その技法は繊細な魔力操作を要求する。

そのため、空を飛べる魔法使いは人間界にはほとんど存在しなかったのだ。例外として、ごく少数の天才が血のにじむような鍛錬を積むことで、それが可能になるのだった。例えば、このリースの女王のように。

「わ、わらわ以外に飛翔魔法を使うだと？　し、しかし、何なのだ、あの髪は⁉」

飛翔魔法を使うことだけが女王を驚かせたわけではない。

もっと驚いたのは、その魔法の使い手の少女である。

その黒髪の中には火炎のように真っ赤な髪の毛が揺らめいていた。

その色を見ているだけで、女王の心はひどく揺さぶられる。

彼女の脳裏には「灼熱の魔女」の文字が浮かび上がる。別名、災厄の魔女とも呼ばれる、禁忌の存在だ。

「あれはまさか……、いや、そんなはずは……」

歴戦の彼女でさえ、動悸が収まらない。

女王は固唾を飲んで戦況を見守るのだった。

【魔女様の発揮した能力】

熱浮遊：熱の力を利用して体を浮かばせる飛行術。ちなみにぎりぎり見えそうであるが、凝視すると目がやられる。スカートに近づくと燃えるので注意。

第24話　魔女様、ベラリスを灰にしかできないと落胆するも、あれがあることに活路を見出す。しかし、サンライズは……

「人間の癖に飛ぶとは！　ますます面白い！」

きぃんっと風を切りながら、魔族の方に向かう。

性格の悪いおじさんは置いておいて、いったんはミラクを乗っ取った魔族だ。

あいつだけはきっちり落とし前をつけてもらわなきゃ。

「貴様、名前はなんという？　このベラリスをここまで楽しませたのだ、殺す前に聞いておいてやる」

魔族はそう言って不敵な笑みを浮かべる。

そう言えば、名前を名乗ってなかったんだっけ。

ふぅむ、今の私は通りすがりの人ってことになっている。

でも、この位置ならば城の人たちに聞かれることはないよね、浮いてるし。

「私はユオ・ヤパン、禁断の大地の領主よ！　覚悟しなさい！」

そういうわけで、かっこよく名乗り出る。

ぐむぅ、いい感じだ。誰も見てないのは知っているけど。

「ふはははは！　禁断の大地の領主だと!?　貴様があの村の領主か！」

しかし、私の名乗りを思いっきりおちょくってくれる人がいる。

あの性格の悪い魔族のおじさんである。

「貴様の村は今頃消えているぞ！　なんせ私がモンスターを送り込んでやったのだからな！」

おじさんは大声で笑いすぎて、顔が引きつっている。

おそらくは私を不安にさせようっていう魂胆なのだろう。

しかし、私は揺るがない。

「大丈夫よ、あんたのモンスターなんかに村はやられないから、黙ってなさい」

「なぁっ!?　なんだとぉおおお!?」

うちの村にはララや燃え吉をはじめとして、たくさんの人材がいるのだ。

ハンスさんだってたぶんきっと活躍してくれるだろう。

終わった後のゴミ拾いとか、ご飯を運ぶのとか、トカゲが怖くてもやれることはたくさんある。

「ドグラ、おしゃべりが過ぎるぞ？」

おじさんがあんまりしゃしゃり出るので、ベラリスの方も堪忍袋の緒が切れたようだ。

一言、一喝されると、おじさんは「ひぃいいいい」と声を出していなくなってしまう。

情けないぞ、おじさん。

「さぁて、続きだ。……貴様はわかっていない。空を飛ぶ程度のことは、下級魔族でもできることだ。しかし、これはどうかな？　闇の扉よ、開け！　闇の牢獄！」

ベラリスはにやっと笑うと、さっそく攻撃を仕掛けてくる。

おそらくは魔法攻撃だろう。

炎とか氷だったらいいんだけどなぁ。

しかし、空中に現れたのは赤黒い扉だった。

ベラリスが何かの呪文を唱えると、扉はゆっくりと開く。

ゴゴゴゴゴゴ……と嫌な音がして、肌に感じるのは猛烈な風!!

「えぇぇえ、うっそおおおお!?」

私はなすすべもなくその扉の中に吸い込まれてしまうのだった。

不意をつかれたのもあるけど、飛行技術が完璧じゃないっていうのも理由の一つだっただろう。

そして、気づいたときに目の前にあるのはロウソクのともる洞窟。

あぁ、これってどこかで見たような。

「ふはは！　貴様を百年の牢獄に閉じ込めた！　これでもうお前はおしまいだ！　そこで野垂れ死ぬがいい！」

天井の方から響く、ベラリスの声。

目の前には薄暗闇が広がっているわけで、普通なら気がおかしくなっても仕方がないだろう。

私だってそうだ。こういうじめじめ空間は大嫌い。

そして、私ははっきりと思い出す。ここはあの悪徳商会ならぬアクト商会の親玉に閉じ込められた場所と酷似しているのだ。

湿った空気。どういうわけか、聞こえてくる、あの音。

カサカサ……カサカサ……カサカサ……。

私は気配でわかるのだ。

やつらが一匹じゃすまされないほどいることを。

ひ、ひぃ、冗談じゃない!!

「お前たちには地獄すら生ぬるい！　みんな、いなくなれぇえええええ！！！」

私は必死だった。

そりゃあもう必死過ぎを通り越して、ただただ叫んだ。

昔読んだ本の悪役みたいに絶叫した。

ついでに二、三発、さっきの口からファイアが飛び出した。

まぁ、誰も見てないからいいよね。セーフ、セーフ。

結果、ずずずずず……とへんてこな音と共に洞窟の壁に穴が開き、私は外の世界に投げ出されたのであった。

なんなのこの嫌がらせ魔法、最悪なんだけど。

「な、な、なんだとぉおおお!?　貴様、私の闇の牢獄を打ち破っただとぉおおお!?」

私がひゅーっと空中に戻ってくると、ベラリスは驚いた声を出す。

打ち破ったもなにも、人を閉じ込めるんなら、ちゃんと清潔にしていなさいよ、まったく。

おもてなしの心が足りないわよ。

温泉でもあれば長居してあげたのに。

「悪いけど、あんたの技は見切ったわ。さっさと降伏して、ミラクの体を返しなさい！」

魔族の驚きっぷりからして、今の技はとっておきのものだったはず。

それを破ったんだから、降参してくれてもいいはずだ。

私は手荒なことは大嫌いだし、話し合いの気持ちをいつでも持っていたい。

「……ミラクの体だと？　ふはははははは！　私としたことがなんという失態だ！」

しかし、魔族は大きな声で笑いだす。

ちょっと演技くさくて、ミラク本人に話したら完全に黒歴史扱いされる笑い方。

「お前はこの女に未だに執着しているらしいな。つまり、お前は私を殺せない。私を殺そうとすれば、この女も殺すことになるからだ！」

「ぐっ……」

ベラリスのわざとらしい笑い方は伊達じゃなかった。その言葉は図星だったからだ。

確かに私はベラリスをやっつけることはできるだろう。

燃やすとか、蒸発させるとか、爆発させるとかで。

だけど、それはミラクの命を失うこととイコールになる。

私は試しに熱失神の波を放つが、ベラリスの周囲は魔法防御が張り巡らされていて、効果がないようだ。ぐぅむ、私の非殺傷攻撃が効かないなんて。

「遊びは終わりだ、死ねぇええええええ！！！」

ベラリスは降参するつもりはみじんもないようだ。

私に特大の火炎弾をどんどん飛ばしてくる。

もちろん、こんなもの熱くもないし、避ける必要もない。

しかし、私は考えなければならない。

どうすれば、ミラクの体を元に戻せるのかについて、真剣に。

「ふはははは！　どうした？　手も足も出ないのかぁあああ！」

ばすんばすん当たってくる火の塊。

それに合わせて興奮しているのか、上ずったベラリスの声。

しかし、突然、その攻撃がピタリとやむ。

「ぐっ、ぐっ、ぐっ、お、お」

空中に浮かんでいるベラリスが苦しみ始めたのだ。

そして、やつは顔を苦しそうに歪めてこう言った。

「お姉さま、ユオ様、私を殺し……て下さ……、お願……い……」

私の目の前に現れたのは、紛れもなくミラク・ルーだった。

私の魔法学院時代の親友のミラク・ルーだった。その瞳には涙がたたえられていて、ぼろぼろとこぼれ落ちていく。

「ミ、ミラク？」

今度は本物だってわかる。

思わず近づいて抱きしめたくなる。

しかし、その願いは叶わない。

「うがぁあああああ！　忌々しいやつだ、未だに自我を残していたとはぁあああ!!」

ミラクの表情はもとの魔族のものに変化し、私に再び攻撃を仕掛けてくる。

もはや、ミラクが現れる素振りはなさそうだった。

ミラクは「自分を殺して」というメッセージを伝えるためだけに現れたのだろう。

虫も殺せないような優しい子だし、責任感の強い子だった。

みんなに迷惑をかけたことを恥じてもいるんだろう。

その意味でも、「殺して」っていう言葉は本意なのかもしれなかった。

歴史の本には、体を乗っ取られた人間ごと悪霊を成敗する英雄の事例が書いてあったりした。

大局的に見れば、その行動は正しいかもしれない。

だけど、私にはできない。

親友のミラクを殺すことなんて、できない。

だけど、ベラリスを放置することはできない。サジタリアスだって、他の街だって破壊されるかもしれない。

じゃあ、どうすればいいの？

私にはこの熱の力以外、何もないっていうのに。

……………………違う、私にはあれがある。

必ずできる。

あの頃の私じゃない。

魔力ゼロだってバカにされて泣きべそをかいてた、あの頃の弱い私じゃない。

一番強いのは、今の私だよ。

♨　♨　♨

「ま、魔女様が吸い込まれましたぁあああ!?」

ベラリスの呪文によって現れた巨大な扉に、ユオは吸い込まれてしまう。

その様子をみていたサジタリアスの面々は一様に悲鳴をあげる。魔法空間に閉じ込められるというのは絶望的な状況だからだ。

『魔法で対抗しない限り、魔法空間は打ち破れない』

魔法の心得があるものからすれば、それは当然のことだった。

「何を言ってるんですか、魔女様ならできます！　指先一つです！」

「そうだぞ、黒髪魔女には常識が通用しないのだ！　キレると怖いのだ！」

「私もそう思います！　絶対、ユオ様は帰ってきます！」

しかし、ハンナとクレイモアとリリアナはそれに反対する。

彼女たちは「魔女様、頑張れぇええ」と声をあげるのだった。

「……あのぉ、皆さん、ちょっと屋内に避難しません？」

一人だけ表情が冴えないのがクエイクだった。むしろ、彼女はみんなに避難を呼びかける。

彼女は一度、ユオと一緒に迷路のような魔法空間に閉じ込められたことがある。

その際にユオは魔法空間を自力で破壊してしまったのだ。その際の攻撃はすさまじく、外にあった建物をものの数秒でがれきの山に変えた。

「あ、何か光ってますよ？　ひぃいいいいいい、危なぁああい!?」

「あわわわわ！　総員、避難せよぉおおおお！」

クエイクの心配は的中する。

ユオがいなくなった場所から、青白い光線がいくつも出現。

それは四方八方に発射され、城の一角に直撃。

光線に当たった城壁の一部は溶け落ちて、ガラスのようにキラキラと輝いていた。

もはや避難どころで解決できるものでもなかった。

サジタリアスの面々は当たらないことを天に祈るしかなかった。

「やったぁあああ！　さっすが魔女様ですぅうう！　口から破壊光線！」

「おっしゃあああ！　やると思ってたのだ！」

仰天するサジタリアスの面々をよそにハンナとクレイモアだけは、ユオの帰還に大喜びする。

「あれ？　魔女様の動きがおかしいですよ？」

「や、休んでるのだ？」

しかし、それからのユオの行動はあまりにも不可解だった。

彼女は敵を攻撃するそぶりを見せず、ただただ巨大な火炎弾を受け続けている。

ダメージがないことを知っている面々でさえも理解できないことだった。

あとは魔族を始末すればいいだけなのに、どうして手をこまねいているのか。

「ユオ様……」

戦況を見守っていたサンライズの脳裏に苦い記憶がよみがえる。

それは彼が強力な悪霊にのっとられた親友を斬ったときの記憶だった。

その悪霊は一つの街を滅ぼしかけ、多数の人の命を奪う、凶悪な怪物だった。親友ごと斬ることは必要だったとみんながサンライズを慰め、彼もそれに一応は納得していた。
しかし、親友を殺めた記憶はサンライズをずっと苦しめることになった。
あの天真爛漫な少女のユオに、それを引き受けてほしくない。
自分の二の舞になるぐらいなら……とサンライズは思う。
体力の戻った今なら魔族の隙をつき、背後から剣で貫くことも可能だ。
彼は剣を握った拳に力を入れる。
そして、悪を引き受けること、すなわち、ミラクを殺すことを決意するのだった。

第25話　魔女様、みんなと力を合わせて魔族のベラリスを盛大におもてなしする。とどめにはあれをプレゼントしちゃうので、メテオもドレスも失神不可避！

「くははは！　どんなに不可解な力を持っていようが所詮は人間よ！　お前たちはその下らぬ感情によって死ぬのだぁあああ！」

ベラリスの猛攻は続く。

何百発もの火炎弾が私に飛んできて炸裂する。

そよ風みたいなものだし痛くも痒くもないんだけど。

「はしゃいでいるところ悪いけど、ミラクの体は返してもらうわ！」

私が取り出したのはデスマウンテンで見つけた空間袋だ。

その中にとっておきのアレが入っているのである。

「ふははは！　なんだ、そのゴミは？　今さら足掻いても手遅れだ！　死ねぇえええ！」

やつは私の空間袋を盛大に笑う。

ゴミとまで言ってくれる。

「残念だったわね、あんたはそのゴミによって世界の素晴らしさを知るのよ」

確かにララたちにもボロボロだって言われたもんなぁ。

私、この戦いが終わったら、このバッグに刺繍をしてきれいにしてあげるんだ。

「おしゃべり中、悪いが、死ぬのはお前じゃ！」

空間袋をもって対峙しているところ、魔族の後ろに現れたのが村長さん。

ほとんど音もなく、いきなり現れた。

えぇえ、城からジャンプしてきたってわけ？

彼はベラリスに斬りかかる！

「ちぃいいっ!?」

しかし、ちょっとだけ飛距離が足りず、あと少しのところで刃が届かない。

悔しそうに「やっぱり膝がつらいのぉ」と言って、城へと降下していった。

膝がつらいのにあんなにジャンプしていいんだろうか。

村長さんの飛び入りには驚いたけれど、それは敵だって同じ。ありがたいことに、隙ができたのだ。

「喰らえっ！」

私は空間袋の口をベラリスに向ける。

そして、あれを噴出させるのだ。

それは子供の遊ぶ水鉄砲みたいな勢いで飛び出し、やつの顔に直撃！

村長さんの助けのおかげだよ、ありがとう！

「ぐぅおぉぉおおおおお!?　なんだ、これはぁぁあああ!?」

それを浴びたベラリスは顔を抑えて、空中なのにのたうち回る。

しまいには城の方までひょろひょろと落ちていく。

ふふふ、効いてる。

やっぱり思った通り、効いてるじゃん！

私は会心の一撃に気を良くして、ベラリスを追いかけるのだった。

「き、貴様、何をしたぁあああ？　その地獄のようなにおいのする邪悪な水はいったい何だ？　聖女の結界すら耐えられる私を苦しめるとはぁあああああ！」

城になんとか着地したベラリスは顔からしゅーしゅーと水蒸気をあげて恨み言を言ってくる。

邪悪な水とはずいぶん失礼なやつ。独特なにおいはするけどもさぁ。

とはいえ、そろそろ種明かしをしてあげてもいいよね。

「ふふふ、これこそ、うちの魔地天国温泉のお湯ちゃんよ！」

私のアイデアとは我が愛しの温泉ちゃんのお湯をぶっかけることだった。

シルビアさんの一件や、エリクサーの村の一件で私は学んでいた。

このお湯には偽装魔法を無効化したり、魔法によって操られた精神を解放したりという効果があるのだ。

ミラク・ルーの肉体を乗っ取ったのが魔力によるものなのだとしたら、今回のケースにも効果があるのではないかと踏んだのだった。

そして、結果は大当たり。温泉のお湯をかぶったあいつは大喜びしてくれている。もっとぶつければ、きっとミラクから離れてくれるはず。

「さっさとお湯につかってもらうわよ！　言っとくけど、私がお湯につけようと思って、逃げられたやつはいないんだからね！　何人たりとも温泉からは逃げられないのよ！」

　空間袋を向けて啖呵を切る。

　ふふふ、これはまだ序の口だよ。

「お、お湯ちゃんだとぉおおお!?　この期に及んでふざけるなぁあああ！　城の連中ごと地獄に送ってやる！　深淵の蝙蝠！」

　ベラリスはかなり往生際の悪い性格らしい。

　背中の真っ黒な円から、大量の真っ黒いコウモリを飛び立たせる。

　ぎゃあぎゃあとうるさいコウモリたち。

　中には人間ほどもある大きなコウモリもいて、凶悪そうな牙を見せる。

「人間が、ふざけるなぁあああ！」

　ばっさばっさと襲い掛かるコウモリたちに加えて、ベラリスは強力な魔法攻撃をしてきて、お湯の噴射を寄せ付けない。

　このままじゃ、お湯を当てるのは難しそうな雰囲気。

「魔女様、助太刀、いたしますぞ！」

「コウモリを排除します！」

「でっかいやつはあたしがもらうのだっ！」

　思案していると、村の三人が援護に入ってくれる。

　相変わらずのすごい剣技でコウモリの数を減らしてくれる。

　ありがたい。

「金剛氷柱よっ！　仲間を守れっ！」

敵の魔法攻撃はシルビアさんがなんとかしのいでくれている。

失神から立ち直ったらしい。よかったぁ！

「ベラリス様、こちらをお使いくださいっ！」

しかし、仲間と協力し合うのは敵も同じらしい。

あのメガネのおじさんはベラリスに向かって何かを投げる。

キラキラと輝くそれを私は覚えていた。

そう、女神の涙とかいう魔力たっぷりの宝石だ。

あれを吸収したら魔族の人がパワーアップしちゃうかもじゃん!?

「そうはいかへんでぇっ！　うちのお宝やぁああっ！　おおきにっ！」

ここで飛び出したのがまさかのまさか、クエイクだった。

彼女は猛烈な勢いで飛んでくる宝石をしゅばばっと回収し、これまたものすごい勢いで戦線から離脱する。

「ぬがぁあああああ！　貴様、卑怯だぞおおおおっ！」

おじさんの声がこだまするけど、私の知ったことではない。

まぁ、とにかく、ナイスだよ、クエイク！

よぉし、これならいける？

しかし、私は感じていたのだ。

まだ足りない、と。

もっとこう、芯から温まるぐらいの威力の温泉にしなきゃいけないってことを。

なんていうか、めちゃくちゃゴージャスな温泉にしてあげたいと。

「リリ、エリクサー、ちょっと来て！　あのね……」

私は奥にいた二人を呼び出して、ある作戦を伝える。

みんなで息を一つに合わせて、あの魔族をやっつける方法を。

この作戦は三人じゃなきゃダメなのである。私一人じゃ完遂できない。

「な、なんということを。正気か!?　あの二人が黙っとらんぞ!?　いや、やってやれんことはないけども」

「わ、わかりました！　頑張ります！　聖なる力を集めます！」

エリクサーとリリは対照的な反応。

困惑するエリクサーとやる気にあふれるリリ。

それでも、結局は首を縦に振ってくれる。いい子である。

「よぉし、あいつに温泉のすばらしさを教えてやるわよ！」

そう、ミラクの体を取り戻すには、それしかないのだ。たぶん。

あとはとっ捕まえて、うちの村の温泉に二泊三日で至れり尽くせり接待するぐらいしか手はない。

暴れるだろうから、その手はなるべく使いたくないわけで。

「村長さん、ハンナ、クレイモア、あいつを足止めして！」

「「「任された！」」」

さすがは戦いのセンスが抜群な三人だ。

私が指示をだすと、即座に意図を理解する。

彼らはバラバラな動きをして、ベラリスを翻弄。

「くははは！　かかってこい、人間どもぉおおお！」

背中から黒い霧を出して三人の達人を相手にしてさえ圧倒《あっとう》するベラリス。

しかし、やつは気づいていない。

真正面に十分な隙ができていることを。

「よぉし、いっくよぉおおおお！」

私は掛け声と共に空間袋から、溜め込んだ温泉のお湯を一気に放出！

どどどっとものすごい勢い。

温度は相変わらずほかほかで、絶対、気持ちいいやつ！

「ぐぅおぉおおおお!?　な、なんだとぉおおお!?」

直撃したベラリスは身動きが取れない。

少しずつやつの黒い霧も消えていく。

よっし、今だよ！

「喰らえぇえええええ！　このシャバ僧《ぞう》がぁあああ！」

そして、次に放たれたのがリリの聖なるエネルギーだ。

暖色系の色をしたそれは私のお湯にまとわりついて、癒やしの力をさらにアップ！

リリの表情や口調が変わってる気がするけど、感極まってるんだろう。かっこいい。

「よぉし、わしは薬草、詰め合わせセット、今なら健康茶増量中なのじゃ！」

さらにエリクサーが薬草をどんどん追加。

彼女いわく、手持ちの薬草はありとあらゆる症状に対応したものらしい。

温泉のパワーやリリの聖なるエネルギーと組み合わせれば、ベラリスの魔法にも対抗できるかもしれない。

「あ、あのぉ、ユオ様、それを本当に使うのかの？」

私が手にしたのは女神の涙と呼ばれる宝石の入った袋だった。

村を救ってくれたお礼に彼女がメテオとドレスにくれたものだ。

超高級素材であり、もらった二人はもう喜んだのなんの。

だけど。

「ベラリス、観念しなさい！」

私は袋の口を開けると、そのまま琥珀色の宝石をどぷんっとお湯の中に投げ込む。

袋から零れ落ちたそれはキラキラと輝きながらお湯の中に消えていく。

百粒全部使ったなんて言ったら、きっとメテオとドレスに怒られちゃうだろうなぁ。

でも、話せばきっとわかってくれるはず！

しゅぃいいいいいいいいん……。

女神の涙まで投げ入れると、へんてこな音と共に、温泉のお湯が光り輝き始める。

その光はなんていうか七色に近くて、まるで虹のようにさえ思える。

お湯が、光り輝いている!?

これが究極の温泉ってわけ!?

「ぐ、ぐぉおおおおおおおおお………お、お、お……」

大量のお湯を浴びたベラリスはその場に倒れこむ。

さぁ、どうだろう?

「……こ、こ、は?　……あ、れ、お、お姉さま……!?」

そして、倒れこんだ彼女は潤んだ瞳でそう言うのだった。

間違いない、あれはミラクだ。

私のミラク・ルーが戻ってきたのだ。

倒れた体の上方には真っ黒な霧のようなものが漂っている。

ってことは、あの霧みたいなのがベラリスの本体だってこと!?

「く、くそぉおおぉお、人間ごときがぁあああ」

やつはひょろひょろと逃げ出そうとするけれど、そうは問屋が卸さない。

城を破壊してくれたことや、ミラクを乗っ取ったことをしっかり償ってもらわないと。

そして、七色に光る温泉の気持ちよさについても一言伺いたい。

「さっさと負けを認めなさいっ!」

私が追加で温泉のお湯をぶっかけてやると、霧は完全に消失。

そして、残ったのは真っ黒な小石だけ。

拾い上げてみるも、別になんとも動く様子はない。どうやらただの石ころのようだ。

つまり、敵は完全に沈黙したってわけだよね。

かくして、温泉はいつだって勝つってことが証明されたのだった。

【魔女様が発揮された能力】

スペシャル温泉：魔女様のお湯にリリアナの聖なるエネルギーとエリクサーの薬草をブレンドした、効果マシマシのお湯。今回は女神の涙という魔力増強の宝石までもあわせた。普通の人間が入ると効果がありすぎて天国にいくことになる（比喩ではない）。

第26話　燃え吉、モンスターを案の定、駆逐する！

「ララさん、モンスターが来ましたぁあああ！」


さかのぼること数時間前。

ユオの村に大きな声が響き渡る。

村人からの知らせを聞いたララは眉間にしわを少しだけ寄せる。

やはり、予想していた通り、この村にもモンスターが押し寄せる事態になったのだ。

敵はハンターがいつも狩っているイノシシやトカゲの怪物が主で、数は多いが、こちらの戦力から言えば大したことはなさそうだ。油断しなければ、必ず勝てる相手である。

しかし、次の知らせにララは表情を険しくする。

「サイクロプスが出ましたぁあああ！　魔断の渓谷にいるやつです！」

「しかも、二頭います！」

見張りをしていた村人たちは血相を変えて飛び込んでくる。

サイクロプスとは一つ目の巨人のことで、禁断の大地にある渓谷に住むモンスターだ。

人間を好んで食することで知られており、その大きさは十メートルを遥かに超える。

禁断の大地を代表する化け物の中の化け物だった。

「ひいぇえええ、あれを相手にするのかよ!?」

「イノシシだけじゃねぇとはなぁ」

歴戦のハンターたちも苦い顔をする。

サイクロプスの巨体はそれだけで脅威だ。大木のような腕を振るうだけで、村が破壊されるのは簡単に予想できることだった。

しかし、ララは冷静だった。

幸いにもサイクロプスの歩みは遅く、村に到達するまで時間はある。

彼女はドワーフの工房に向かうと何かの準備をしていた面々と打ち合わせをするのだった。

そして、彼女たちは村の前に陣を構えると、防衛作戦を決行する。

砂煙を上げて進軍してくるモンスターたち。そして、その後ろには一つ目の巨人が二頭。

ハンターたちが矢を射るが、サイクロプスには効果は薄いようだ。

「やはり皮膚が硬いんでしょうか?」

「ええ。あいつに対し通常攻撃では役に立ちませんよ」

ドワーフとララは村の塀に立って、サイクロプスをにらみつける。

そして、ララは陣の片隅に燃え吉を呼び出すのだった。

「燃え吉。これに乗りなさい」

「は?　ええ?　こ、これっていうのは、こいつですかい?　しかし、前よりも大きくなってませんかね?」

燃え吉の前にあるのは、ユオの石像だった。

しかし、先日のものよりも二回りほど大きくなっている。さらにはにょきにょきとパイプがつきだしており、どう見ても原型をとどめていない。

「うしし、ドレス団長がしっかりチューニングしてるから大丈夫だぜ！」

「お前が思った通りに動くぜ！　ちょっとピーキー過ぎるかもしれないけどな！」

ドワーフたちは嬉しそうな顔をしているが、とても正気とは思えない。

燃え吉は前回の一件で、焼滅しそうだったことを思い出す。

「む、無理でやんすよ！」

「乗らないなら、帰れ、ダンジョンに」

不安になった燃え吉は抗議するも、ララには取り付く島もない。

冷徹な顔で決断を迫られるのだった。

「燃え吉が乗らないのなら、……私が行く」

ララはそういうと目の前の石像の中央に開けられた穴に入ろうとする。

「ぐむ……」

もっとも胸部分が大きすぎて入れない。

ぐいぐいと体をねじ込むが、幼児でもなければ無理である。

「あ、あっしが乗るでやんすぅううう！　やけでやんす！」

しばしの耐えがたい沈黙の後、燃え吉は叫ぶ。

そして、迫りくるモンスターを一網打尽に焼き払ったのはまた別のお話である。

第27話　魔女様、突然の偉ぃ人、登場にビビる。あんまりにも「イケメン」だったので見とれていると、え、え、えええぇ!?

「やりましたぁ！　魔女様ぁあああぁ！」

「さっすがなのだぁ！」

「ユオ様、ありがとうございますぅうう！」

「やったのじゃ！」

ベラリスを小石に変えると、村のみんなが笑顔で駆け寄ってくる。

もみくちゃにしてくれるのは苦しいけど、嬉しい。

「あのぉ、最後に魔女様が放り投げたの何ですか？　……え、うそ、ほんま？」

その隣でクエイクは呆然とした表情。

エリクサーが女神の涙だと伝えると、そのまま凍る。倒れなきゃいいけど。

ミラクは意識を失っているから、そのまま救護班の人が連れていってくれた。

ミラクを助けるのは内心複雑かもしれないけれど、今の戦いを見てた人ならわかるだろう。

彼女はただ肉体を乗っ取られていただけだって。

そして、私にはまだやるべきことがある。

「ひぃいいい、ベラリス様がやられただとぉおおお!?　こんなはずではぁああぁ！」

上空には大慌てで逃げようとする魔族が一人いるのだ。

ベラリスの手下だった、性格の悪いおじさんである。

おそらくはこのおじさんがミラクの身体をベラリスに乗っ取らせたんだろうし、きつく説教しないといけない。

それに城を壊したことを賠償してもらう必要がある。

「逃がさないわよ？」

相手はヘロヘロした速度でどうにかこうにか逃げようとする。

しかし、こっちは温泉パワーで元気がたっぷり。

どぎゅんっと熱を入れると、すぐに追いつきそう。

「ひ、ひ、ひぃいい。付いてくるなぁ!?　この化け物がぁあああ」

私は彼を捕まえようとするも、相手は逃げ出してしまう。

しかも、ちょこまかと動き回るから、逆戻りして城の上の方まで来てしまった。

ええい、こうなったら仕方ない。

無傷で捕まえるには熱失神で気絶させるしかなさそうだ。

あとは墜落するおじさんを回収すれば一件落着ってわけである。

大丈夫、初めてでも優しく気絶させてあげるから怖くないよ。

しかし、である。私が熱失神を発動させようとした矢先、それは現れた。

「な、なぁああああ？　なぜ、なぜ、ここにぃいいい!?」

おじさんは足首を持たれて、真っ逆さまに吊り下げられていたのだ。

その足首を持つのは真っ黒い服を着た人だった。

黒いマントで全身を覆っている真っ黒コーデである。どう見ても只者じゃない。

「はわわわわわ」

その人を見た瞬間、私はのぼせ上ってしまう。

生まれて初めて見るぐらいの、それはそれは美しいイケメンだったのだ。

いや、美男だった。同じか。

紫色がかった銀色の長い髪の毛、切れ長の瞳、肌は褐色に近い。無表情だけど、その顔はあんまり整いすぎていて怖いぐらいだ。身長もすごく高い。クレイモアよりも大きい。

見ているだけで溜息が出てくる、その姿に私は呼吸するのも忘れそうだった。

いや、別にイケメンが好きってわけじゃないよ?

ただ美しい景色を見たら息を呑むよね?

それと同じ原理だよ?

「ドグラ、久しぶりだな……」

その褐色の美男子は魔族のおじさんを捕まえたまま口を開く。

その声は想像よりも高くて、それはそれでセクシーな声質だった。

「ひ、ひぃいいいいい、第一魔王さまぁあああああ!?」

おじさんは情けない叫び声をあげる。

そして、その言葉に私たちは凍り付くのだった。

おじさんは言った。

第一魔王、と。

すなわち、禁断の大地のさらに北にある、魔王の治める大地からやってきたっていうのだろうか。

確かに雰囲気は強そうだし、真っ黒だし、魔王っぽいのかもしれない。

でも、角は……生えてないみたいだ。耳はとがっていて、むしろエルフのヒトっぽい。

ええええ、うっそぉお、魔王って実在したの？

いや、知ってたけども、いるってことは。

でも、わざわざ、こんなところに出張ってくるようなものなの!?

そもそも何のために!?

私に世界の半分をやろうとか言いださないよね!?

いろんな思考が脳内を駆け巡る。

そうこうするうちにその第一魔王とやらはサジタリアスの城へと降りていった。

魔王様が人間の前においそれと姿を現していいのだろうか。

「レーヴェ、今の言葉、聞いたか？」

「き、聞きました。もう今日は何が起きても驚かないって決めていたんですが……」

当然のごとく、みんな、目を丸くしてざわついている。

辺境伯たちに至っては完全に顔色が悪い。

「灼熱よ、この男はうちの国庫から女神の涙を盗んだ大罪人だ。悪いが、もらっていく」

魔王はそういうと、魔法か何かでおじさんを小さな瓶に閉じ込めてしまう。

まるでおもちゃみたいに小さくなって騒いでいるおじさん。あんがいかわいい。

しかし、いくら相手がイケメン魔王だからって、好き勝手にされちゃ困る。

サジタリアスだって甚大な被害を受けているのだ。

「ちょっと待ってよ、魔王様だか何だか知らないけど！」

私は突如現れた、魔王って人に話しかける。

「そのおじさんにはこっちも迷惑してるんですけど！　せめて、賠償金ぐらいもらわないと気が済まないわ」

魔王って言うからにはリースの女王様と同じぐらいの地位にあるとは思うけど、ここは思い切ってタメ口で話す。

だって、あまりにも失礼な話だよね。

私がそのおじさんを捕まえたようなものなんだし。

ハンナとかクレイモアなら問答無用で斬りつけかねないぐらいだよ。

「ふむ、賠償金か。これで足りるか？　両手を出すがいい」

魔王はそういうと、腕輪や指輪、あるいは首から下げた宝石を私に手渡してくる。

「お、おもっ!?」

それは高級品ぞろいなのか、ずっしり重い。

いや、重いどころじゃない。両手で支えるだけで精一杯なぐらい。

「ひぃいいいいい、こりゃ、半端やないでぇえええ!?　こんなんお釣りがいるやん！　そもそも、サジタリアスの城はユオ様にやられた所が被害甚大なんやでぇ、いや、これは言わんとこ。へひひひ、おおきにぃ」

目をお金のマークに変えたクエイクが素早く現れ、即興で鑑定してくれる。

ふぅむ、賠償金としては十分な価値のある宝石らしい。

さすがは魔王様、十分な財力をお持ちのようですね、ふっくっくっくっ。

ちなみにクエイクの言葉の後半の方は聞いてないふりをする。

いや、私、サジタリアスのお城を壊すなんて真似、してないと思うんだけど。

「待つのだ、魔王！　あたしはあんたと手合わせしてみたいのだ！」

「私もです！　魔王とか言ってニセモノかもしれません！　新手の魔王詐欺です！」

取引が成立したかと思ったら、今度は世界を理性で見ていないやつらが二人。

我らが村の村人Aと村人B、クレイモアとハンナである。

こいつら強い相手にケンカ売ることしか考えないからなぁ。

しかし、ハンナの言っていることも当たっているかもしれない。

あの魔族のおじさん以外、この美男を魔王って呼んでないし、角だって生えてない。

「ならんぞっ！」

しかし、二人の熱気をいきなり冷ます人がいる。

後ろから、大きな声を出したのは村長さんだった。

さっきまでの戦闘でへたり込んでいたけれど、もう元気になったようだ。

「ほぅ、久しぶりだな、サンライズ。まだ生きていたか」

「お前もな、イシュタル……」

何気なく挨拶をかわす二人。

その会話の素振りから言って、二人は知り合いだったみたいだ。

私たちが入れる空気でもなく、その様子を固唾を飲んで見守る。

「姉上殿は元気か？　……いや、今はこう呼ばれているのか。白薔薇の女王と」

「そりゃそうじゃろう、あんなの元気以外のなにものでもない。相変わらず化け物じゃぞ」

「ふくく、私の代わりに魔王をやってほしいぐらいだな」

「まったくじゃのぉ、そっちのほうが似合うじゃろうな」

二人はぼそぼそと言葉をかわす。

不運なことに風がびゅうびゅう吹いていて、何を話しているのか聞き取れない。

おそらくは因縁のある相手との深刻な会話なのだろう。

はっきり聞こえない中で白薔薇という単語だけは聞こえた。

実はあの魔王、お花が好きなんだろうか。

確かに背景に薔薇の花を背負ってそう。まつ毛長いし。

はぁ、会話してるだけなのに美しすぎる。

心なしか村長さんの背景にも花が咲き始める。

「まおぉおしゃまぁあああああ！」

見とれていたら、後ろからエリクサーが大きな声を出して駆け寄ってくる。

なるほど、彼女も魔王と知り合いだった可能性は高いよね。だって魔族なんだし。

「おぉっ、エリクサーか。この度は私の監督不行き届きだった。大変な目に遭わせてしまったな」

「しょ、しょんなことはないのじゃですぅあああ！　だいしゃんまおうしゃまのはいかのみずやりがかりとして頑張りましたぁあああああ！」

魔王の足元に寄り添ったエリクサーはわぁんわぁんと泣き叫ぶ。

魔王はエリクサーを抱っこして、背中をとんとん叩いてあげていた。

その表情は柔和そのもので、最初に見た冷徹な瞳とは大違いだった。

やだもう、この魔王、性格までイケメンなの？

生まれて初めて、外見だけで誰かを好きになってしまいそうである。

「え……」

このとき、私は凍ってしまった。

私の心が。

私の思考が。

だって！

だって!!

だって！！！

私は見てしまったのだ、魔王がエリクサーを抱っこしたときにマントから露出した、その体を。

すらっとした脚。

きゅっとしまった腰。

そして、びっくりするぐらい、大きなお胸があったのだ。

なんていうか、クレイモア以上。

ぼぼんって大きなものが突き出しているのだ。

マントで隠れていてさっぱりわからなかった。

でぇぇぇえええええ。

この魔王の人、女だったのぉぉおおおお!?

うっそぉおおお！

♨　♨　♨

わぁおおおおおん!!

その頃、ララはシュガーショックの背中に乗り、大急ぎでサジタリアスに向かっていた。

村の防衛戦に成功し、ひと段落ついた際にシュガーショックが迎えに来たのだ。

その表情は何かを言いたげで、ララはすぐにピンとくる。

サジタリアスでとんでもなく面白いことが起こる気がする、と。

居ても立ってもいられなくなった彼女はシュガーショックに飛び乗る。

風がびゅんびゅんっと頬を切る。

その快感にララはわくわくするのだった。

第28話　魔女様、プライベートな会話だと思って独立宣言をぶちかましてしまう

「ふむ、これをこうするのか……なるほど、ドグラめ、器用なやつだ」

エリクサーを地面に置いた魔王は空中にいくつか魔法陣を出現させる。

魔法で攻撃するってわけでもなく、何かの操作をしているような様子。

大事なことをしているようなので、ちょっと放置しておこう。

「しかるに灼熱よ」

それから私に向き直る。

その表情はさきほどとは打って変わって真剣そのもの。

うぅう、イケメンだと思っていたのに、今ではそのお顔は美の権化みたいに見える。

この人、まつげ長すぎでしょ、足長すぎでしょ、その大きな胸はどうなってんのよ。

「えーっと、私は灼熱じゃなくて、ユオ・ヤパンという名前があるんだけど」

そして、さっきから気になっていることがあった。この人、私のことを灼熱と呼ぶのである。

言っておくけど、私は灼熱の魔女なんかじゃないからね。

どこでその噂を聞きだしたのか知らないけど。

「ふむ。そうか、ユオ・ヤパンか。くははは、それはいい！　気に入ったぞ！　ヤパンの大地の支

配者、絶対的な災厄というわけだな！」

　私が名前を伝えると、即座に修正を受け入れてくれる。

　面白そうに笑うさまは、私のことをからかっているようにも見える。

「それでは、ユオ・ヤパン、貴様に聞きたいことがある。貴様の村の所属するリース王国では魔族と人は相容れないことを国是としている。これを知っているのか？」

　魔王は真剣な目つきで話し始める。

　それは私の母国であるリース王国の決まりについてだ。

『魔族は人間の天敵である』

　この教えは百年前の大戦のときからの国是として定着している。

　人間は魔族に対抗するためにも魔法の力を磨くべしというもの。そのルールがあるために、リース王国では魔力第一主義がとられているわけで。

「知ってはいるわ……」

　知っているかと聞かれたら、知っていると答えざるを得ない。

　一応、こう見えても私、公爵令嬢でしたから。……実家を追放されたけど。

「しかし、貴様はエリクサーと協力し、サジタリアスを救った。これはリース王国の国是と反する行為だ。つまり、貴様はリースの女王に反旗を翻すというのか？」

　魔王は冷たい表情のまま、私に問いかける。

　紫色の美しい瞳は本音をむりやりひきだす水晶玉のように見える。

　とはいえ、私は本音を隠したいわけでも、はぐらかしたいわけでもない。

これから話すことは真実だし、サジタリアスの面々にしか聞こえてないだろうから。

「そうなるかもね。だって、大切なのは他人に善意を持っているか、悪意を持っているかじゃない？　魔族とか、人間とか、そういうのどうでもいいと思うし」

私は覚悟を決めて自分の本音をざっくばらんに伝えることにした。

威厳たっぷりの魔王にため口で話すのは結構きつい。

そもそも美形すぎる人物としゃべるのはそれだけで緊張する。

とはいえ、口調を変えるのは今さらだ。

「少なくとも私の治める領地はそうでありたいと思ってるわ」

今、私が口にしているのはリース王国のポリシーとは真逆のもの。

魔族と人間は仲良くできると言っているようなものだ。

魔族を敵対視するのはサジタリアス辺境伯の所属するザスーラ連合国でも同じだとは思う。

偉い人たちに聞かれたら、大目玉を喰らってしまうだろう。

でもまぁ、魔王とのプライベートトークだし、本音を話しちゃえばいいよね。

「ふふふっ、貴様にそんなことが可能なのか？」

魔王は少し挑発するような表情。

ちょっと歪んだ顔さえ美しいのはズルいって思ってしまう。

しかし、私はひるまない。

「可能よ。私の領地は人間も魔族も、あるいはそれ以外の種族だって、イキイキと共存できる場所にしてみせるわ！　仲間の力と温泉があれば、なんだってできるもの！」

ばばーんと魔王に向かって格好をつける私である。

売り言葉に買い言葉ってやつであり、思いのたけをぶちかましてあげた。

私には素晴らしい仲間がいる。

これまで、いくつもの困難をみんなと乗り越えてきたのだ。

そして、魔族もヒトも無理やりつなげちゃう、万能ほっこり兵器が温泉なのである。

温泉に入れば、争う心などなくなって平和な気持ちになってしまう。

そこに種族の壁なんか存在しない。

エリクサーの村で思ったことだけど魔族側の「人間は敵」っていう思い込みもひどいよね。

この魔王もおそらくは魔族なんだろうし、そこらへんを改善してほしいんだけどなぁ。

「おんせん……なるもので解決するのか？」

魔王は眉間にシワを寄せる。

うふふ、温泉に興味津々みたいね。

「するわ、温泉があれば世界の問題のほとんどは解決する。それに、魔王様だって大歓迎するわよ、私たちの温泉で暴れないなら、いつだっておもてなしするわ！　最高に気持ちいいのよ！」

私はここぞとばかりに温泉を売り込む。

魔族の人たちも宝石とか持ってるみたいだし、お金には十分になりそうな予感がある。財政を担当するメテオもその辺は大歓迎してくれるだろう。

「そうか。考えておこう」

彼女の言う「考えておく」っていうのはいわば、社交辞令だっていうことはわかっている。偉い人はおいそれと自分の国を留守にできないものね。

「しかし、今のはまるで建国宣言だな」

魔王は私の言葉にニヤリと笑う。

美しい顔で意地悪そうな顔をするのはちょっとずるい。かっこよすぎる。

「そんなものかしらね」

しかし、気圧されてはいけない。

こちらも負けじと口のはじっこを持ち上げる。

この魔王って人、思った以上に話し相手になるのかもしれない。少なくとも辺境伯と初めて話したときよりもよっぽど理解力がある。まぁ、相手が納得してくれているのかはわからないけれど。

「……いいだろう。これを聞いている全ての人間と亜人、そして魔族と精霊たちに伝える！　特にリース王国の白い薔薇、イリスよ、よく聞くがいい！」

私の言葉を聞いた魔王は突然、空に向かってしゃべりだす。

まるで演技をしているみたいに、やたらといい発声で。

「今、このユオ・ヤパンは禁断の大地の王となることを宣言した！　人間と魔族の共存する国家を作ることを！」

彼女はさらに一人芝居を続ける。

やだ、これって王都で見た、男装歌劇みたい。

めっちゃくちゃ、かっこいいやつじゃん！

……いやいや、見とれている場合じゃなかったんだ。

この魔王、やたらと大げさなことを言うんだよなぁ。

私は王とか国家とかどうでもいい。

隠れてこそこそ温泉開発したいだけなんだけど。

「そして、その国の名前は？」

「……は？」

一人芝居をしていた魔王がいきなりこっちに話を振ってくる。

「えぇえ、ここは一人で場を盛り上げるパートじゃないの？」などと困惑する私。

だいたい、国の名前なんておいそれと答えられるものじゃない。

私の仲間たちと話し合ったこともないし。

この場にせめてララがいれば、いいアイデアがもらえるかもしれないけど。私が言葉に詰まっていると、ここにいるはずのない彼女の声が聞こえてくる。

「ご主人様！　あなたの副官がただいま到着しました！」


その声の主はララだった。

私の専属メイドにして、私の村の影の支配者の一人。ちなみにもう一人はメテオ。

彼女はシュガーショックに乗っていきなり、ばびゅんっと現れたのだった。

なんていうタイミングのよさ。

髪の毛はぼっさぼっさだけど。大丈夫？

「えぇえ、なんでここに？　村は？」

「村は大丈夫です！　巨大兵器がありますので！」

「きょ、きょだい!?」

「その話はまた今度にしましょう。ご主人様、かっこよく名乗ってください！　くふふ、いつものあれを！」

ララは私に国の名前を名乗れと言ってくるが、アイデアなんて出てこない。

いつものあれって言われても、温泉リゾートの名前だし。

「魔女様に逆らうやつは地獄行き！」

「仲間は天国送り！」

後ろの方からハンナとクエイクの声が響く。

なるほどね、とりあえずのその場しのぎだったら、その名前でも面白いかもしれない。

この魔王様がうちの温泉のことを魔族の人たちに宣伝してくれるかもしれないし。

私はララの瞳を見つめて無言でコクリとうなずく。

「私の国の名前は、魔地天国温泉帝国よっ！　そんな感じ！」

ばばんと魔王に言ってのける私なのである。

帝国というのには深い意味はない。

大昔、大陸にあった大きな国をモチーフにしただけだ。

その国を舞台にしたお話が好きだったっていうのもあるし。

まぁ、これはあくまで魔王の一人芝居にあわせた茶番みたいなものだけどね。

「まじてんごくおんせん帝国……！　なるほど、美しい名だ!!」

魔王はうむうむとうなずくと、ばばっと片手をあげる。

「よかろう。我が第一魔王国、国王イシュタルは、このユオ・ヤパンの治めるまじてんごくおんせん帝国の独立を認める！　人間の王たちよ、刮目してみよ！」

そして、再び始まる一人芝居。

さっきよりもさらに激しい演技。

くうぅっ、絵になるわよ、魔王様！

花束投げたい！

「エリクサーよ、お前は人間を知るためにユオの村で厄介になるがよい。第三魔王には私から話を通しておく！　貴様には建国記念に歌を贈りたいが時間がない。それでは、さらばだ！　ふふふ、姉上、愛しているぞ！」

それだけいうと魔王はすごい勢いでどこかに飛び立った。

その速さはシュガーショック並みで、私でも追いつけるかわからない。

……それにしても、姉上って誰？

「やったぁあああ！　ついにうちの村が国になりましたぁああ！」

「なんだかわからないけど、暴れられるならいいのだぁ!!」

「大儲けの予感やぁああ！」

「ユオ様、おめでとうございます！」

首をかしげている私のところに村の仲間たちがなだれ込んでくる。

今のは茶番なんだけど、ハンナもクレイモアもたぶん、よくわかってないみたいだ。

「土壇場での独立宣言とは、ご主人様、立派に成長されましたね……。うぅっ、ぐすっ、この日をどれだけお待ちしていたことか。あとは世界征服するだけです」

ララに至っては泣いちゃってるし。

今の劇って、泣くほど感動的なものだったかしら？

ひょっとして、私ってそういう才能があったりして？

それはそうとして、私、世界征服なんて興味ないからね？

♨　♨　♨

「いったれぇえええ！　あと少しやで！」

「おぉおおお！　勝てるかもだぜっ！」

ここは世界樹の村。

一仕事終えたメテオとドレスは世界樹の村に現れた映像に釘付けになっていた。

それはユオが魔族を懲らしめる様子を映し出していたからだ。

戦いも佳境に入り、二人は村人たちと一緒に歓声をあげていた。

しかし。

「えっ、あかんで？　あかんで、ユオ様、それだけはあかん！！！」

「ひぇええ、やめてくれよ、まずいって！　ちょっとぉおおお!?」

戦いの最後に、ユオが女神の涙を使い切るのを目撃した二人は絶叫してしまう。

彼女たちにとって、その素材は喉から手が出るほど欲しいものだったからだ。

ユオが消費した分だけで、村の年間売上以上の価値があったはずだ。

頭に強烈な一撃を喰らったような精神的ショックで、二人は失神するのだった。


「メテオ様、ドレス様、大変です！　起きてくださぁあい！」

しばらく後、魔族の村人が失神した二人をむりやり起こす。

その顔は青ざめていて、何かとんでもないことが起きつつあることを予感させた。

二人はくらくらする頭を抑えながら、なんとか立ち上がって映像を眺める。

すると、そこにはこんな会話をするユオが映し出されていた。

「これを聞いている全ての人間と亜人、そして魔族と精霊たちに伝える！　特にリース王国の白い薔薇、イリスよ、よく聞くがいい！」

そこには長身の麗人が映し出されており、こちらに向かって演説をしていた。

黒ずくめの彼女はダークエルフのようにも見え、明らかに一般の魔族とは違っていた。

よく通る声と、整った容姿はまるで歌劇を見ているような錯覚さえ与える。

魔族の村人にこの人物は誰かと尋ねると、第一魔王であると答える。

つまり、二人が気絶している間に魔王が現れていたのだ。

「ほ、ほんまに!?」

「でぇええ、なんでいつの間に!?」

突然のことに目を白黒させる二人。

しかし、魔王の演説はそれだけでは終わらない。

「今、このユオ・ヤパンは禁断の大地の王となることを宣言した！　人間と魔族の共存する国家を作ることを！」

「私の国の名前は、魔地天国温泉帝国よっ！」

魔王に続いて、ユオは自分の国の名前を高らかに宣言する。

その表情はむしろ柔和で楽しんでいるような顔でもある。独立宣言をしたというのに、なんという肝の太さだろうかと二人は感嘆する。

「うっそぉ、うちらの村、帝国になってまうのん？」

「えれぇことだぜ、こいつは……」

メテオとドレスは呆然とした表情で映像を眺める。

現実を理解しようにも、話の前後がわからないので何とも言えない。

しかし、あのユオが独立宣言したのは確かなのだ。

その衝撃はさきほどの女神の涙百粒消費事件よりも、さらに二人の魂を揺さぶる。

「にひひ、今後は魔族とも取引して儲からせてもうらうでぇ！」

「もっといい素材を手に入れるぜっ！」

二人はがしっとハグをする。

ユオとともに世界で一番豊かな国を作ろうと決意するのだった。

第12章

独立宣言のあとしまつ：ラインハルト家のみなさん、ついに崩壊します!?

第1話　ラインハルト家の崩壊と栄光‥リースの女王、本格的にラインハルト家を潰しにかかります。それでも、ガガンと三兄弟は最後の悪あがきを始めます

「な、何が起こってるのだ!?」

リース王国の女王、イリス・リウス・エラスムスは玉座の間で頭を抱えて叫んでいた。

不可解極まる事件が次から次へと起こったのだ。

魔族が不戦条約を破りサジタリアスを襲ったことでさえ、歴史に残る出来事である。

しかし、である。それを黒髪に赤髪の交じった少女が撃退してしまうではないか。

これだけなら一つの英雄譚であり、リース王国からも褒賞を与えようと称賛の声があがる。

これで終わりかと思いきや、場面は急展開を見せる。

突如、第一魔王イシュタルが現れ、とんとん拍子に少女は禁断の大地に国家を立ち上げると宣言する。世界に向かって。

その名も『まじてんごくおんせん帝国』である。

「帝国だとぉおおお!?」

これには女王も驚きを隠せない。

この大陸の歴史では、帝国とは広大な地域を占有し、さらに各地域の王を傘下に入れる侵略的な

国家のことを示す。

そのトップに座る皇帝は、いわば王の中の王。歴史的に見ても、大陸で帝国を名乗るということは、すなわち大陸の征服を目論んでいる、と公言するのに等しい部分があった。

娘の言う『まじてんごくおんせん』なるものがいったい何かは女王にはわからない。

だが、不吉な未来を予感させるのだった。

「禁断の大地に国を作るだと？　まじてんごくおんせんとは一体……？」

女王は口に手をあててぶつぶつとひとり言を言いながら考える。

禁断の大地にはラインハルト家が開拓村を作っていたが、人口はわずか百人程度しかいなかったはずだ。

それがわずかな期間で、国を作れるほどに発展したというのだろうか？

あの娘はユオ・ヤパンと名乗っていたが、一体何者なのだろうか？

ユオ……、どこかで聞いた名前だが、思い出せない……。

女王の頭の中で思考がぐるぐると回る。

「我が国は、わらわは、どうすればいいのだ？」

理解しがたい現実の連続に、女王は額を押さえて苦悶の表情を浮かべる。

あの第一魔王イシュタルは『禁断の大地の独立を認める』と大陸全土に向けて宣言した。

第一魔王国の首領イシュタル。魔族領の中で、もっとも発展している国家を治める魔王だ。

強力無比の魔力を秘め、多数の魔族を抑えて魔王になった天才魔法使い。

そして、何を隠そうイシュタルは、リース王国の女王、イリス・リウス・エラスムスの妹弟子でもある。

二人とも、ある一人の魔法使いの弟子だった時期があったのだ。

ハーフエルフであるイリスと、ダークエルフであるイシュタルは出会いはじめのころこそ反発していたが、次第に姉妹のように仲良くなった。というか、イシュタルが一方的にイリスを好きになった。溺愛に近かった。

しかし、とある事件でたもとを分かって以降、顔を合わせることはなかった。

「姉上、愛しているぞ！」

女王はイシュタルの去り際の言葉を思い出す。

その瞳は昔と変わらず、深く美しい紫色をしていた。

「あんのバカ……」

女王の小さな体から大きなため息がとめどなく溢れてくるのだった。

「何の因果でこんなことになるとは……」

女王は揺らいでいた。

魔族を敵視することを国是とするリース王国として、体面上は魔王と対立しなければならない。

即ち、魔王の認めた国家を認めることはできない。場合によっては禁断の大地に攻め込むべきだろう。それも今すぐに。

しかし、女王本人としては出来るだけ衝突を避けたいというのが本音だった。

彼女は気づいていた。

あの黒髪の少女は化け物であり、敵に回さない方がよいと。仮に絶界魔法陣を破壊した技を地上に向けて放ったら、都市一つが軽々と焼滅するだろう。

「ええい、大臣たちを呼べっ！」

女王は王国の中でも特に頭の切れる貴族たちを呼びよせ、今後の方針について話し合いをさせる。

ちなみに、休養中のガガン・ラインハルトは蚊帳の外である。正直、ガガンがいると決まる話もまとまらないので好都合だった。

「魔王に認められたのなら敵ではないのか？　早急に派兵すべきだ！」

「禁断の大地の一部はリース王国のはず。これは我が国への侵略とも言える行為ではないか」

「あんな化け物女を首領に据える蛮族など正気ではない！　あれも魔族なのではないか？」

重臣たちは活発に議論を戦わせるが、独立など認めずに鎮圧すべし、議論の中、最も多いのはこの意見だ。

あの少女がリース王国に敵対する可能性があるなら、さっさと排除してしまおうというものだ。

禁断の大地に一気に攻め込めば、国家が成立する前に全てをなかったことにすることもできるかもしれない。

しかし、女王にはまだ決断できない。

各国の動向がよくわからないのだ。

王都の空に現れた映像は、各国の主要都市にも現れた可能性が高い。

ザスーラ連合国をはじめ、ドワーフ王国や聖王国、あるいはそれ以外の国でも、今回の一件は大々的に報道されているはずだ。

魔族と人間が協力して邪悪な敵を打ち倒すというのは、大戦以前の人間と魔族に親交があった時代の逸話を思い出させる光景だった。

それにシンパシーを感じる権力者がいてもおかしくない。

「ザスーラはどっちに動く?」

特に気になるのがザスーラ連合国の動きである。

今回、攻められたサジタリアスはこの少女に救われたと言ってよい。また、無法地帯の禁断の大地にヒト族の治める国家ができるのなら、辺境の治安はだいぶ改善するだろう。

その意味で、ザスーラは独立宣言を認める可能性さえあると女王はにらんでいた。

「ザスーラ連合国がどちらに動くか定かではありませんが、だいぶ揺れるものと思われます。話によると、あの蛮族の首領はザスーラ連合国のビビッド商会の娘二人を仲間に引き入れているとの情報もございます。また、ドリーフ王国の王女、ドレスもあれの仲間のようです!」

「くそっ、よこしまな猫人商会に素材に目のないドワーフを味方に引き入れたか……」

報告を聞いた女王は歯噛みをする。

あの少女は想像以上にやり手で、前もっていくつものパイプを作り出していたのだ。

噂によると、ザスーラの流行病の解決にも貢献したという。

「ぐぬぅ、あのユオとかいう女、ただの小娘ではないようですぞ……」

調査報告に重臣たちは苦い顔をする。

あの独立宣言はその場のアイデアではなく、かなり前から地盤固めをしておいたというのが正しいようだ。

おそらくは独立を以前から入念に計画し、最高のタイミングで成し遂げてしまったのだろう。

しかも、魔王登場というハプニングすら逆手にとって。

女王はユオという少女に空恐ろしさすら感じるのだった。

「今すぐの派兵は難しい、というわけだな……」

「残念ながら、いきなり派兵とはいきますまい。そもそも、禁断の大地はほとんど手つかずですし、ガガン様の領地を通らねば派兵はできません」

「ぐぬぬ、面倒くさいことこの上ないな」

ザスーラ連合国が少女の国を認める可能性がある場合、リース王国だけが出兵するのは著しく困難だった。

場合によっては、ザスーラ連合国と対立する事態にさえ発展する。

慎重に駒を進めなければ、むしろリース王国が世界から孤立する可能性もある。

それに、兵を進めるにしても自分に敵対的なラインハルト家の領地を通らなければならず、そこには一定のリスクが有ることに女王たちは気づいていた。

もっとも女王にはもう一つの選択肢がある。

それは自分自身が乗りこんで、ユオ・ヤパンの村を焼いてしまうことだ。姿を隠して飛行魔法で乗りこみ、ありったけの破壊魔法を叩き込めば、難しくもないだろう。

しかし、彼女は強硬策に出るにはまだ早いと感じていた。彼女の脳裏にサンライズの影が浮かび上がり、ゆっくりとかき消えていく。

「ガガン・ラインハルトを呼び出せ」

そして、禁断の大地の一件を解決するために、女王にはやるべきことがもう一つあった。

それはラインハルト家の処遇を決めることだった。

サジタリアスを襲った魔族は『闇霧のベラリス』と名乗った。

その名前を聞いたとき、女王は仰天したのだ。

その魔族はかつての魔王大戦の頃に封印されたことが知られていたからだ。

その封印書が保管されている場所こそがラインハルト家だった。それが復活したということは、すなわち、ラインハルト家から封印書が流出したことを意味している。

ベラリスは過去の大戦時に甚大な戦禍をもたらした魔族であり、紛失しただけでも大問題であると言ってよい。

「リース王国で封印しているはずの魔族が復活し、隣国の都市を襲った……。これはすなわち、リース王国こそが責任を問われる立場にあるということだ」

女王は眉間にしわを寄せて自問自答する。

この責任問題をどうにかしなければ、非常にまずい事態になる。あの手この手で莫大な賠償を求められる可能性もある。場合によっては、国交を維持することさえ危うくなる。

彼女のすべきことは最も責任の重いラインハルト家にしかるべき対応をすることだった。

流出の経緯を詳しく問いただし、貴族籍の取り消しさえも選択肢に入れる必要がある。

「愚かだと思ってはいたが、これほどまでとはな……。くふふ」

腹心であるべき公爵家の失態に女王ははぁっと溜息をつく。

しかし、それと同時に、ぞくぞくわくわくとした感覚が浮かんでくるのを感じるのだった。

♨　♨　♨

「な、なんだ、これはぁあああ？」

休養から戻ったガガンは女王からの書状を見て青ざめる。

そこには今回のベラリスの一件について、しかるべき回答をせよというものだった。

休養していたガガンは魔族のベラリスの一件についてはほとんど知らなかった。

ザスーラの辺境が魔物に襲われた程度にしか理解していなかったのだ。

彼は家のものに急いで封印書を捜させるも、どの倉庫にも金庫にも見つからない。

大切に保管されていたはずなのに、どこにも見当たらないのだ。

ベラリスの封印書はリース王国の英雄である先代の女王からラインハルト家が管理するようにと伝えられたものだ。それを紛失したとなると、これはかなり厳しい事態だ。

管理責任を問われ、公爵から降格させられる可能性さえある。莫大な富を生み出す領地を奪われ、さらに厳しい立場に置かれる可能性さえあるのだ。

「ち、父上、じ、実は……」

「落ち着いて聞いてください……」

頭を抱えているときに二人の息子が部屋に入ってくる。

彼らは青ざめた表情をして、事の顚末を話し始めるのだった。

すなわち、彼らが魔族と取引をして封印書を渡してしまったことを。

「な、なんということをしてくれたのだ!? このままでは貴族籍の抹消、家の取り潰し、いや、我々は罪人として流刑にされてもおかしくないのだぞぉおおっ！」

これには激怒するガガンである。

もちろん、落ち着いて聞いていられる話ではなかった。

魔力を一気に放出させたため部屋の窓は割れ、棚の中身は床に滅茶苦茶に散乱する。

「し、しかし、父上、このままではもうどうしようもありません！」

「そうですよ、たとえ、我々を差し出したとしても、ラインハルト家はお先真っ暗です」

怒り狂うガガンだったが、二人の息子が言うことはもっともでもあった。

たとえ、彼らを断罪して女王に引き渡したとしても、ガガンは責任をとらなければならない。

跡継ぎは罪人としていなくなり、当主は追放。

栄光のラインハルト家が完全に終わる状況なのである。

「……父上!! 目が覚めましたぞっ！」

沈黙する三人の部屋に、入ってきた人物がいる。

それはラインハルト家の三男、ミラージュだった。

彼は禁断の大地に攻め込んで以降、幼児退行していた。それが何の由縁か正気に戻ったのだ。

「夢の中でにっくきユオが国を作るなど申しまして、はっと目が覚めたのです！」

ミラージュはそう言って笑うが夢ではない。

あの独立宣言の音声が昏睡しているミラージュの耳にも入ってきたのだった。

「父上、兄上、話は聞かせてもらいました！ こういうのはいかがでしょうか！」

ミラージュはこの現状を打開するための、とっておきのアイデアを披露する。
それは八方塞がりのラインハルト家にとって、突破口になりうる計画だった。

第2話　魔女様、ミラクをお湯に沈める。そして、覚悟を決める

サジタリアスの一件以降、村に戻った私たちは静かな日々を過ごしていた。

私はというと、疲れを癒やすための温泉三昧である。

朝夕晩と三回も入って温泉の良さを噛みしめる。

いくら空間袋にお湯を入れられるからといって、全く同じとは言えない。

こうやって広い空間の中で温泉につかることこそが格別なんだよなぁ。

ふふふ、村も平和になったし、温泉リゾートの開発もしっかり行っていかなきゃね。

実をいうと、あれから色んなアイデアが浮かんできているのだ。古文書を読み込んでもっとかっこいい温泉を作りたい。

ミラクはというと、あれからずっと村の治療所で眠り続けていた。

辺境伯は私たちに彼女の身柄を預けてくれると言ってくれたので、村まで運んできたのだ。

リリは毎日、ミラクに回復魔法をかけてくれているのだが、まだまだ目を覚ます様子はない。

そして、数日後の夕方。

「ご主人様！　ミラク様が目を覚まされました」

ララが血相を変えて駆けこんでくる。単なるいいニュースとは言えないことがすぐにわかる。

私は慌ててリリの治療所に駆けこむのだった。

「私を殺してくださぁあああい！　生まれてきてすみませぇえええええん！」

そこにはギャーギャー叫んでいるミラクがいた。

せっかく意識を取り戻したのに、殺してくれとは穏やかじゃない。

私は彼女の肩を摑んで、一緒に深呼吸をするように促す。

「お姉さま、本当に、本当に申し訳ございません！　全部、私が悪いんですぅううう！　私のせいで世界がめちゃくちゃに。ひぐっひぐっ、実は……」

それからミラクは自分に起きたこと、自分のしでかしたことについて話し始める。

一番驚いたのは、摩訶不思議な魔法を使って再現してくれたことだ。彼女いわく、自分の見たものをある程度、記録できるらしい。便利！

ことの顚末を見てわかったのは、ミラクは私に会いたいがためにあのメガネの怪しい男にひっかかったということだった。純粋さが裏目に出たらしいけど、人を疑うってことを知った方がいい。

どう見ても、怪しかったじゃん、あのおじさん。

「もうこの体を四散させて死ぬしかありません。私なんてメガネをかけたゴミクズです、唸れ刃の振動、斬り裂け私の心臓」

「ちょぉおおっと、ストップ！　あんた、思い切り良すぎでしょ!?」

彼女が自分の胸に攻撃魔法を仕掛けようとするので慌てて止める。

もともと彼女は責任感の強い人物だったが、強すぎる罪悪感で錯乱しているといってもいい状況だ。

彼女のしたことは大きな被害をもたらしたし、罪の意識が消えるものでもないだろう。

だけど、自分の命を絶つほどのものかはわからない。

幸いにも世界樹の村にもサジタリアスにも死者は出なかったみたいだし、サジタリアスに至っては魔王様の賠償金でむしろ潤ったとのこと。

「ミラク、あんたに見せたいものがあるわ」

彼女の心の内側を完全に理解することはできない。

だけど、私にはあれがある。どんな心の傷もちょっとだけ癒やしてくれる、素晴らしいものが。

♨ ♨ ♨

「ひぃいいい、何ですか、ここは!? ……わ、わかりました、ここが私の処刑場なんですね!?」

到着したのはもちろん、私の館の温泉である。

とはいえ、ミラクは滅茶苦茶な勘違いをしてくれる。

こんなに素晴らしい処刑場があるかっていうの。

「いいから、服を脱ぐの」

「ひ、ひぃいいいいいい、私は服を脱いでから処されるのですか!?」

「ララ、お願い」

大騒ぎするミラクにちょっと辟易した私はとりあえずララにお任せすることにした。

彼女の瞬間早脱がしの技の前には、ミラクであっても手も足も出ない。

「ミラク、これが温泉だよ。入ってみて。ほら、気持ちいいよ?」

私は彼女に温泉に入ることを促す。

今日は初心者でも入りやすいように少しぬるめのお湯だ。

ふぅ、疲れが吹っ飛ぶぅうう。

「わかりました、これに入ると私だけが溶けるんですね？　クソザコナメクジにはぴったりの末路ですぅううう」

ミラクはお湯の前でぷるぷると震える。

個人だけをピンポイントで攻撃できるほど、うちのお湯は器用じゃない。

彼女は「お姉さまに看取っていただけるなら本望です、しみるぅううう」などと言いながら、ちゃぽんとお湯に入ってくる。

さぁ、その変な思い込みを捨てるがいいよ、ミラクちゃん。

「は、はぇえええええ!?　なんですか、これは!?　まるで高度な魔法術式を一滴のお湯に込めたような最高の肌心地です。イスラカンタの大魔法のような快感です！」

温泉につかったミラクはその快感にびっくりした様子だ。

イスラなんとかが何だかわからないけど、きっと褒めてるんだよね。

「ミラク、無理にしゃべらなくていいよ。ゆったりしてな」

「え、だって、私は……お姉さまに処刑されなければ……」

「いいから」

ミラクはその後も何かを言いたげだったけれど、私は目を閉じる。

感情に押しつぶされそうなときには温泉にゆったり浸かるのがいいのだ。お湯に浸かると頭がちょっとぼんやりする。

だから、考え事をしようにもそこまでうまくはできない。

でも、その代わり、余計なことを考えて後悔したり、不安になったりすることもない。

温泉から上がるころにはスッキリして、案外、前向きな気持ちになったり、いいアイデアが出てきたりするものなのだ。

「温泉、気持ちいいでしょ？」

「はい……」

私たちはしばし言葉少なく、お湯に浸かってまったりするのだった。

その後、温泉に入って緊張がとれたのか、彼女はすぐに眠ってしまう。

その寝顔は憑き物が落ちたようにスッキリした表情だった。

今は思い悩んでいても、時がたつにつれて少しずつ現状を整理できるだろうし、整理してあげる。

ずっとうちの村にいてくれていいんだからね、ミラク。

♨　♨　♨

「お姉さま、いえ、ユオ様、私はリース王国に帰らせていただきます」

次の日のことだ。ミラクの口からとんでもない言葉が飛び出した。

あんた、昨日、昏睡状態から目を覚ましたっていうのに何をそんなにいきなり。

「えええぇ!?　温泉が肌に合わなかった？　いや、うちの村にはね、いろんな種類の温泉があってだね？　料理だってそりゃもう格別のものが」

「いえ、温泉も料理も最高でした。素晴らしかったです！」

「だったらなにゆえ……!?」

混乱のあまり口調がかわってしまう私なのである。

だって、ミラクが村を出るなんて言い出すから。

美味しい料理と温泉以外に人間が必要としているものってあるのかしら。

「ミラク様、今は止めておいた方がよろしいかと。リース王国でのミラク様の立場はかなり危ういものと思われます。命の危険がありますよ」

ララが少し冷たい雰囲気を発しながら忠告をする。

昨日のミラクの話を聞くに、彼女は騙されていたとはいえ勝手に魔族と国を出て、ベラリスってやつの復活に加担したわけで、おとがめなしとはいかないだろう。

「そうだよ、どうにか交渉できないか探ってみるからさ。私たちに任せなさいってば！」

サジタリアスの被害については第一魔王の賠償金でなんとかなった。

だけど、ミラクの所属するリース王国については未知数だ。私たちは交渉を通じて、彼女の身を守らなければならないのだ。

「いいえ。私のまいた種です。自分で償わなければなりません」

ミラクは私の目をしっかり見て、きっぱりとそう言う。

その瞳は昨日の悲しみに沈んだ状態のものではなかった。これから自分にどんなことが起きようとも、受け入れるという覚悟をもった瞳だった。

この子は昔から意志の固い人物で一度決めたらテコでも動かないことを私は知っていた。

「わかったわ。でも、自分の命を大事にするのよ」

「はい……」

「約束だからね、ぜったいに」

「はい、お姉さま……」

私は彼女をがっちりとハグする。腕の中に感じる熱。ミラクはこんなにも強い女の子になっていたんだと今更になって気づく。


短期間の間に人間って成長するものなんだなぁ。

ミラクはその日の昼のうちにリース王国に向かっていった。

彼女いわく、魔法で身体強化をすれば馬並みに速く走れるとのこと。

去り際のはじけるようなミラクの笑顔はちょっとまぶしいぐらいだった。

♨　♨　♨

「ただいま、戻ったのじゃ！　これから人間を理解するために、お世話になるぞ！」

「うちらもお帰りやでぇ！」

「ただいまぁ！　エリクサーの植物操作ってすげぇぜ！」

次の日にはエリクサー、メテオ、ドレスの三人が村に戻ってきた。エリクサーはメテオとドレスを迎えに村に戻ってくれたのだ。

メテオとドレスはどうなったことやらと心配していたけど、無事で何より。

二人はあの世界樹の機械を壊してくれたそうで、えらいすごいと褒めちぎる。

もちろん、女神の涙を消費した件については、しっかりと謝っておく。そりゃあもう、地面に額をつける覚悟である。

「ええんやで。ユオ皇帝陛下に謝られることなど一切あらへんわ」

「そうだぜ！　また珍しい素材が出てくるはずだろ、皇帝陛下！」

二人の反応は予想外のものだった。

てっきり激怒して口をきいてもらえないんじゃないかと思っていたのに、私のことを皇帝陛下なんて呼んでふざけているのだ。

「なによ、その皇帝陛下って？　流行ってるの？」

「ふふふ、自分で魔地天国温泉帝国って名乗ってたやん？」

「な、何でそれ知ってんの？　あ、エリクサーから話を聞いた？」

「あはは、あっしらもユオ様の戦いぶりを見てたんだよ、あの世界樹の村で。そしたら、独立宣言までしちゃうんだもの、しびれたぜ！」

「は、え、うそ……？」

ぽかぁんとする私なのである。

だってあの第一魔王とのプライベートな会話が誰かに聞かれている、いや、見られているなんて思わないし。

あんなのただの冗談だよ、恥ずかしいなぁ、もう。

「ご主人様、先日の独立宣言ですが、おそらくは大陸中に知れ渡っているとのことです。ザスーラやリース王国の複数の冒険者から、ご主人様の映像を見たと報告が上がっています。ふくくく」

タイミングよくララが現れて、とんでもない報告をしてくれる。

なんと魔族の村だけじゃなくて、人間の国にも知れ渡っているらしい。

「どぇえええ、うっそぉおお、ただの茶番につきあっただけなのに、なんで私たちの村、独立する流れになってるの!? って、ララ、あんたなんで笑っているのよぉおおお!?」

「笑ってなんかいませんよ。ふくく」

「笑ってるよね?」

「それで、アリシア様によれば、ご主人様が戦っている一部始終も知れ渡ったとのことです。非常に困った事態です! ふくくく、ひぃっひぃっ、お腹が痛い。最高ですね」

ララはやっぱり笑っている。いや、笑いすぎて腹痛を起こすレベル。

あんた、ぜったいに困った事態だって思ってないでしょ！

やばいじゃん、これ、どうするのよ!?

っていうか、ミラクをこんな状況で帰しちゃって大丈夫なんだろうか?

空を見やれば、リース王国の方角に禍々しい黒い雲が流れていく。

それはちょっとやそっとでは晴れないような分厚い雲だった。

「ララ、私、リースに戻るわ」

私は決意する。

ミラクを助けなければならない。

私が追放宣言を受けたとき、かばってくれたのはミラクだけだった。無能な私を居並ぶ面々が嘲笑う中、彼女だけが抗議の声をあげてくれたのだ。そして、私のことを信じてくれた。

私はその勇気に報いなければならない。

「ご主人様……」

ララは私の目を見つめて、それ以上は言わない。

私は黙って彼女に頷くのだった。

第3話　女王様、愛するラインハルト家のために最高の処分を下してあげます。ガガンは手のひらで踊らされているとも知らず、国家転覆に乗り出します！

「知っての通り、先日、サジタリアスを襲った魔族はベラリスだった。ラインハルトよ、やつの封印書はお前の家に保管されていたはずだ。お前、ベラリスの封印書をどこにやった？　まさか紛失したとでもいうわけではあるまいな？」

ここはリース王国の玉座の間。

女王は有力な貴族たちを呼びだし、その前でラインハルト家を断罪していた。

彼女の前にはガガン・ラインハルトと三人の息子たちがかしずく姿勢になっている。

「女王様、誠に申し訳ございません！　その封印書は盗まれてしまったのです！　あの魔族の女、ミラク・ルーに！」

最初に口を開いたのは父親のガガンだった。

彼は息子たちと打ち合わせの通りに芝居がかった口調で声をあげる。

「そうでございます！　やつは偽装魔法を使って我が家に忍び込んだのです！」

ガガンの言葉に合わせるように、長男が口を開く。

「悪いのは、ミラク・ルーという魔族の女です！」

「ミラク・ルーこそ諸悪の根源！」

それに合わせるように次男、三男と声が続く。

八方ふさがりになった彼らがとったのは、ミラク・ルーに全ての罪をなすりつけることだった。

ミラク・ルーは辺境都市サジタリアスで行方不明になっており、おそらくは死亡したと思われていた。

封印書を盗まれたことについての管理責任は問われるかもしれない。

だが、それはあくまでも被害者としての失態であり、サジタリアスへの賠償金でかたがつくはずだ。

安直極まりない行為だが、死人に罪をかぶせるのが最適であると彼らは判断したのだった。

「ふぅむ。ミラク・ルーよ、今の話はまことか？」

女王がさっと右手を上げると、フード姿の少女が現れる。

その娘はミラク・ルー、賢者という希少なスキルを保持した少女だった。

「あ、あれが、ミラク・ルーだと？」

「ひぃいい!?　生きていたのか？」

死んだとばかり聞かされていた貴族たちからはどよめきが起こる。

魔族なのではないかと、顔をこわばらせる貴族たちも多い。

「私語を慎め」

女王は一言で貴族たちの動揺を鎮める。

その言葉は重く、殺気がこもっており、反論できない凄みが備わっていた。

「恐れながら、ラインハルト公爵様のおっしゃることはすべて偽りでございます。この度の経緯は……」

ミラク・ルーはベラリスの封印書を盗み出したのは自分ではなく、全てはあのドグラという魔族が仕組んだことを報告したのだった。

「なぁっ!?　何を申すか！　魔族の分際で、貴様ぁああ!!」

予想外の展開にガガンは激昂してしまう。

彼の顔には血管が浮かび上がり、この場でミラクに攻撃魔法を放ちそうな勢いである。

「ガガンよ、落ち着け。玉座の間で争うというのなら、わらわが相手になるぞ？」

「で、ですがぁ、ぐむむぅう」

女王に一喝されたガガンは恐怖によって自分を取り戻す。

彼女の背景には魔力が白い薔薇の形となって立ち上り、ゆらゆらと揺れていた。

その桁違いの魔力量こそ、女王がリース王国の白薔薇と呼ばれる所以だった。

ガガンはもとより、貴族たちは一言たりとも発言できない。

「ガガンよ、貴様に聞きたいことはもう一つある。禁断の大地に国を建てたのは貴様の娘、ユオ・ラインハルトであると聞いたが、本当か？」

「ユオですと!?　い、いえ、滅相もございません！　あんなものはとっくの昔に野垂れ死にしております！」

ベラリスの件でガガンを追い込むのも楽しそうだが、女王は敢えて話題を変えることにした。

彼女はあの建国宣言をした少女がガガンの娘であることをミラクから事前に聞いていたのだった。

ガガン自身はベラリスの一件をどうなすりつけるかだけを考えていたため、ユオのことなど頭からすっぽりと抜け落ちていた。彼は以前、話した通りのことを女王に伝える。

「そうか？　話によると貴様とその息子たちが、ユオに建国を促したとさえ聞いているのだが？　まさかそんなことをするはずがないな？」

女王が少し困った顔をして、貴族たちを見回すと、みな、困惑の表情を浮かべる。

いくら空白地帯の禁断の大地とはいえ、建国を促すという行為はそれ自体が国家への反逆、女王への反逆ともいえる行為である。この場でそれを認めるというのは、反逆者として即時処断されてもおかしくなかった。

「女王様、お戯れが過ぎますぞ！　どこに建国を促すものがおりましょうか！」

女王の意味するところはガガンであっても十分にわかっている。

彼は少し笑い飛ばすようにして、女王の勘ぐりを否定するのだった。

もっとも、ガガン自身、建国を促した覚えなどいっさいなかった。ユオが去るときに罵詈雑言を浴びせたのは覚えていたが、何を言ったのかさっぱりである。

「もしも、お前が娘に独立を示唆していたらどう落とし前をつけてもらおうか？　そうだな、ラインハルト家はヤバス地方にでもひっこんでいてもらおうか。ラインハルトの名を冠した公国でも作るといいだろう」

女王はガガンの言葉を鼻で笑って、試すような口ぶりだ。

彼女の言う、ヤバス地方と言うのはリース王国北部の辺境地帯。禁断の大地にも近く、土地は痩せ、治安の悪いことで有名だった。もっとも、それを治めている貴族こそ、ラインハルト家だったのだが。

すなわち、女王の言葉はラインハルト家への追放宣言に他ならない。

さきほどまで静まり返っていた貴族たちも、さすがに口を開いてざわつき始める。

ラインハルト家は国家の重鎮である。

それを追放するというのだから。

「何をおっしゃいますか、女王陛下！　我がラインハルト家は国家の柱ですぞ！　我々を抜きに国政ができるはずもない！　陛下のおっしゃることが本当であれば、ヤバスにでも引っ込んでおりましょう！　僭越ながら、我がラインハルト家の治世をお見せいたします」

売り言葉に買い言葉というものだろう。

ガガンは女王に鋭く噛みつく。

彼には自信があったのだ。あんな魔力ゼロの娘など、そもそも自分の娘とは言えないのだから。

「ふふ、では証人を呼ぼうではないか」

ガガンの態度に女王は嬉しそうに笑う。

そして、彼女が合図を送ると、一人の少女が現れるのだった。

第4話　魔女様、実家とのわだかまりを解消して、すっきりするよ！

どがっしゃあああああんっ！


ここはリース王国、王都。

その中央にある女王陛下のお城に私は駆け込んでいった。

その目的はミラクを助けること！

彼女の罪をどうにか減免してほしいとお願いすることだ。

「な、なんだぁああ!?」

「て、敵襲か!?」

そのはずだったのだが、私の乗るシュガーショックは再び目測を誤り、お城の窓をいとも簡単に破壊する。

兵士の皆さんは槍を構えて私たちに怒号を浴びせる。

ひぃいい、どうしてこうなった!?

「お、お姉さま!?」

悲鳴をあげるのは兵士の人たちだけではない。

その奥にはミラク・ルーの姿もあった。顔は青ざめて、調子はあまりよくなさそうだ。

「ふむ、貴様、わらわの城に直接乗りこむとはいい度胸をしてるな」

そして、現れたのは威厳を放つ人物。

そう、リース王国の女王陛下だった。

その姿は十歳もいかない子供みたいなのに、びりびりと威圧感に圧倒されてしまう。

容姿はかわいいのに、何てもったいない。

「貴様が灼熱の魔女だな？　返答次第では生きては帰れないと思え。覚悟はいいか？」

彼女はぎろりとこちらを睨みつけて、背後に白い薔薇のようなものを出現させる。

噂に聞いたことがある。

女王陛下の魔力はあまりにも高度なので、薔薇の形で現れるのだと。そして、それを見たものは生きて帰れないのだと。

怖くて、膝が笑い始める。

天才魔法使いと呼ばれた女王陛下に私なんかが敵うわけがない。

私はただただ熱を操れるだけだし、そもそも灼熱の魔女じゃないし。

「イリス・リウス・エラスムス女王陛下、我が主、ユオ・ヤパン皇帝の聖獣が窓を壊してしまったこと、誠に申し訳ございません」

緊迫した空気を壊したのは、私のメイド、ララだった。

彼女はリース王国に向かうと言った私と一緒にシュガーショックに乗りこんでくれたのだ。

しかし、ララの言い回しにはかなり違和感がある。私のことをわざわざ皇帝と呼ぶだなんて。

「ほう、皇帝に聖獣と来たか。いいだろう、対等な立場での話がしたいらしいな」

女王陛下は激昂するものだと思っていたが、あっさりと兵を下がらせた。

ララ、なんだかよくわからないけど、グッジョブ！

「お、お姉さま、どうしてここに!?」

ミラクは私のところに駆け寄ってくる。

どうしてって、答えは決まってるじゃない。あんたを助けるためだよ。

「お姉さまは本当にバカですぅぅぅう！」

言葉とは裏腹にミラクは私に抱き着いてくるのだった。


それから私たちは今回の騒動の顚末を女王陛下に伝える。

ミラクは魔族に利用されただけであり、悪いのはドグラという魔族で第一魔王様が連れて行ってしまったこと。

サジタリアスへの賠償は第一魔王様が済ませていることも併せて伝える。

「それで、あのベラリスという魔族はどうした？　あれほどの使い手が逃げたとなると非常に困ったことになるが」

女王陛下は私が戦った、あの魔族のことを覚えていたらしい。

ミラクの体を乗っ取ったやつで、すごく性悪だった。

「あー、あの人ですか。なんか温泉のお湯でこんな風になっちゃいました。私はいらないので、ぜひ、もらってください」

私は空間袋に入れておいた、黒い石ころのようなものを取り出す。

私のお湯とエリクサーの薬草、それにリリの聖なる魔力をぶつけたら、姿を変えたのである。

「こ、これは!?　ぐぅうう、これをわらわに!?」

お近づきのしるしにそれを女王陛下に渡すと、困ったような顔をする。

まぁ、石ころなんてもらって嬉しいものではないだろうけど、興味があるならもらって欲しい。

「さて、本題に入ろう。実を言うと、ある貴族がベラリスを解き放ったらしいのだ……」

女王陛下は黒い石ころに何やら魔法をかけて箱の中に入れると、神妙な顔をして言葉を続ける。

いわく、あのベラリスという魔族はそもそもリース王国の貴族家で封印されていたものであったこと。

その貴族家は最近、市場に出てきた女神の涙と引き換えに、あのドグラに魔族の封印書を渡したのではないかとのこと。

確かに、あのおじさん、女神の涙を持ってたっけ。クエイクにナイスキャッチされてたけど。

「女神の涙をドグラは持っていたのだな。なるほど、やはりあの男が女神の涙の出どころということか……。これでミラクの話とも整合がとれる」

女王陛下は口元に手を当ててひとりごちると、それから押し黙ってにやりと笑う。

一見すると美しい笑顔だけど、射殺されそうな迫力があった。天然まっさらな美少女だからこそ、その表情のギャップに背筋が凍る。

「その貴族、許せませんね……。お金に目がくらんで、人間としてやっちゃいけないレベルを越えてますよ！」

女王陛下の前で不遜なことだけれど、私の憤りは止まらなかった。

魔族を解き放ったことで、サジタリアスの人たちも、エリクサーの村の人たちも、みんながみんな、大迷惑を被ったのだから。反省してもらわなきゃ気がすまないよ。

「しかし、わらわが思うにその貴族は反省もしないだろう。それどころか、自分の罪をミラク・ルーにかぶせてくるとわらわは見ておる」

「そ、そんなこと、許されていいんですか!?　あんまりですよっ！」

怒りがメラメラと湧き起こり、私はつい声を荒らげてしまう。

だってそうでしょう、ミラクが彼らの身代わりになって断罪されるなんてあっていいはずがない。

「ぐ……、間近で見ると、なかなかの迫力だな」

「ひ、ひぃいいい、お姉さま、お、お、落ち着いてくださいぃいいい」

一方、対照的に女王陛下もミラクも焦ったような声を出す。私と同調してくれると思っていたので、かなり意外だ。

「それでは、皇帝ユオよ、貴様に頼みがある。わらわに協力してくれ」

彼女は私の手をがしっと摑む。

その目的はミラクを生かすこと。

それに異を唱えることなんてできるわけもなく、私はしっかりと頷くのだった。

かくして、私たちは性悪貴族を懲らしめるための秘密の作戦会議をしたのである。

♨　♨　♨

「女工様、誠に申し訳ございません！　その封印書は盗まれてしまったのです！　あの魔族の女、ミラク・ルーに！」

なんてこった。

性悪貴族っていうのはうちの父親および、兄たちのことだった！

久しぶりに見たけど、相変わらずの性格と素行の悪さっぷりを披露していた。

そして、女王陛下の想像通り、ミラクに罪をかぶせてくれてるし。あのバカ父にバカ兄！

私の怒りはふつふつと煮えたぎり、もう信じられないレベルに達していた。

「ご主人様、まだ我慢ですよ!?」

ララは私の肩に手を置いて、落ち着くように言ってくれる。

わかってる、わかってるよ、ララ。私はもう父親たちとは関係がないのだ。

しかし、それでも腹が立つわけで。

「陛下のおっしゃることが本当であれば、ヤバスにでも引っ込んでおりましょう！」

そうこうするうちに、話は私のことへとスライドしていく。

実を言うと、これこそが女王陛下の作戦なのである。

禁断の大地で独立しろと言ったのか、言わなかったのか、白黒つけなければならない。

「ふふ、では証人を呼ぼうではないか」

そして、私のもとに合図が送られてくる。

ふぅっと息を吐いて、私は裏の方から姿を現す。

もちろん、ララも一緒に。

「ユオだと!?」

「ど、どうしてここに!?」

「ひぃいいい」

父と兄たちの悲鳴にも似た叫びが響く。

久しぶりに見た彼らはなんだかすごくちっぽけに見えた。

家を追放されたときにはどうあがいても敵いっこない存在だったのに。

「お父様、お兄様、久しぶりでございます。先日は私の独立を促して頂いて、ありがとうございました。おかげでリース王国からの独立も叶い、仲間と一緒に楽しくやっております」

私は彼らにゆっくりと頭を下げる。

これは別に皮肉でもなんでもない。

実際に家から追放されなければ、私は村のみんなと出会うことはなかったのだ。

ララの優秀さだって引き出すことはできなかっただろう。

私は彼らに本当に感謝をしていた。好きではないけど。

「なぁっ!?　何を言うか、この愚か者がぁあっ！　貴様の独立をいつ促した!?」

「そ、そうだ、この魔力ゼロの無礼者がぁああっ！」

私の感謝の心などつゆ知らず、彼らは一斉に私を罵り始める。

この人たち、久しぶりの再会なのにやっぱり罵詈雑言なんか浴びせてくるわけ!?

貴族の重鎮たちの目の前なので、怒りを抑え込まなきゃいけないけど、結構腹が立つ。

「ふむ、ところで魔地天国温泉帝国のユオよ、お前が父親から独立を促されたという証拠はあるのか？」

女王陛下はまるで流れるように私に助け船を出す。

これは前もって決めていたことで、全ては計算ずくなのだが。

「もちろんです！　ミラク、お願い！」

「はいっ！」

ミラクは私の言葉を受けると目を閉じて魔法の術式を唱え始める。

「おぉっ、なんだ？」

「これは王都ではないのか!?」

そこに映し出されるのは王都の様子、それもラインハルト家の門の前での様子だった。

映し出されているのは私の父と三人の兄たち。

そして、追放される私自身の姿もあった。

すなわち、追放される当日の風景である。

『いいか、お前はもうラインハルト家とは関係がない。いっそのこと、そこに国でも作って永住してもかまわん！　ヤパンなど、どうせ誰も関心のない土地なのだ！』

映像の中で父がそう言うと、三人の兄たちは父に同調し、罵詈雑言を浴びせる。

ミラクは映像を打ち切り、『これは記録魔法です。強く念じたものを記録できます』と説明する。

そう、私たちはこの魔法を活用してみたのだった。

「こ、これは言い逃れできませんぞっ！」

「なんと不敬な……！」

映像を見た貴族たちは、ざわざわと声をあげ始める。

確かに父は「国でも作って」という言葉を口にしていた。

つまり、建国を示唆したということである。すなわち、ラインハルト家に叛意ありということの証明に他ならなかった。

「な、な、な、なんだこれは……!?」

「ひ、ひ、ひぃいいい」

決定的な証拠とでもいうべきものを見せつけられた父たちは開いた口が塞がらない様子だ。

何か言い訳しようとしても、明らかに自分の口から出た言葉である。声色も同じ。どのように説明しようとしても苦しい弁解になる。

「ええい！　言いがかりですぞ、女王陛下！　先ほどから聞いていれば、小娘どもの言葉ばかりを信用しておられる！　私とユオの言葉、どちらを信じるとおっしゃるのですか！」

しかし、父は諦めなかった。

我が父ながら、本当に往生際が悪くてうんざりである。

「そ、そうだ。ガガン・ラインハルト様は長年、国に貢献されてきた大貴族。その言葉があの小娘と同じ重さのはずがないぞ」

「ふむ、わしもそう言おうと思っていた！　女王陛下、今のは何かの間違いです。お考え直しを！」

父はリース王国の第一の貴族の一人であり、取り巻きも多い。

前後の文脈など関係なく、「貴族だから」「ラインハルト家だから」という理由で同調し始める貴族もいるようだ。

女王陛下はその様子を見て、ニヤリと笑う。

「ガガンよ、貴様は勘違いしている。わらわはわらわしか信じない。わらわか、わらわ以外かしかないのだよ」

女王陛下はまるでこの場にいる貴族全てに声をかけるように話し始める。

その背景には再び白い魔力が現れ始め、極太のいばらのツルを形成していた。

びりびりと肌に感じるその魔力はすさまじく、この場にいるもの全てが命の危機を理解する。

「ガガンよ、貴様はもうこれで終わりだな。だが、寛大なわらわはお前のヤバス地方に独立の権限を与えようではないか。そして、ガガンに賛同するものは、この場から立ち去るがいい」

「な……!?」

「わ、我々が追放!?」

そして、ラインハルト家に下されたのは、ヤバス地方という最も治安が悪くて土地の痩せた大地への追放処分だった。

もっとも、女王陛下は本当に寛大なので、国を作って独立してもいいとのことだ。

ヤバス地方は辺境とは言え、禁断の大地ほど危険ではない。私よりもいい条件で国づくりができるんじゃないだろうか。盗賊はめちゃくちゃ多いけど。

「父上、かくなる上は……」

みんなが恐縮しているときのこと、一番上の兄が父親に何かを耳打ちしていた。

あぁ、まだ何か悪あがきをしようとしてるよ、あの人たち。

「女王陛下、あなたは平和ボケをして魔族と手を結ぼうとしている！　そんな腰抜けの王にはこの国は任せられません！　もっともっと強いリーダーが必要なのです！　魔族と真っ正面からぶつかっても心の折れない、惑わされない、勇猛果敢なリーダーが！」

父はここぞとばかりに演説をする。絶対に時間稼ぎのそれであり、見ているこっちが恥ずかしくなってくる。

「ふぅむ、勇ましいことだ。見直したぞ、ガガンよ。それを新しい国でもしっかりと発揮してくれ」

一方の女王陛下はニコニコした顔のままだ。

いや、その瞳の奥のらんらんとした光に私は恐怖さえ覚える。

この女の子、たぶん、まともじゃないよね？

「何を言っている、陛下はもう終わりですぞっ！　我が、軍団によって！」

びしぃっと女王陛下を指さして、不敬極まりないことをやる我が父である。

くぅうう、恥ずかしい。

穴があったら入りたい。

しかし、我が軍団だなんて物騒な話だ。ラインハルト家には強い騎士団があったはずなのである。

私は魔力ゼロだったから、騎士団に近づくことさえなかったけど。

「ガガン様ぁ……、狼が、白い狼が暴れておりますぅ」

「ぐ、軍団が壊滅しましたぁ!!」

父が女王陛下に啖呵を切ってから三秒後、鎧を着た人たちが大広間に駆け込んでくる。

彼らの鎧にはうちの家の家紋が彫られていたわけで、大体のことを察する私。

「うふふ、シュガーショック、よくやってくれましたね」

隣で小さめのガッツポーズをするのはララである。

彼女は反乱が起こるのを見越して、先手を打っておいたのだ。シュガーショックにラインハルト家の騎士団とじゃれ合いをさせていたのである。なんせ村長さんすら倒せない聖獣なのだ、普通の人たちなら圧倒されるよね。

「はぁう……」

虎の子の騎士団を失った父はもはや呆然自失という言葉がよく似合う、ただのおじさんになってしまった。口を半開きにして、目の焦点は合っていない。

何とか兄たちに揺さぶられて、正気を取り戻したけど。

「な、な、ならば、勝手にやらせて頂く！　勇猛果敢なるものは私に続けっ！　栄光の王国をつくってやるわ！」

父たちは逆ギレ気味に独立を宣言して玉座の間から去っていく。

虚勢をはって高笑いをする三人の兄たち。

さらに、幾人かの貴族の面々もその後に続く。彼らはみんな、意地の悪そうな顔をしていて、うちの父にぴったりの友人ぽかった。


かくして、父たちの独立騒動、いや、追放騒動は終了したのだった。

ヤバス地方は治安から言っても、かなり危険な領地だと思うし、人口がうちの村にかなり流出してしまっている。

でもまぁ、私だって何とかなったんだし、あの人たちも何とかなるでしょ！

それに、独立して王様になるのも気分がいいかもしれないし。

頑張ってね！

そしてもう関わってこないでね！

エピローグ　魔女様の温泉帝国、今日も千客万来です！

「まさか辺境に追放された私が、温泉で独立国家を作るなんてね」

目の前には山々から湯けむりが立ちのぼる壮大な景色。

その下には異国情緒のある街に明かりが灯り、にぎわいを見せている。

たくさんの人が行き交う様子を眺めながら、私は感慨にふけっていた。

リース王国でのごたごたも終わり、本格的に村の開発に乗り出した私たちである。

「ぬはははっ！　笑いが止まらんでぇえ！　お金の回り方がえぐいわ！」

「温泉バンザイ！　禁断の大地バンザイ！　うちのおかんなんか目じゃないでぇえ！」

メテオとクエイクはどんどん訪れる冒険者や旅人たちのおかげで村が潤っていることを報告してくれる。目の色が変わっていて、ちょっと心配になるぐらいである。

「はいっ、それでは散歩するだけで強くなるコースに行きますよっ！」

「おのおの、自分の命は自分で守るのじゃぞ」

ハンナと村長さんは冒険者の訓練に勤しむ日々。お願いだから、安全安心で鍛えてくださいね。

ちなみに村長さんはサジタリアスから戻ってきている。騎士団の指導も一段落したのだ。

「お前ら、次は流れる温泉だっ！　気合を入れて作るぞっ！」

「おぉっ！　やってやるぜっ！」

「なぜに流れるでやんすぅうう!?」

ドレスとドワーフの皆さんは古文書に乗っていた新しい建築にチャレンジする様子。燃え吉もそれなりに楽しそうだ。よかったね。

「癒やしは気合だっ！　気合が足りねぇやつには焼きを入れてやるぞ！」

ちょっと乱暴な言葉でヒーリングサロンの面々に檄を飛ばすのはリリである。先日の一件以降、癒やしの時間になると口調が変わってしまうらしい。かっこいいからいいか。

「にゃはは！　クレイモアのでかい焼き菓子亭なのだよっ！　さぁさぁ、焼き立てのお菓子を食べるのだっ！」

温泉リゾートの一角ではクレイモアが新たなお店をオープンさせていた。

顔のサイズほどもある焼き菓子であるが、女性一人でもぺろりと完食できるらしい。行きたい。

「ユオ様、冒険者たちがどんどん集まってきていますよ！　先日の一件がプラスになりましたね！」

冒険者ギルドを任せているアリシア先輩も敏腕を振るってくれる。

スタッフをたくさん雇って、今では立派なギルド長だ。

「ぬぉおお、本当に温泉のお湯とは不思議なものじゃのぉ。うぅむ、よい薬ができそうなのじゃ！」

そして、新たに村に加わったのがエリクサーだ。

彼女は温泉のお湯に興味があるらしく、それを使って新しい薬を作るらしい。まずは例の特効薬の改良をするとのこと。えらい。かわいい。頼もしい。


とまぁ、そんなこんなで私の楽しい領地経営は続く。

国を独立させるのはゴールじゃない。

ここからみんなで最高に楽しい領地を作っていくのだ。

私が目指すのは世界で一番豊かで楽しい領地なのだから。

禁断の大地だってもっともっと探検したいし、ダンジョンだって開発したい。

やりたいことはまだまだある！

温泉の可能性は無限大なのだ。

「まったく、ご主人様の野望にはかないませんね。私は責任をもって世界征服までご一緒しますよ」

ララは私の言葉を聞くとフフッと笑う。

彼女の軽口にも少しは慣れたよ。もっとも、世界征服をするつもりはないけどね。

「それに何といっても温泉だよ。温泉のパワーをもっともっと発掘していかなきゃ！」

拳にぐっと力を入れて私はみんなの前で力説する。

何はともあれ、温泉なのである。

世界は温泉発見以前と以降に分かれたと言ってもいいだろう。


そんなわけで私は今日も温泉に入る。頼りがいのある仲間たちと一緒に。

体の内側に響いてくる熱の感覚と心地よい香り。
呼吸するたびに心と体がリラックスしていく。
この素晴らしさをもっともっと世界に広げていかなきゃならないよね。
「それじゃ、世界最高で最強の領地を作るよぉっ！」
私の声を受けて、大好きな仲間たちが拳をあげる。
ありがとう、温泉ちゃん。
あなたと出会えたおかげでここまで来れたよ。
最高の仲間と一緒に、最高の温泉帝国を作るからねっ！

あとがき

灼熱の魔女様の楽しい温泉領地経営の第四巻をお読み頂きありがとうございます！

温泉と女の子の話を書こう！　男《やろう》の入浴シーンはいらねぇや！

そんな軽はずみな動機で書き始めた灼熱の魔女様の物語がついについに大団円を迎えることができました。魔女様のはっちゃけが空を焦がし、国を揺るがし、ついには地図を塗り替えるまでに至ったのです。温泉帝国とかいう発想からしてアレなものが地図に現れたのですから、向こうの世界の人々は度肝を抜かれたことでしょう。

それもこれも、これまでお読みくださいました読者様のおかげです。

ありがとうございます。


実を言いますと、この物語、当初は異世界転生ものとして考えられたものでした。風呂屋の娘がボイラーの爆発に巻き込まれてファンタジー世界に飛ばされて、女の子同士キャッキャウフフするやつだったのです。主人公の能力が対象を熱して天国送りにする力というのは同じだったのですが、いつまでたっても温泉が出てこねぇ！　というわけで没になりました。

そんなこんなで書き始めたものが小説として一つの形となり、コミカライズまでさせて頂き、本当にありがたく思います。

今作では切符先生にエリクサー、ミラク、そして、魔王様までも描いて頂きました。作者としては本作で一番のお気に入りがエリクサーです。作中でも珍しい常識人サイドの存在ですから。本作途中から「イフストになったエリクサーを見たい」というモチベーションだけで執筆をしてきましたので、切符先生の描くエリクサーを見たときには夢が叶ったな、と思ったほどでした。エリクサーの小ささ、気高さ、かわいさを表現してくださって、大感謝をお送りしたいです。

新キャラと言えば、ミラク・ルーですね。第一巻でちらっと出てきて以降、ずーっと、「あいつ何だったんだ？」状態でしたが、今作では暴れまわってくれます。切符先生には人間と魔族の両方のバージョンを描いて頂けました。ありがたいの極みです。

さらにはダークエルフの魔王様、最高ですよね。クレイモアよりも高身長でいろいろ大きいなんて反則的な美しさ。実はひょっこり温泉に入っていたりして、すごくお茶目です。この魔王、歌って踊る人なのできっと温泉帝国に歌劇場を作ってくれることでしょう。

そして！　声を大にして言いたいのが、ミニビアさんの挿絵です。温泉につかると小型化する憐れなミニビアさん、素敵です。感無量です。正直、カバーとこの挿絵だけで今作をお求め頂いた方も多いと思います。

一つだけお詫びをすることがあるなら、燃え吉をサイコミュ仕様にできなかったことです。どっちかというと、テレビ版の福音戦士みたいな感じになっちゃいました。ごめんなさい。

本作を一巻から担当してくださいました編集者のO様には感謝してもしきれません！　完全なる素人からのスタートでしたが完結まで導いてくださり、ありがとうございました。物語の一番のクライマックスである建国のお話まで書けると思っていなかったので、ありがたきことこの上なしです！

そして、第一巻および「小説家になろう」の頃から灼熱の魔女様を応援してくださった読者様にも再度の大感謝を。

本当に、本当にありがとうございました。

ユオたちの温泉ハッピーライフが帝国という形になれたのも、みなさまのおかげです！

コミック アース・スター様にて、むぎちゃぽよこ先生がコミカライズをしてくださっていらっしゃいますので、そちらもどうぞお楽しみください！

それではまたいつかどこかで会いしましょう！

夢は大きく！　温泉で世界征服！（魔女様の名言カレンダーより引用）

山楽しく
描かせて頂きました！
ユオさま万歳～！

クラスメイトと一緒に異世界へトリップしたら、あっちは聖女、わたしは"オマケ"!? 召喚先の中堅国はわたしを厄介者だと邪険な扱い。そんな時、手を差し伸べたのは大国・ワイエル帝国の皇弟殿下で——

「貴様は聖女と共に召喚された娘か?」

いきなり貴様呼ばわりする超不機嫌顔の殿下との利害の一致で、彼の婚約者となり帝国に住むことに。そしたら聖女以上の魔力持ち、ついでに"聖竜の愛し子"であることも判明し、ついには帝国の聖女をすることになっちゃった!?

シリーズ
好評発売中!!!

「わたしを厄介者扱いしてきたやつら、
逃した魚の大きさを知るがいい!!」
中堅国の聖女の
異世界召喚に巻き込まれた
“オマケ”女子高生が大国の聖女に!?
邪魔者扱いされたけど、
実は最強の魔力持ちで——

EARTH STAR
LUNA

灼熱の魔女様の楽しい温泉領地経営 ④
～追放された公爵令嬢、災厄級のあたためスキルで世界最強の温泉帝国を築きます～

発行 ――― 2023年11月1日　初版第1刷発行

著者 ――― 海野アロイ

イラストレーター ――― 切符

装丁デザイン ――― 冨永尚弘（木村デザイン・ラボ）

地図イラスト ――― おぐし篤

発行者 ――― 幕内和博

編集 ――― 及川幹雄

発行所 ――― 株式会社アース・スター エンターテイメント
〒141-0021　東京都品川区上大崎 3-1-1
目黒セントラルスクエア　7F
TEL：03-5561-7630
FAX：03-5561-7632

印刷・製本 ――― 図書印刷株式会社

ISBN 978-4-8030-1855-4